Olivier Rolin

Meroe

Roman

Aus dem Französischen
von Jürgen Ritte

liebeskind

Die Originalausgabe erschien 1998 unter dem Titel
Méroé bei Éditions du Seuil, Paris.

Umschlagmotiv: Smith Collection / Gado / Getty Images
Typografie und Satz: Frese Werkstatt, München
Umschlaggestaltung und Herstellung: Sieveking, München
Druck und Bindung: CPI – Ebner & Spiegel, Ulm

ISBN 978-3-95438-072-5

»Man altert hier sehr schnell, wie überhaupt im Sudan.«

Rimbaud, Brief an die Mutter,
20. 2. 1891

DER SUDAN, AUF ARABISCH *Bilal el Sudan*, das »Land der Schwarzen«, ist das größte Land Afrikas. Er erstreckt sich vom 18. Breitengrad, in etwa dem Wendekreis des Krebses, bis zum Äquator. Im Norden grenzt er an Ägypten, dann, im Uhrzeigersinn, ans Rote Meer, Eritrea, Äthiopien, Kenia, Uganda, Zaire, die Zentralafrikanische Republik, den Tschad und Libyen: Mit Ausnahme des früher einmal unter dem Namen UdSSR bekannten Landes können sich nur wenige Länder rühmen (oder es bedauern, das ist eine Frage der Philosophie oder der Umstände), so viele Nachbarn zu haben. Selten sind auch die Länder, die lediglich eine einzige halbwegs asphaltierte Straße aufweisen: Hier ist es diejenige, die von Port-Sudan, das etwas weiter südlich liegt als Dschidda auf der anderen Seite des Roten Meeres, zur Hauptstadt Khartum führt. Dort treffen die beiden Nilströme zusammen, um den Fluss der Könige und der toten Götter zu bilden: der Blaue Nil, der von den rimbaudschen und pastoralen Höhen Abyssiniens herabstürzt, und der Weiße Nil, der langsam von den Bergen und den großen Seen des Äquators heranfließt. Man nennt sie so, obwohl sie beide (allerdings nicht immer zur selben Zeit) die gleiche Farbe haben, die, je nach den Launen des Himmels und des Hochwassers, von Tee mit Milch über Bronze ins Violette spielt. In einem sehr viel wahreren und mysteriöseren Sinne als Ägypten ist der Sudan das Land dieses legendenumwobenen Flusses.

Außer den bereits genannten Städten heißen die wichtigsten Ortschaften des Sudans am Weißen Nil Juba, Bor und Malakal, wobei hier schon der Name, mit dem man gleichzeitig *le Mal*, das Böse, die Malaria und die berühmte Leprastation von Molokkai verbindet, deutlich genug darauf verweist, dass es ein Fehler wäre, dort seine Hochzeitsreise zu verbringen; am Blauen Nil haben wir Sennar und Wad Madani; am *Great River* Atbara, das den Namen des letzten bemerkenswerten Zuflusses vor dem aus der Ferne glänzenden Mittelmeer trägt, Dongola und Wadi Haifa, die Grenzstation zu Ägypten, wo Flaubert, Maxime du Camp zufolge, die Eingebung von Name und Vorname der Emma Bovary hatte; darum herum liegen noch, inmitten einer erdrückenden Ödnis, die am besten durch das englische Wort *wilderness* wiedergegeben wird und von der Gordon Pascha an Sir William Goodenough schrieb, dass »niemand sich ein Bild von ihrer unvorstellbaren Trostlosigkeit machen kann«, die Orte Kassala, Wau, El-Fasher und El-Obeid. Alles Städte, auf deren Dächer ein Dromedar schauen kann, ohne den Hals lang zu machen.

»Das Klima, im Norden trocken, im Süden feucht, ist im Allgemeinen heiß« – diese unbestreitbare Beobachtung entnehme ich der *Enzyklopädie des 20. Jahrhunderts* von Larousse, Ausgabe 1933, die mich bis hierhin begleitet hat: in mein Zimmer im Hôtel des Solitaires in Khartum, wo ich auf die Polizei oder sonst was warte, vielleicht gar auf das Weltende. In jedem anderen Land der Erde, oder doch in den meisten Ländern, hätte man mich längst verhaftet. Hier nicht. So grillenhaft sind Diktaturen. Die sechs aufeinandergestapelten Bände der *Enzyklopädie* dienen mir als Nachttisch, vor allem aber sind sie der einzige Gegenstand, der von meiner Kindheit geblieben ist, vom Regen, der sich träge über die Loiremündung schleppt, vom Westwind, der vor Paimbœuf, wo meine Eltern als Volksschullehrer tätig sind, das Meer gegen die Strömung kämmt. Diese Bände, die sie sehr viel Geld gekostet haben, sind ihr ganzer Stolz. Das in ihnen aufbewahrte Gedächtnis ist, so hoffen sie, ein Vorbote meiner ruhmreichen Zukunft. Ich würde einmal einer dieser Generäle sein, einer dieser Minister oder eines dieser Akademie-Mitglieder (Letzteres wäre ihnen natürlich am liebsten gewesen), deren Augen beim Durchblättern hinter Lorgnons aufblitzten. Die Seiten sind inzwischen von Kakerlaken vollgeschissen und mit Blutflecken übersprenkelt: beim Lesen zerquetschte Mücken. Ja, dort sollte ich eigentlich sein, friedlich vergilbt, platt gedrückt, von Schaben besudelt, mit zusammengekniffenen Augen hinter meinen dicken Brillengläsern, zu Nutz und Frommen künftiger Generationen … Bevor ich überhaupt etwas war, bin ich Sohn gewesen: Das ist bei allen so, aber nicht alle ziehen daraus dieselben Konsequenzen. Ich bin selbst nicht sicher, wirklich zu begreifen, was ich gerade geschrieben habe. Ich bin zudem eine leere Spalte im periodischen Supplementband zu einer Enzyklopädie gewesen. Ich spüre sehr wohl das Negative in alldem.

Auf dem Territorium des Sudans haben in den letzten dreißig Jahrhunderten Pharaonenreiche, christliche Fürstentümer und muslimische Sultanate einander abgelöst. Ab 1820 machte sich der Khedif Mohammed Ali an seine Eroberung. Die ägyptische Kolonisierung provozierte den nationalistisch-religiösen Aufstand jener, die man in Europa die »Derwische« nannte, die sich selbst aber jenen Namen gaben, den der Prophet seinen Mitstreitern verliehen hatte: die *Ansaren.* Nach einer dreihundertzweiundzwanzig Tage dauernden Belagerung, die das viktorianische England in Atem gehalten hatte, wurde General Gordon, den man auch den »Chinesen« nannte, weil er zuvor eine Armee von Glücksrittern gegen die T'ai-ping ins Feld geführt hatte, in Khartum gefangen genommen und getötet. Diesen Lawrence von Arabien des vorvergangenen Jahrhunderts, diesen christusähnlichen Don Quichotte, graphoman und dem Brandy nicht abgeneigt, hatte man nur mit seiner Bibel und einem Adjutanten ausgestattet in den Sudan geschickt, um die vom *Dschihad* umzingelten Garnisonen des Khedifen zu retten, und schließlich fallen gelassen. Diese Mission war fast schon ein Selbstmordkommando, und man kann nicht ausschließen, dass er sie gerade aus diesem Grunde mit der wirren, widersprüchlichen und gequälten Form von Begeisterung, die ihm eigen war, angenommen hatte. Zehn Jahre nach seiner jämmerlichen Niederlage ging man mit Lord Kitchener zum Ernst des britischen Empires über, der bis 1955 dauerte. Das gegenwärtige Regime ist eine islamistische Militärdiktatur, die den Charme der Generäle mit dem der Scheichs zu verbinden weiß: *all the best.* Der Bürger-, Stammes-, Religions- und Sklavenhalterkrieg zwischen Nord und Süd ist ein Dauerzustand. Es wäre daher übertrieben, das »Land der Schwarzen« als eines der freundlichsten auf der Welt zu bezeichnen. Man kann sogar, ohne sich einer übertriebenen Form von Ungerechtigkeit schuldig zu machen, die Behauptung wagen, dass dieses Land eines der am wenigsten gut bestellten ist, was die Annehmlichkeiten des Lebens angeht. Ein hiesiges Sprichwort besagt, dass Allah, der nicht gerade für seinen Humor bekannt ist, nach der Erschaffung des Sudans in ein unstillbares Gelächter ausgebrochen sei. Und im Oktober 1884, wenige Monate bevor sein abgeschlagenes, in ein Tuch gewickeltes Haupt dem Anführer der Rebellen, einem Prediger, der sich für den Mahdi, den Abgesandten Gottes, ausgab, gebracht wurde, schrieb Gordon in sein Tagebuch: *It's a beautiful country for trying experiments with your patience*, »ein wunderbares Land, um seine Geduld auf die Probe zu stellen«.

Und doch bietet es auch Annehmlichkeiten, die andernorts schwerlich zu finden sind. Hier läuft man keinerlei Gefahr, von Karawanen von Touristen belästigt zu werden, von Geschäftsessen, von Ritualen und Moden, denen man sich besser anpasst, bevor man als Spielverderber in die Ecke gestellt wird; überhaupt stört hier nichts von dem, was zu den Erscheinungsformen der Waren- und Erlebnisgesellschaft gehört. Nicht, dass man hier keine sozialen Rituale hätte, ganz im Gegenteil: Aber ein Europäer bleibt diesen, selbst wenn er versuchte, an ihnen teilzuhaben, von Grund auf so fremd, dass sie keinerlei Einfluss auf ihn haben können, es sei denn, er verfiele auf den Gedanken, sich an eine der Frauen einer angesehenen Persönlichkeit heranmachen zu wollen oder auf der Terrasse eines der Lokale am Nil ein Fläschchen mit geschmuggeltem Whisky zu zücken (wie es dem armen B., Gott hab ihn selig, passiert ist, der – ob Gott der Schnapsbrüder oder Gott der Christen ist übrigens einerlei – auf einem Platz in Port-Sudan zu vierzig Peitschenhieben verurteilt worden war, weil man ihn in Besitz einer Flasche Bordeaux und einer Flasche Whisky angetroffen hatte, in deren Gesellschaft er an einem 24. Dezember, das liegt schon Jahre zurück, auf seine Art die Geburt Unseres Herrn zu feiern beabsichtigte). Was mir hier gefällt und kein anderes Land bieten könnte, ist, dass man hier nicht nur ein Ausländer ist, sondern darüber hinaus auch ohne jede, absolut jede Bedeutung bleibt, und sei sie nur Einbildung. In anderen Gegenden ist ein Fremder, zumal ein Weißer, eine Ausnahmeerscheinung; hier nicht: Hier hat man das Gefühl, Nippes zu sein, eine etwas kuriose Form von Nippes vielleicht (eine Uhr, ein Magnet, eine riesige Glasperlenkette), aber eben doch nur Nippes, nicht mehr, nicht weniger. Eigentlich wird dieses Gefühl dem lyrischen Gemüt der Sudanesen nicht ganz gerecht. Denn die Neugier, die sie zuweilen dazu treibt, einen mit der nonchalanten Höflichkeit großer Gauner anzusprechen oder einen dazu einzuladen, einen Napf *foul* mit ihnen zu teilen, hat nichts Materialistisches. Sie ist poetisch: Für sie bist du eine Truhe voller unbekannter Wörter, ein paar davon stibitzen sie dir und spielen damit, wie sie es mit Edelsteinen tun würden, und dann, einen Augenblick später, wird ein dicker Qualster in den Staub gerotzt (womit hier jede noch so unscheinbare Sequenz des Lebens interpunktiert wird), und damit hat sich das Interesse, sie gehen wieder ihren Beschäftigungen oder eher ihrer flanierenden, schwatzhaften Beschäftigungslosigkeit nach, die einer der Reize dieses Landes ist, und man ist nicht mehr als eine Geschichte, die man einmal erzählen kann, eine Legende unter den Millionen von Legenden, in denen die Menschheit aufgeht. So erwartet oder befürchtet man nichts von dir, man wird weder bewundert noch gehasst, man ist lediglich eine Gelegenheit im denkwürdigen Tauschgeschäft der Worte:

Und wenn es die Ängste auch nicht beseitigt, so verkleinert es sie doch wenigstens.

Außerdem besteht das Leben, wie man eigentlich wissen sollte, nicht nur aus Annehmlichkeiten, und die Behauptung, dass diejenigen, die nur danach suchen, das Leben nicht wirklich lieben, ist keineswegs paradox, denn sie sind nicht mehr als Kunden in einem Freudenhaus oder Leser von Kitschromanen. Man kann sich also, aus Gründen, die nichts (oder doch nur wenig) Menschenverachtendes an sich haben, für diesen Aufenthaltsort entscheiden, dieses riesige Fenster Afrikas, in das sich der auf dem Kopf stehende Baum des Nils einschreibt, der, quer durch die Savanne, wo zwischen spärlichen Restbeständen an Büffel- und Nashornherden der metaphorische, pittoreske Gott der Christen mehr schlecht als recht überlebt, die Dschungel des Südens, diese triefnassen, mit kunterbunten Fetischen gespickten Schwämme, mit den Wüsten des Nordens verbindet, wo die Abstraktion des Islam über dem flüssigen, von gewaltigen Ruinen aus Stein gesäumten Bett schwebt. Der Sudan ist auch, ich scheue mich nicht, es zu sagen, ein philosophisches Areal. Die Geschichte, die ich heute Abend in Khartum, in einem Zimmer des Hôtel des Solitaires in der Sharia Zubayr, zu schreiben beginne, wird von den Gründen erzählen, die mich dazu gedrängt haben, hier ein radikal Fremder zu werden, und wie es mir dabei ergangen ist. Der Alleinige Gott sei mein Zeuge, ich denke damit nicht, zur Erbauung kommender Generationen beizutragen.

I

KHARTUM

I

»DIE LIEBE«, SAGTE ICH zu Harald an jenem schon längst vergangenen Tag, an dem alles angefangen hat … Aber nein, es gibt keinen Anfang. Diese Geschichte hier zum Beispiel hat so viele Quellen wie der Nil, der an mir vorbeiströmte, mir wie ein Rasiermesser in aller Ruhe durchs Auge schnitt. Der Nil hat keine Quelle, hat keinen anderen Anfang als die Wolken über dem Äquator, die Milliarden von Regentropfen, die über dem Ruwenzori, dem Mondgebirge und den äthiopischen Hochebenen niedernieseln, den Tau, der auf die grünen Hügel Afrikas perlt, den Urin der Tiere, der Menschen und selbst ihre Tränen zwischen, sagen wir, dem dreißigsten und vierzigsten Grad östlicher Länge und dem fünften Grad südlicher und dem fünfzehnten Grad nördlicher Breite. In etwa. Wenn man an all die Typen denkt, die auf der Suche nach DER Quelle ihr Leben gelassen haben, dem unendlichen Abgrund, von dem Herodot spricht … Bruce, Burton, Speke, Schweinfurth, Baker … Heerscharen … dieser junge Franzose, vor dessen Kühnheit sich ein Burton verneigt und dem ein kleiner Stammesfürst mit einem schlecht geschliffenen Messer in einem Dorf namens Dege den Kopf abschlug … Einzelgänger, Abenteurer, Besessene. Andere wiederum marschierten an der Spitze von Expeditionskorps, die so groß waren wie eine kleinere Armee, hatten in Metallkisten verstaut ganze Dampfer in Einzelteilen bei sich, um die schiffbaren Abschnitte stromaufwärts zu fahren, und

Champagner für den Fall, dass sie ihre Füße in den ersten Wasserblasen des längsten Flusses der Welt baden sollten … Oder die Zenturionen, die Nero in den endlosen Sand Afrikas schickte, drei Jahre bevor er Rom anzündete … Ein Fluss muss einfach eine Quelle haben, so dachten sie alle … Aber nein, nichts als wimmelnde Geflechte aus Wasser, ein Nest aus Wasserschlangen … eine unfassbare Form wie dieser verästelte Blitz, den der Winter an den Himmel über dem Jardin du Luxembourg malt. Der Luxembourg ist auch, wenn man so will, einer der Anfänge dieser Geschichte. Ich könnte dort, wenn ich je dorthin zurückkehre, eine kleine Pyramide bauen, so wie Waldeker in Rutovu am Kagera-Fluss … *Caput Nili meridionissimum* … Das hätte einen Anschein von Wahrheit, einer etwas zu einfachen Wahrheit indes. Der Große Fluss entspringt einem Schwamm, einem unbeschreiblichen Haarschopf, einem ungeheuer großen Nicht-Ort, so wie jede unserer winzigen Geschichtchen auch.

»Die Liebe«, sagte ich zu Harald an jenem Tage, an dem ich die Bekanntschaft von Doktor Vollender machen sollte, »ist wie das Entsetzen: eine gewaltige Kraft, in deren Nähe wir unser ganzes Leben verbringen, selbst dann, wenn man das Unglück hat, nie wirklich verliebt gewesen zu sein oder zu Tode entsetzt. Aber in den meisten Fällen widerfährt es uns ja doch, und dies gleich mehrmals im Leben: Dann wird man von ihr angesogen, zermalmt, man überlebt es oder überlebt es nicht, kommt in mehr oder weniger guter Verfassung wieder davon, aber es ist in jedem Falle illusorisch, im Nachhinein noch die Intensität messen zu wollen. Das ist es, worauf ich hinauswill, Harald: Man kann nie sagen, wenn man ehrlich sein will, welche die größte Angst des Lebens war oder die Frau, die man am meisten geliebt hat. Und doch sagt man es, man erzählt es, macht daraus Geschichten, Bücher, Filme, aber das ist nicht die Wahrheit, das ist Konformismus, und zuallererst der Konformismus der Sprache, ja selbst der Grammatik, der uns zu solchen Lügen zwingt. Weil etwas groß ist, oder gar gewaltig, brauchen wir sofort einen Superlativ. Man wird nie erzählen, wie einem die dickste Maus des Lebens über den Weg gelaufen ist, oder? Aber der wildeste Tiger, das bestimmt. Die Unglücklichen, die von der politischen Polizei in Zelle B in Hai el-Mataar gleich neben dem Flughafen gefoltert werden, messen nicht die Stärke der Stromschläge, die ihnen in die Geschlechtsteile gejagt werden: Sie vergleichen nicht, jeder Schlag spannt ihre gefesselten Körper auf den Strohmatten zu nubischen Bögen, und dann kommt ein Schlag, der nicht einmal der stärkste zu sein braucht, der sie tötet oder ihnen den Verstand raubt.«

Das war vor einem Jahr, im Februar, auf der Terrasse des Blue Nile, einer Art Ausflugslokal unterhalb der Sharia el-Nil. Leicht benommen, wie gewohnt, sah ich jene schwimmenden Wälder an mir vorbeiziehen, die im Jahre 61 unserer Zeitrechnung Neros Legionäre gebremst haben. Mehrere Tagesmärsche vor Meroe waren sie an die Ufer der riesigen Sümpfe von Sudd gelangt. »Die Eingeborenen wissen nicht, wo die Sümpfe aufhören«, hatten die Überlebenden Seneca mitgeteilt, »und es besteht keine Hoffnung, es je zu erfahren, so sehr sind die Gewässer von hohen Gräsern umgeben.« Eine der zahlreichen poetischen Auswirkungen, die der Verfall eines Landes mit sich bringt, besteht in der wuchernden Verbreitung der Quecke: Diese schwimmenden Dschungelinseln, die sich in Khartum breitmachen, schleppen manchmal ganze Bäume mit sich, deren Äste die Gläser auf der Terrasse des Blue Nile abräumen können (einmal ist ein Affe von einem dahintreibenden Banyanbaum gestürzt, auf meinem Tisch gelandet und fand noch Zeit, mich in den Finger zu beißen, bevor er sich im Lärm von splitterndem Glas kreischend davonmachte: Damals habe ich nicht das Vorzeichen darin gesehen, was darin vielleicht zu sehen war). Manchmal feuern auch die Revolutionsgardisten mit ihren Maschinengewehren auf die grünenden Flöße, denn sie fürchten, dass sich dort irgendein Rebell verbergen könnte: Solche Zwischenfälle ereignen sich meistens in der Abenddämmerung, der Tageszeit, die auch die tapfersten Soldaten nervös macht. Dann dauern die Salven bis spät in die Nacht, denn die Grünen Garden wollen von der Finsternis des Shaytan nicht um ihren Sieg gebracht werden. Im Morgengrauen sammelt man auf dem anderen Ufer zerfetzte Ziegen und Kamele ein, manchmal auch eine säumige Wäscherin oder einen Kerl, den es beim Scheißen am Flussufer erwischt hatte.

Ein Teil dieser Vegetation verfängt sich mit all seinen Bewohnern in den auseinanderfallenden Schiffsbäuchen der *sternwheelers*, jener Heckraddampfer, die vor Urzeiten stromaufwärts bis Juba fuhren und jetzt am Nordufer des Blauen Nils verrotten. Dieses wilde Durcheinander von rostigen Rümpfen, von Laufstegen, deren Holzlatten von den Lanzen eines exotischen Waldes aus Dunsinane durchbohrt werden, von hohen Kaminen, um die sich dichte Mähnen von Lianen schlingen, von Gängen, deren blatternnarbige Eisenwände unter dem Druck von Orchideen nachgegeben haben, ist natürlich einer der hübschesten postmodernen

Orte von Khartum. Unter Dampfkesseln, die zu Anfang des Jahrhunderts in Glasgow hergestellt worden sind, halten Krokodile, die offenen gelben Augen nah an der Wasseroberfläche, ein Nickerchen, Papageien krakeelen in Bäumen, die sich mit dem Mastwerk verflechten und dieses überragen, sanfte Pythonschlangen, fest und schillernd wie schöne, in Seide gehüllte Beine, haben Rettungsboote zu ihrer Wohnstatt erkoren (Dunes Beine, bewundernswert, aber auch, wie soll ich sagen, von größerer *Evidenz* als Alfas Beine: Ich mochte es nicht, damals, als ich mich um all das noch wirklich kümmerte, wenn die Körper sich aufdrängten). Das Ganze sah aus wie ein kleiner Maschinendschungel.

In einer der ehemaligen Kabinen erster Klasse der *Equatoria* habe ich, was man andernorts eine Junggesellenbude nennt. Ich treffe dort zweimal im Monat, häufiger nicht, eine Soldatin mit großen, hervorstehenden Antilopenaugen und wülstigen, wie für Bisse geschaffenen Lippen. Zweimal monatlich gewährt sie es mir, und das reicht, um meine bescheidene Glut zu kühlen. Ich weiß nicht, inwieweit ihre olivgrüne Uniform und der Nebel aus schwarzer Gaze, hinter dem ihre Züge verschwimmen, die tragischen Fetische sind, die ich am liebsten an ihr vögele. Oder vielmehr doch. Ich weiß es nur zu gut. Für sie bin ich nur ein Weißer, ein Ungläubiger: Sie findet, vermute ich, an diesem Verstoß ein vorübergehendes Vergnügen, und genauso fürchte ich, an ihr vor allem die Peitschenhiebe zu lieben, die mich erwarten, wenn wir erwischt werden, ihre Knarre (dass eine Frau mich töten kann, wusste ich schon: aber auf diese Weise, das ist etwas Neues), ihre Uniform und den Schleier, der ihrem Gesicht etwas Theatralisches, etwas von einer Venus von Meroe verleiht: Alle diese Symbole einer Macht, die ich verabscheue, jene Kategorie von Macht, die sich auf den Arm der Soldateska stützt, sie erregen mich, wenn ich sie ihr herunterreiße. So ist es nun einmal. Jeder von uns liebt schließlich am anderen das Verbotene, was ein hinreichend zwingender Grund für die Lust, nicht aber für die Liebe ist. Ich glaube, ich habe mich nie mit einer anderen Frau so verstanden.

Was auch zur aufreizenden Melancholie dieser Liebesbegegnungen beiträgt, ist die finstere Schönheit der Umgebung. In Frankreich soll es Leute geben, wie ich bei meiner Rückkehr nach B.s Tod erfahren habe, auf die es stimulierend wirkt, in einem Hotel in Disneyland zu vögeln. Das ist ihre Sache. Um unsere, Hurriyas und meine, Liebesspiele herum entfaltet sich ein ganz anderes aphrodisierendes Panorama. Gegen die halbwegs senkrechte Seite (deswegen habe ich dort mein Lustquartier aufgeschlagen) der *Equatoria* lehnt sich der Rumpf der *Empress of Meroe*. Ein großer Baum, dessen Namen ich nie in Erfahrung gebracht habe, schaukelt zwischen den beiden Schiffen eingezwängt in der Strömung. Auf der einen Seite breiten sich die Hafenanlagen, oder das, was davon geblieben ist, der Nile River Streamship Company aus: eingefallene Trockendocks, die an die verrußten Mauern einer antiken Stadt erinnern, Schienen, die in die Wasserwirbel des Nils tauchen, darauf eine entzweigebrochene Schute, aus der ein Palmenwäldchen emporsprießt, Werkhallen, unter deren Glasdächern zwischen den Zylinderpressen einer Blechwalze die breiten, transparenten Blätter eines Bustrodendrons wachsen. Mit einer RPG 7 bewaffnet (ein gewaltiger, an der Mündung geschwollener

Schießprügel, eine Art Panzerabwehrwaffe, die aussieht wie ein erigierter Penis), einem Bart im Gesicht und jovial dreinschauend, bewacht ein einziger Soldat diesen ganz offensichtlich strategischen Trümmerhaufen. Seinen gezuckerten schwarzen Tee schlürfend, erzählt Nimur mir mit Vorliebe endlos lange arabische Geschichten, von denen ich so gut wie nichts verstehe, die ich aber vielleicht gerade deswegen schön finde. Zum Dank rezitiere ich auswendig gelernte Gedichte aus Victor Hugos *Sage von den Jahrhunderten,* das Auge war im Grab und sah auf Kain, am nächsten Tag stürmt' Aymery Narbonne, in tiefster Brust ist Hermann ohne Hoffnung. Das scheint ihm ein lebhaftes Vergnügen zu bereiten. *Al-lugha al-Firansiya,* antwortet er mir, *lugha cha'riya kal-lugha al Aribiya,* »die französische Sprache ist genauso poetisch wie die arabische«.

Nimur war es auch, der mich eines Abends auf die hiesige Weise bei der Hand nahm – er verhakte seinen kleinen Finger mit meinem kleinen Finger – und mich zu einem unweit der Werkhallen angespülten Gerippe führte, das auf den ersten Blick wie das Skelett eines riesigen Welses aussah. Die eingefallene Karkasse, die langsam wieder die welligen Formen der Vegetation annahm, beherbergte eine verwilderte und äußerst biestige Katzenschar. »Gordoun Bacha«, wiederholte er sehr aufgeregt, »Gordoun Bacha steamboat!« Tatsächlich konnte man am Heck noch die kupfernen, grüne und blaue Kristallknospen treibenden Lettern eines Namens erkennen: *Bordein.* Diese prähistorische Fischgräte war das Wrack jenes Kanonenboots, das zu spät gekommen war, um den »Chinesen« zu retten. Als die *Bordein,* gefolgt von der *Tell el-Howein,* am frühen Morgen des 28. Januar 1885 den

Zusammenfluss der beiden Nilströme erreichte, wurde sie von Feuersalven und Kriegstrommeln empfangen. Nachdem sie Wasser schaufelnd und unter dem Geknatter von Heliografen und Maschinengewehren langsam, an Tuti Island entlang, den Blauen Nil flussaufwärts gefahren waren, lagen die beiden *paddle-steamers* anderthalb Kilometer vor dem Palast, einem großen Bau im Zuckerbäckerstil, den man sich sehr gut auch in Brighton vorstellen könnte. Oberst Sir Charles Wilson von den Royal Engineers hatte schnell begriffen, dass er nicht zwei Tage lang hätte zögern dürfen, bevor er in Metemma ablegte, das zweihundert Kilometer flussabwärts lag und wo die Rettungsexpedition von Lord Wolseley immer noch herumtrödelte: Durch den Sucher seines Perspektivs, das er durch den Schießschacht des Gefechtsturms der *Bordein* nach draußen richtete, konnte er sehen, dass auf dem Dach des Palastes nicht mehr die Fahne des Khedifen flatterte, sondern das schwarze Banner des Mahdi. Das immense Licht der aufgehenden Sonne entfachte auf dem Eisen der Lanzen und dem Stahl der Gewehre ein Funkengestöber, das am Ufer die schillernden Blitze des Wassers noch vervielfachte. Die Stadt war gestürmt und Gordon zwei Tage zuvor getötet und geköpft worden. Unter Maschinenfeuer ließ Oberst Wilson seine Truppe kehrtmachen. Überlieferung oder Hagiografie wollen, dass die sudanesischen Soldaten an Bord des Kanonenboots in Tränen ausbrachen. Hätten sie ihre Familien, ihr Hab und Gut verloren, schrien sie, dann sei dies das böse Geschick des Krieges. Aber wenn Gordon tot sei, dann sei nach Gottes Willen alles vorbei. »Es war eine grausame Enttäuschung, Khartum am Geburtstag Ihres Bruders zu erreichen«, schrieb der unschlüssige Oberst später an Sir Henry Gordon, »und festzustellen, dass es zu spät war.« Denn um die Geschichte perfekt zu machen, waren die beiden als Vorhut entsandten Boote obendrein noch an Gordons zweiundfünfzigstem Geburtstag angekommen. *Bloody Birthday* …

Das ist also die Landschaft, die sich steuerbords der *Equatoria* ausbreitet. Auf der anderen Seite blähen und stoßen sich die mächtigen bronzefarbenen Schuppenpanzer des Blauen Nils: eine römische Armee beim Sturm auf eine Stadt, das Schild auf dem Rücken. Diese dunklen, auch in der Nacht immer noch ein wenig Licht ausstrahlenden Wassermuskeln (denn wie alle treffen wir uns, Hurriya und ich, immer erst nach Einbruch der Nacht) – es gefällt mir, dass ihr Name auf Lateinisch so viel wie »Nichts« bedeutet. Als ich vor vierzehn Monaten nach Frankreich zurückgekehrt bin, glaube ich verstanden zu haben, dass man dort nur noch, selbst in der Literatur, die inzwischen, wie der ganze Rest, von der Börse lernt, Zyniker und Gewinner zu schätzen weiß. Muss ich mich entschuldigen, wenn ich gestehe, dass es mir keineswegs missfällt, hier, am Strand von Khartum North, zu spüren, wie das Wrack, der Zufluchtsort meiner Liebschaft, unter dem Andrang eines Flusses erbebt, der Nichts heißt? Diese kleine Schwäche belegt vielleicht mehr als alles andere, wie sehr ich mich von meinem Land entfernt habe (aber nicht von den vielen, die seine Schriftsteller waren). Wenn der *haboob* weht, kann man das gegenüberliegende Ufer kaum noch ausmachen. Ein galliger Dunst verwischt die spärlichen Lichter wie bei einer Art Island unter Wüstenhitze. Man erkennt – Fantasieschlösser – so gerade die Minarette der großen Moschee, ihre dreiblättrigen Fenster, aus denen grüne Neonschwerter stechen, und die weiße Fassade am Palast des Diktators: ebendes Palastes, in dem Gordon zwei Tage vor Ankunft der Schiffe, die das Signal zu seiner Erlösung gewesen wären, den Lanzen erlag. Diese fantastische Erscheinung hat, ich weiß nicht weshalb, etwas von einem Night-Club (das Schummerige, Verqualmte?), sodass ich manchmal Lust habe, auf dem Promenadendeck der *Equatoria* ein paar Champagnerkorken knallen zu lassen. Aber ich fürchte, dass trotz seinem poetischen Gemüt weder Nimur noch Hurriya, ja nicht einmal die Pythons, die doch, wie im Lied, brave Jungs sind, das zu schätzen wüssten. Außerdem müsste man schon früh aufstehen, um in diesem Nest Champagner aufzutreiben. Beim Diktator vielleicht? In der Stadt munkelt man, dass in seinem Palast grobe Verstöße gegen die Gesetze des Islam begangen werden. Es heißt, dass er einer Ferkelei in Gesellschaft eines seiner Schützlinge, eines Fettwansts, der einmal der meistgesuchte Terrorist der Welt war, nicht abgeneigt ist. Es heißt, dass sie sich bei solchen Gelegenheiten schon einmal eine Anleihe auf die vielen Huris genehmigen, die Gott in Seinem Paradies nur den Rechtgläubigen in Aussicht stellt.

»Man kann die Intensität der Liebe nicht messen«, sagte ich zu Harald an jenem 21. Februar des vergangenen Jahres, an dem ich die Bekanntschaft von Dr. Vollender machen sollte, auf der Terrasse des Blue Nile, »weder der Liebe noch des Entsetzens, des Leidens, nicht einmal der Literatur, die bestimmt mit alldem etwas zu tun hat. Zu sagen, man habe ein Buch mehr geliebt als alle anderen, ist dummes Zeug. Denn, es geht immer auf das Gleiche hinaus, es ist nicht EIN Buch, sondern das Gewitterdonnern der Literatur, das einem von

Zeit zu Zeit einen Blitz in den Pelz jagt, und der kommt aus diesem oder jenem Buch, aber alles, was man hinterher sagen kann, ist, dass man einen Schlag abbekommen hat, dass da eine Kraft ist, bei der einem der Atem stockt, die einen maßlos übersteigt. Und die, wie die Liebe usw., die bizarre Eigenschaft hat, einen aufzulösen, aber auch, im Gegenteil, dazu führt, dass man sich, einige kurze Augenblicke lang, auf einen Punkt des absoluten Durchblicks und der absoluten Empfindung zusammenzieht, einen Punkt, den man sonst nie erreichen würde. *That's all.* Ein schöner Tod, der Götter würdig, die wir angeblich entthront haben, wäre das gleichzeitige Zusammenkommen all dieser Embolien der Liebe, der Angst, des Leidens und der Kunst. Eine Art elektrischer Stuhl des Sublimen. Aber wir sind unseres Sieges über die Götter so unwürdig geworden, dass wir alle an Krankheit oder Langeweile sterben werden ... Hörst du mir eigentlich zu, Harald?«

Wie ein Krokodil hatte ich die Augen fast geschlossen, um mich vor den Katapulten der Sonne zu schützen (von wem war das noch? Cendrars? Saint-John Perse? Hä, Harald, du Sack? Ich hatte in meinen jungen Jahren Gedichte gelesen, aber Harald ... das hätte mich verwundert ... stark verwundert ... die mannigen Diamanten aus unwahrnehmbarer Gischt, die glühenden Trichter, das sagte ihm wirklich nichts), die Stores waren herabgelassen, um die Feuerscheite der die flüssigen Wälder des Nils versengenden Sonne abzuwehren, und ich setzte mein Selbstgespräch, ohne seine Antwort abzuwarten, fort: »Habe ich zum Beispiel Alfa mehr als alle anderen Frauen geliebt? Nein, es macht keinen Sinn, so etwas zu sagen. Außerdem habe ich sie, sie auch, betrogen, mies und perfide betrogen. Also? Alles, was ich sagen kann, ist, dass sie es war, die mich in den Wahnsinn getrieben hat. *That's all.*« Und da ich sehe, dass er, noch abgeschlaffter als ich, die Augen verbrannt vom karfunkelnden Nil, nicht antwortet, wechsele ich abrupt das Thema: »Das ist schon merkwürdig, früher wanderten die Zivilisationen flussaufwärts, und hier, südlich der großen Sandmassen, verebbte die Welle des Mittelmeers: Gedanken, Hieroglyphen, Texte, Architekturen, ägyptische, griechische, römische, byzantinische Götter, das alles wurde hier wie Kraut und Rüben abgelagert, wie Schiffswracks, die das Meer heranschwemmt. Jetzt ist es umgekehrt: Der afrikanische Wald kommt den Fluss hinunter, Inseln aus Dschungel, Schiffe aus Sumpfgemüse treiben dem großen Hackbrett der Katarakte entgegen. Schon fast wie Macbeth, oder? Glaubst du, das sind die Vorboten unseres Endes? Aber ich frage mich, welche geraubte Krone man uns wohl vom Kopf schlagen wird ...«

Da ich feststelle, dass dieser Riesenidiot entschieden nicht antwortet, dieser Idiot, den das Exil, die Scheißerei, die Bullenhitze, die Langeweile, der Alkoholentzug, die fließenden Blitze des Nils, das Gefühl, keineswegs unersetzlich zu sein, welches die Wüsten denen vermitteln, die sich eher als Kamele denn als Kameltreiber fühlen, noch stärker ramponiert haben als mich (ah, diese großartigen Kamelkadaver, auf die man im Wüstensand stieß, die geformt und geschliffen waren vom Glaspapier der Winde, stellenweise bis auf den blanken Knochen abgeschmirgelt, dann wieder, wie einer von Fragonards Enthäuteten, ganze Pakete von Innereien und geschwärzten, unter dem Feuer der Sonne geräucherten Muskeln ausbreitend; die Fetzen von zerzaustem Fell; und drum herum, wie um das dunkle Vulkangestein, das den Wüstenboden sprenkelt, Wellen aus Miniaturdünen …), da ich also sehe, dass dieses Wrack nichts erwidert, nicht einmal den Ansatz zu einem Satz, der eine vage Form von Dialog nähren könnte, fahre ich fort: »Glaubst du, dass der Sinn der Geschichte sich umgekehrt hat? Dass dieses Nest fernab jeder modernen Straße der ewige Dreh- und Angelpunkt ist, um den herum die Waage von Nord und Süd sich ausbalanciert, von Vernunft und Glauben, Schrift und Vegetation? Auf der einen Seite die großen Rhythmen, die Masken und die Zauberei, die Geschichte im Stillstand, die Unterentwicklung; auf der anderen Seite der Monotheismus, der Kapitalismus, die mediatisierte Gesellschaft, das Internet? Dann befänden wir uns vielleicht am einzigen Ort der Welt, wo die berühmte, die berüchtigte Geschichte weder zyklisch noch dialektisch, noch linear und fortschreitend verliefe, sondern, im Gegenteil, alternierend? So wie Ebbe und Flut die Loiremündung meiner Kindheit bearbeiteten, von den Kränen in Saint-Nazaire und Paimbœuf bis zum alten Sklavenhafen von Nantes, wie das ganze Kommen und Gehen der vom Regen gepeitschten grauen Fluten, diese langsame Masturbationsbewegung des Wassers, das Schiffsbäuche voll Mennige und Kobalt vom anderen Ende der Welt mit sich schleppt? Dann wären wir hier, im Blue Nile, wider Erwarten – denn alle Welt glaubt, dass wir hier wirklich im hintersten Winkel sämtlicher Vorstädte des Planeten stecken, alle Welt, das heißt niemand, und das beweist …«

»Das beweist was?«, fährt mir dieser Sack plötzlich dazwischen.

Das ist ja wohl … Sein feister, vom weißen Plastik eingeschnürter Körper hatte sich kaum gerührt, als er sich im Abendfeuer des Nils endlich zu einer Replik durchrang. Ich drehe mich leicht zu ihm hin, betrachte ihn: massig, schlaff, unbeweglich, die Augen geschlossen, still. Und doch ist mir so, als habe er etwas gesagt.

»Das beweist ich weiß nicht mehr was. Glaubst du vielleicht, es ist anregend, mit einem Kerl zu reden, der die ganze Zeit vor sich hin schnarcht und dann mitten in einem Satz, irgendeinem banalen Satz, kurz aufwacht … Doch, ich hab's: dass sich niemand darum schert, wo wir, wo du und ich sind, in welchen verdammten Winkel der Welt wir uns zurückgezogen haben, das beweist, dass wir weit weg sind, weit von allem. Nun gut. Auf jeden Fall wollte ich sagen, dass wir beide, du und ich, hier möglicherweise nicht vor einem sehr alten Fluss sitzen (zugegeben, er ist nicht älter als die anderen, nerv mich nicht damit: Er ist der älteste bekannte und beschriebene Fluss. Der Vater aller Flüsse. Einer von denen, die aus dem Paradies flossen. Dass ich nicht lache … Los, schlaf ruhig weiter. Mir ist es eigentlich lieber, wenn du die Klappe hältst. Ich sehe dich gern zusammengesackt auf weißem Plastik, mit den Halbmonden des Wassers, die über deine Visage tänzeln, denn ich erkenne mich in dir wieder), ich wollte sagen, dass wir möglicherweise nicht dabei sind, unsere Langeweile zu betrachten, sondern so etwas wie ein Konzept oder ein Gesetz: Die Geschichte als Pendel, die Geschichte als Gezeitenwelle.«

Harald schläft nicht wieder ein. Im Gegenteil, er steht auf (der Vorgang braucht Zeit, zwingt ihn zu Grimassen, die Risse in seine Maske aus altem Backstein treiben), er schüttelt sich und gähnt dabei den Nil an. Plötzliche Erinnerung an Buck Mulligan, der sich zu Anfang des *Ulysses* rasiert, das rotzfarbene Meer vor Augen. *Introibo ad altare Dei.* Nie verkehrt, ein bisschen gelesen zu haben: gut fürs innere Gemurmel.

»Soeben«, kündigt er mir mit feierlicher Stimme an, »habe ich mir eine Flasche Gin vorgestellt.« Das, sage ich mir, liegt ihm mehr als der Sinn der Geschichte. »Ich habe sie mir ziemlich genau ausgemalt, mit einer flachen und mit einer bauchigen Seite – die einzige asymmetrische Flaschenform, die ich kenne, Gordon's London Dry Gin. Du kannst mir glauben, Gott allein weiß, wie viel von diesen Pullen ich leer geputzt habe, bevor ich in diesem Drecksloch landete, wo der Alkohol verboten ist, aber ich musste erst neunundvierzig Jahre alt werden, um diese Besonderheit zu bemerken. Ich meine die Asymmetrie. Nun stellte ich mir gerade zwei Fragen: Erstens, hat dieser Gordon vom Gin etwas mit dem Gordon von hier zu tun? Und zweitens, könnte man nicht Odysseus ein bisschen schmieren, um an eine Schmuggelflasche zu kommen?« Odysseus, oder Ulysses, ist der Wirt des Solitaires. Dieser Grieche aus der Diaspora, polyglott, sympathisch, genauso unbeschreiblich listenreich wie sein nicht gerade sehr heiliger Namenspatron, war ein ferner Nachfahre jenes Doktor Nikolo, der während der Belagerung im Sold des »Chinesen« gestanden hatte, um in den glühend heißen, mit Sterbenden und Verletzten vollgestopften Sälen des Hospitals von Khartum für ein wenig Hygiene zu sorgen.

Ich weiß nicht, ob Charlie Gordon in irgendeiner Weise mit dem Alexander Gordon der Ginflasche verwandt ist.

Gordon muss wohl ein ziemlich weit verbreiteter Name sein. Fest steht, dass zu Anfang seiner Karriere als Kriegsherr in China Gerüchte umliefen, denen zufolge er, der jeden Alkoholkonsum in den Lagern seiner *Ever Victorious Army* strikt untersagt hatte, ohne mit der Wimper zu zucken, Gin in seinen Tee kippte. Die Biografen haben nicht aufgehört, sich über diese lächerliche Einzelheit zu streiten. War er oder war er nicht ein *secret drinker,* ein heimlicher Trinker? *He probably suffered from indulgence in this habit,* schließt, im Anschluss an Nachforschungen in Schanghai, der Sohn seines Dolmetschers fürs Mandarinchinesische, S. F. Mayers: »Es ist nicht auszuschließen, dass er einen gewissen Hang in diese Richtung hatte.« Ganz offensichtlich war er auf keinen Fall das, was die Engländer einen *teetotaller* nennen, mit anderen Worten: er war kein Milchbubi. Ich aber frage mich, mit einem Gefühl von Mitleid, ob er neben dem Pulver und der Munition, die in der ehemals österreichischen Missionskirche einlagerten, auch über einen kleinen Vorrat an Cognac verfügte, um die letzten Monate der Belagerung zu überstehen, in denen er einsamer und verlassener noch war als Christus auf dem Ölberg. Das Hochwasser ausnutzend, hatte er am 12. September die letzten drei Europäer von Khartum aus Richtung Norden evakuiert: seinen Feldadjutanten Oberst Stewart, den Korrespondenten der *Times*, Frank Power, und Herbin, den französischen Konsul. Ich stelle mir die Situation bei der Einschiffung vor. Der kleine Steamer *Abbas* liegt am Kai, unterhalb des Zuckerbäckerpalasts aus Brighton. Davor der versengte Rasen, auf dem Gordon acht Monate zuvor die Schuldenbücher, in denen die Ausbeutung die Form von Zahlenkolonnen annimmt, und die Peitschen aus Nashornleder, diese Symbole der Sklaverei, hatte verbrennen lassen. Umgeben von den begeisterten Massen schafft der neue Hikimdar im Sudan das Gottesreich auf Erden. »Ich bin ohne Soldaten gekommen«, ruft er aus, »ich will mit keinen anderen Waffen als den Waffen der Gerechtigkeit kämpfen.« Inzwischen sind acht Monate vergangen, das Hochwasser des Nils zerrt entsetzlich an den Tauen des Steamers, die Kämpfer für ein anderes Gottesreich haben den Belagerungsring um die Stadt enger gezogen. Die Telegrafenleitung von Khartum nach Kairo ist gekappt worden. Das Hochwasser nutzend, das es den kleinen Schaufelraddampfern vielleicht erlaubt, die Linien der Rebellen zu durchbrechen, depeschiert Gordon an seine einzigen Vertrauensleute nach Ägypten. Sie haben Mission, Kairo und London davon in Kenntnis zu setzen, dass er nicht mehr lange durchhalten kann. Als sturer Schotte will Stewart Gordon nicht zurücklassen. Er braucht einen schriftlichen Befehl, um den Auftrag zu akzeptieren. Unter einem mallarméschen Adieu aus Taschentüchern macht die *Abbas* die Leinen los, die gewaltige Strömung des Blauen Nils trägt sie rasch zum Zusammenfluss, bald ist sie hinter der letzten Biegung von Tuti Island verschwunden, wo sie von den Musketen der *Ansaren* empfangen wird. Die Schießerei dauert lange, gen Norden nimmt das Krachen der Feuersalven langsam ab, was beweist, dass das Schiff die ersten Linien der Belagerer durchbrechen konnte. Ein paar Tage später läuft das Schiff bei einer Untiefe nördlich der großen östlichen Schleife zwischen dem fünften und dem vierten Katarakt auf Grund. Die Schiffbrüchigen nehmen die Gastfreundschaft des Dorfscheichs von Abu Hamed an. Er bittet sie zu einem Mahl in sein Zelt und lässt sie umbringen. Die Botschaften werden niemals eintreffen.

»Na und?«, fragt Harald.

»Na und was? Interessiert dich das vielleicht nicht, diese Geschichten von SOS-Rufen, die im Äther verpuffen, von vergeblicher Flaschenpost? Von Händen, denen der Zufall nicht hilft? Von Begegnungen, von denen ganze Menschenleben abhängen, und die ein verspäteter Brief, die Stoßblende einer vorbeifahrenden Straßenbahn, ein paar Sekunden oder Stunden auf dem Zifferblatt einer Uhr für immer vereiteln? Sie entschließt sich, ihm zu schreiben, ich denke immer nur an Sie, kommen Sie, ich erwarte Sie, über ihre Gleichgültigkeit verzweifelt, ist er zwei Tage zuvor in den Krieg gezogen, aus dem er nicht zurückkehren wird? Theseus kehrt nach seinem Sieg über den Minotauros zurück, er vergisst, die schwarzen Trauersegel des Schiffs gegen weiße einzutauschen, sein alter Vater Aigeus glaubt, der Stier habe ihn aufgespießt, und wirft sich ins Meer? Hauptmann Giovanni Drogo wartet sein ganzes Leben auf die Tataren, sie strömen ausgerechnet an dem Tag von Norden her ein, an dem er, alt und krank, abgelöst wird? Baudelaires Vorübergehende? Das sagt dir nichts, wie? Natürlich, du bist nicht gerade romantisch … du bist ein Pragmatiker, ein trotteliger Positivist, du hast es nicht mit den verpassten Gelegenheiten, mit dem ›fast‹, mit den Haaresbreiten, mit ›Er sagte Grouchy sei Blücher‹ und anderen Albereien (aus unerfindlichen Gründen mochte Nimur diese Passage bei Victor Hugo, wo die Schlacht von Waterloo kippt, über alles). Und wenn du jetzt wissen willst, was nun mit dem Gin ist, so sage ich: nein, zweimal nein. Charlie Gordon hatte nichts mit Alexander, dem Schnapsbrenner, zu tun; und es ist besser, Odysseus nicht darum zu bitten. Das könnte uns, und ihm auch, Unannehmlichkeiten bereiten.«

Und obendrein diese nutzlose Unterhaltung, obendrein die langen, lautlos vorbeigleitenden Schnellzüge des Nils mit ihren glitzernden Lichtwaggons vor unseren Augen, unterwegs zum fernen Mittelmeer. Mit halb Afrika an Bord, dem Affengeschrei des Dschungels, dem Gefieder, den Giften und dem lauten Getöse der Fetische mit ihren verdrehten Augen, von einer unerbittlich abstrakten Wasserscheide den tausend blauen Säulen des Mittelmeers entgegengetrieben. »Man sinnt über so große Dinge nach«, meinte ich außerdem an Harald gewandt, »so große Geschichten stürzen auf einen herein, man glaubt einen Augenblick lang zu sehen, wie die Zeitalter und die Welten vor unseren Augen auf und ab gehen, und dann lässt man sich letztlich von Winzigkeiten anregen, aufregen, zerstören. Hör zu, ich kann mich da zum Beispiel an eine Nacht erinnern: Ich hatte Alfa in unserem Bett weiterschlafen lassen, ich habe sie allein in dem Bett zurückgelassen, in das sie sich eines Tages nie wieder legen sollte. Stell dir vor, dass ich sie verlassen hatte, weil ich schreibe« (Seiten, sage ich mir heute, die vielleicht der Traum von jenen Seiten sind, die ich Jahre nach dieser Nacht auf meinem Hotelzimmer schreibe). »Es ist fünf Uhr morgens, ein wenig Blau mischt sich mit Schwarz, ich hab ordentlich einen getrunken« (damals trank ich, um zu schreiben), »ich pinkle in der Küche ins Spülbecken, nicht weil das eine Angewohnheit war, sondern weil ich sie nicht wecken will« (um aufs Klo zu gehen, müsste ich durch das Zimmer, in dem sie schläft – in dem wir eines nahen Tages nicht mehr zusammen schlafen werden). »Auf der anderen Seite des Innenhofs sehe ich die weiße, von dunklen Fenstern durchbrochene Fassade. Ich bilde mir ein, das sei eine Art Leiter, die ich packen könnte, um aufs Dach oder sogar noch höher zu steigen. Womöglich bis in menschenfeindliche Höhen. Armer Irrer. Ich schwanke ein wenig, bin zufrieden mit dem, was ich geschrieben habe, ich Armleuchter. Ich weiß, dass ich gleich die Hälfte neu schreiben muss, und auch, dass es nun einmal so ist mit den Gedanken, mit dem Wortsalat, der die Gedanken mehr oder weniger zum Ausdruck bringt, wenn sie einem langsam von der Leber ins Hirn steigen. Ich bin nun mal ein hepatitischer Schriftsteller, was soll ich da machen? Jetzt habe ich den Eindruck, dass ich sie vielleicht nicht verloren hätte, wenn ich keine Bücher geschrieben hätte. Hätte ich das tun sollen? Ich weiß es nicht. Auf jeden Fall hätte ich nie ein Psychiater mit Propeller sein können wie der Spießer, mit dem sie abgehauen ist. Ein Hollywood-Freud mit grau meliertem Bart, angetan mit Glencheck-Anzug und Sechs-Zylinder-Mercedes. Man kann nicht einfach so die Seiten wechseln, oder?«

Harald ist nach Schnabulieren, er spreizt die Flügel. Jetzt bin ich es, der langweilt. »Und dann, warte, Harald, da ist noch eine andere Sache, an die ich mich erinnere: ein Duft, wie soll ich ihn beschreiben, Moschus vielleicht, ich bin nicht sicher, auf jeden Fall ein exzessiver Duft, exzessiv wie sie selbst, ein Duft an der Grenze zum schlechten Geschmack, ich glaube fast, dass er von dem Strauß Narzissen kommt, den sie mir zum Geburtstag geschenkt hat, diese kleinen weißen Blumen, sternförmig und mit ockerfarbenen Staubbeuteln. Oder waren es Schneeglöckchen? Nein, schon eher Narzissen. Blumen, wie man sie im Frühling auf den Uferweiden der Loire sehen kann. Ganz sicher. Aber wie soll ich das jetzt hier rauskriegen? Moment, sie hatte mir diesen Strauß aus kleinen weißen, sehr würzigen Blumen zum Geburtstag geschenkt. Welcher, weiß ich nicht mehr. Das ist … verdammt lang her. Ich habe ihr auch Blumen geschenkt, nicht, dass du was meinst. Aber nicht oft genug, das stimmt.«

2

DIE NACHT FÄLLT VOM HIMMEL, drückt auf den malvenfarbenen Fluss, wie grüne Raketen steigen die Minarette aus den hohen schwarzen Gräsern. *Mint chocolate, violet chocolate,* alles sehr englisch, alles ein bisschen ekelhaft. *After eight.* Nein, es ist leider erst sechs Uhr abends, die fast unverrückbare Stunde des Sonnenuntergangs. Allenthalben beginnt das Geplärre des Alleinigen Gottes, und mit ihm der Sturzangriff Seiner Untertanen, der Mücken. Wenn sie nicht wären und die bewaffneten Patrouillen, die jetzt die Straßen besetzen, wäre dies die schöne Tageszeit: kühl und melancholisch. Aber sie sind da, die Dipterischen und die Paramilitärischen, und es ist Zeit, zu gehen. Manchmal lässt ein Flusspferd, das sich bis in die Stadtmitte verirrt hat, aus Erleichterung über den gefundenen Zufluchtsort für die Nacht einen enormen Furz fahren, der unter dem aufblubbernden Wasser wie ein verunglückter Fanfarenstoß klingt: Darüber können wir lachen, Harald und ich. Die auf der Brücke über den Weißen Nil stationierten Panzerfahrzeuge schalten die Suchscheinwerfer an und schwenken eine Weile lang ihre dürren Geschützrohre umher: nicht dass die Besatzung den Furz eines Nilpferds mit Mörserdonner verwechselte – sie tun dies nur den religiösen Turbanträgern zuliebe, die über Allahs Schutzmacht wachen. Ich erhebe mich, und Harald flattert auf. Es ist halt nur ein Stelzvogel, dem ich mangels Alternativen meine Zuneigung geschenkt habe: ein dicker, weiß gefiederter, aufgeplusterter Quersack mit Blei in den struppigen, zerfledderten schwarzen Flügeln. Schwarz auch der winzige Kopf, gerade groß genug, um die verbogene Schere des Schnabels auf den Gartenschlauch von einem Hals zu klemmen. Eine Art Kniescheibe, dieser Kopf, mit zwei gelben Glasperlen anstelle der Augen. Wenn die Sonne hinter dem Ufer von Omdurman ab- und die Silhouette der silbrigen *qubba,* die wie das gigantische Geschoss aus *Von der Erde bis zum Mond* auf dem Grab des Mahdi thront, auftaucht, dann hebt Harald schwerfällig ab, dreht eine Runde über dem lila Fliederbeet des Flusses und lässt sich auf seinem Akazienzweig nieder. Normalerweise warte ich, bis er mir auf den Tisch scheißt, bevor ich die Tafel aufhebe. Ich mag ihn sehr, weil er noch lächerlicher ist als ich. Ich habe ihn auf den Namen Harald getauft, weil ich glaube, dass ein Norweger unter der Sonne des Sudans noch lächerlicher wirkt als ein Franzose.

Mohammed Ahmed, genannt der Mahdi, hatte seinen Truppen angeblich befohlen, ihm Gordon lebend heranzuschaffen. Man weiß nicht, ob dies in der Absicht geschah, ihn sorgfältigst zu foltern, ihn zu bekehren oder ihn gegen den Rückzug von Lord Wolseleys Expeditionskorps auszutauschen. Auf alle Fälle waren die vierzigtausend *Ansaren,* nachdem sie den in sich zusammengefallenen Graben in der Nähe des Weißen Nils überschritten und sich am Morgen des 26. Januar 1885, zwei Tage vor Ankunft der imperialen Tretboote namens *Bordein* und *Tell el-Howein,* der Stadt bemächtigt hatten, in ihrem Kriegsrausch nicht mehr in der Lage, sich überhaupt an irgendeinen Befehl zu erinnern, und sei es ein Befehl des Abgesandten Gottes persönlich. Der

Operettengouverneur wurde also getötet, sein Kopf abgeschnitten, in ein Leinentuch verpackt und dem Mahdi in seinem Lager von Omdurman zu Füßen gelegt. Dreiunddreißig Jahre zuvor hatte der »Chinese« die westlich von Schanghai gelegene Stadt Suzhou belagert und mittels des in seinem Namen gegebenen Versprechens, die Stadt weder zu plündern noch die Generäle der T'ai-ping zu exekutieren, deren Kapitulation erreicht. Sobald die Stadttore sich geöffnet hatten, war es natürlich die erste Sorge des mandschurischen *futai* Li Hung Chang, der vielleicht, wenn man so will, der bessere Philosoph war, auf jeden Fall aber der bessere Kenner seiner eigenen Landessitten, die Bevölkerung über die Klinge springen zu lassen und den Anführern der T'ai-ping die Köpfe von den Schultern zu hauen. Der blauäugige Don Quichotte mochte diesen Verstoß gegen sein Ehrenwort nicht dulden (die Augen sind das Einzige an seiner im Übrigen mickrigen Physiognomie eines kleinen, von den Tropen rot gerösteten Engländers – ähnlich wie diejenige von T. E. Lawrence ein halbes Jahrhundert später –, an das sich seine Zeitgenossen später noch erinnern sollten: *extraordinary eyes, fascinating bright eyes, delicately expressive blue eyes, clear blue eyes, sparkling eyes* ... Angeblich waren sie auf furchterregende Weise inmitten seines abgeschnittenen, blutigen Kopfes immer noch aufgerissen, als dieser dem Mahdi zu Füßen gelegt wurde). Nachdem er über die sumpfigen, von Kanälen durchzogenen Weiden rund um die Stadt geirrt war, hatte er schließlich den (wie bei dem jungen Franzosen, von dem bei Burton die Rede ist) höchst unsauber abgetrennten Kopf von Lar Wang gefunden, ebendes aufständischen Kommandanten, dem gegenüber er sich verpflichtet hatte. Der entsetzliche menschliche Strunk sah aus, als sei er mit einem Fuchsschwanz abgesägt worden. Gordon hatte ihn in ein Seidentuch gewickelt und mit militärischen Ehren beisetzen lassen, bevor er den Dankeszoll aus schmutzigem Silber ablehnte, das ihm der Sohn des Himmels in Kisten verpackt auf den gebeugten Rücken einer endlos langen Karawane von Kulis aus Peking schickte. »Schreiben Sie«, hatte er seinem Dolmetscher Mayers diktiert: »Major Gordon empfängt mit großem Dank das Geschenk Seiner Majestät des Kaisers, bedauert aber angesichts der Umstände, wie sie sich nach Eroberung der Stadt Suzhou eingestellt haben, nicht in der Lage zu sein, irgendein Zeichen der Erkenntlichkeit Seiner Majestät annehmen zu können; er bittet Seine Majestät mithin, den Seiner Großzügigkeit geschuldeten Ausdruck des Dankes empfangen zu wollen und hinzunehmen, dass er selbige zurückweist.«

»Na?«, sage ich zu Harald, »darauf musste man erst mal kommen, was?« Und da er nicht antwortet, verabschiede ich mich von ihm: »Ciao, Norwego. Schließe deine körnigen Lider über deinen Knopfaugen und schlaf gut, alter Junge. Bis morgen, du Federvieh. Für dich wie für mich wird es wieder der gleiche, endlos lange, in Staub und Strahlen erstickende Tag sein.« Was mich an dieser Geschichte mit den Köpfen interessiert, was mich daran so unglaublich fesselt (aber wie will man das einem Harald begreiflich machen?), ist, dass Gordon dreiunddreißig Jahre vor dem verhängnisvollen Datum seinen eigenen abgeschlagenen Kopf in das Seidentuch zu legen scheint, während der Mahdi wiederum seinen Kopf in Gordons Kopf erblickt, jenen abgezehrten Kopf, an dem noch ein paar Bartstoppeln kleben und den Lord Kitchener elfeinhalb Jahre später in einer versiegelten Zinkkiste an Königin Victoria schickt. Nach der Schlacht, oder besser: nach dem Massaker von Karari, bei dem elftausend *Ansaren* vom Maschinengewehrfeuer des angloägyptischen Expeditionskorps niedergemäht wurden, das seinerseits nur achtundvierzig Tote zu beklagen hatte, hielt Sir Herbert Kitchener am 2. September 1896 in Omdurman auf dem Westufer des Weißen Nils Einzug. Er ließ sogleich den Leichnam des Mahdi ausgraben, der, nur sechs Monate nachdem er seinen Triumph und sein Ende in den blauen, seltsam offen stehenden Augen im wächsernen, weil blutleeren Gesicht des christlichen Hikimdars geschaut hatte, von einem plötzlichen Fieber zu Gott gerufen worden war. Ein Hieb mit dem Säbel trennte ab, was auf Erden das Haupt des Abgesandten Allahs war. Man steckte den Kadaver, eine von Fetzen umwickelte Knochenschale, Fetzen, so der mit der Exekution *port mortem* beauftragte Offizier, die aussahen »wie Bacon-Scheiben, die man zu lange hat liegen lassen«, in einen Proviantkanister der Armee und schickte die barbarische Trophäe Richtung Buckingham-Palast. Die vorgewarnte Königin hatte den guten Geschmack, dieses Geschenk von schlechtem Geschmack zu finden. Ein Telegramm aus der Downing Street stoppte das Paket in Kairo. Weil man nicht wusste, was man damit anfangen sollte, schickte man es zurück gen Süden. In Wadi Halfa, man weiß nicht genau wo, hat man es heimlich vergraben: Aber es ist sehr wahrscheinlich, dass der Kopf des Mahdi in den Wassern des Nils ruht, die, aufgestaut und tiefer jetzt, hinter dem Damm von Assuan den heutigen Nassersee bilden.

Die Geschichte, so mein abstruser Gedanke an diesem

Tag, war vielleicht jenes Hin und Her der Gezeiten, das am Zusammenfluss der beiden Nile Sedimente aus dem Mittelmeer und aus dem Herzen der Finsternis ablagerte; und vielleicht auch diese Prozession der abgeschnittenen Köpfe, die einem Beinhaus zur ironischen Zierde gereichten. Und selbst unsere kleinen Geschichten, sann ich weiter, während ich die Gamaa-Avenue entlangspazierte: Hatte ich nicht selbst, der ich einen abgeschnittenen Kopf auf meinen Schultern zu tragen glaubte, hatte ich nicht selbst, ohne es zu wollen oder gar zu wissen, versucht, Alfa, die meine Freude war, ihren mädchenhaften Kopf abzuschneiden? *For each man kills the thing he loves*, ich erinnerte mich an die *Ballade aus dem Zuchthaus zu Reading*, »ein jeder tötet das Wesen, das er liebt«. Hatte ich versucht, Alfa umzubringen, war sie geflohen, um dem Tode zu entkommen? Das glaubte ich natürlich nicht: Aber das bisschen Philosophie, das mir geblieben war, verleitete mich zu der Annahme, dass die Wahrheit das Gegenteil dessen war, was ich spontan glaubte. Dieser paradoxe Lehrsatz war Bestandteil jenes Erbes, das mich auf immer daran hindern sollte, im Einklang mit den grenzenlosen Himmeln und Wüsten, den Dschungeln, dem Fluss und den auf gelassene Art gutmütigen und grausamen Menschen dieses Landes zu leben. Mein ganzer Wille, im Sudan zu verschwinden, an diesem ungeheuer großen Nicht-Ort, diesem *no man's land* zwischen Leben und Tod, würde immer wieder am Masochismus einer moralischen Tradition zerbrechen, die ich stets im Gepäck mitführte, und wäre ich nackt in meinem Exil angekommen. Und wenn sie ihrerseits versucht hätte, mich umzubringen, hätte sie dies aus Liebe getan? Hm, das war noch schwieriger zu glauben. Und dieses

Mal verpflichtete mich keine Philosophie dazu. Ich wusste es, hatte es, so schien mir, seit Anbeginn der Zeiten gewusst: das heißt, ich wusste nichts, hatte nur Fragen. Ich ging, ich gehe über Straßen aus Sand, ich kehre ins Hôtel des Solitaires zurück. Letztes Jahr. In der Abenddämmerung.

Noch vor dem Ende des Gebets ist die Nacht hereingebrochen. Als ob die Lautsprecher Gott noch um ein wenig Tag anflehten, aber nichts da, Er lässt sich nicht erweichen, Er ist der Große Unerweichliche, Er zieht uns das Licht unter den Füßen weg, und eine Viertelstunde später ist es vollkommen finster. Er weiß (wir nicht), dass wir die Finsternis brauchen. Die weißen Scheinwerfer der Toyota Pick-ups werfen Schimären auf Leinwände aus Staub, Turban tragende Männer auf schwankenden Eselsrücken, Frauen hinter Schleiern aus Musselin, Karren, ein phlegmatisches, gelangweiltes, zögerliches Kamel an der Ecke Gamaa und Abd el-Latif vervielfältigen sich wie auf den Illustrationen der Jules-Verne-Ausgaben meiner Kindheit, auf denen man arktische, von Gustave Doré gezeichnete Fata Morganas sehen konnte (war es wirklich Gustave Doré?). Durchsichtige Plastikfetzen, die auf den Straßen herumliegen, leuchten in der Dunkelheit wie Goldklumpen. Das ist die Stunde (aber das kann ich noch nicht wissen), zu der Dr. Vollender, der soeben seine neuesten Ausgrabungsarbeiten in Meroe abgeschlossen hat, einen dicken Ordner zuklappt, in dem Tausende von Fundstellen notiert sind, und zwischen ein wildes Durcheinander aus Büchern, Landkarten, leeren Sodaflaschen und überquellenden Aschenbechern ins Regal schiebt. Er staubt ein, zwei Scherben ab, zündet sich eine Bringi-Filter an, verschränkt die Hände unterm Kinn und betrachtet nachdenklich die letzten Feuer des Abendlichts über dem Nil. Karmin, Violett, ganz gewöhnliche Farben, wie immer, sinnt er vor sich hin. Warum übertreibt der Sonnenuntergang immer, warum ist er immer so kitschig und warum braucht er immer so lange, wo doch die Morgendämmerung so kurz und so klar ist? Oder sind wir es mit unserer Angst vor dem Tod, unserer Sehnsucht nach den Zeiten, da das Leben ein großes unberührtes Buch war, die dem Himmel und den Tageszeiten einen Wert beimessen, den sie an sich gar nicht haben? Ach was, das sind alles Hirngespinste ... Das Büro der Antikenabteilung im ersten Stock des Museumsgebäudes ist eine Rumpelkammer, wo sich englische, französische, deutsche, polnische, italienische oder arabische Schriftstücke, Tonscherben, Fragmente von Skulpturen aus Sandstein, Granit und Basalt, die über dreitausend Jahre hinweg von verschiedenen Kulturen zeugen, und Nahrungsmittelreste (schwarz angelaufene Bananenschalen, behaarte Mangokerne, kleine Hühner- oder Lammknochen, bräunlich marmorierte Pappbecher) anhäufen. Das Ganze ist von einer feinen ockerfarbenen Staubschicht bedeckt. Vollender mag zwar vierzig Jahre Sudan hinter sich haben, er wird sich aber nie mit diesem Schlendrian abfinden können, den er übrigens seinen romanischen Kollegen mindestens genauso anlastet wie den Einheimischen. Die blassblauen Wände des Büros sind von Flecken überzogen, deren Herkunft selbst ein Archäologe nur schwerlich nachweisen könnte. An der Decke dreht sich wacklig ein Ventilator, eines Tages wird er runterfallen und den einen oder anderen von uns köpfen, vielleicht mich, denkt Heinrich Vollender vage vor sich hin, aber was soll's.

Er steht auf, stellt den Ventilator ab, schaltet das Licht aus, verschließt die Tür zum Büro in der Antikenabteilung, tritt auf die Veranda über dem Blauen Nil hinaus, wo sich Männer im Schneidersitz niedergelassen haben und in der Dunkelheit vor sich hin murmeln, als täten sie dort schon seit der Zeit der Pharaonen nichts anderes (*Salam aleikum*, grüßt er freundschaftlich, automatisch; die Schattenwesen, deren weiße Galabiyas in die Nacht leuchten, führen ihre Schattenhände ans Herz), andere haben sich auf Matten oder Zeitungen, die sie auf dem Boden ausgebreitet haben, zum Gebet hingekniet, den Hintern dem verglimmenden Licht entgegengestreckt. Jetzt durchquert er die menschenleeren Säle des Museums und hat keinen Blick für die Sphingen übrig, die Könige mit der Doppelkrone oder die meroitischen Venusfiguren, um die sich tagsüber glucksend die jungen, von der religiösen Tartufferie vorzeitig verdummten Besucher drängeln, um deren Geschlecht oder Hintern aus Terrakotta zu berühren (aber wie oft habe ich mir bei ihrer Betrachtung selbst schon Alfas Hüften, ihren Hintern, ihr Geschlecht, ihre Brüste vorzustellen versucht? Letztlich war das wohl auch nicht viel intelligenter). Vollender hingegen zieht ohne einen Blick für den König Taharqa, die Venusfiguren oder den sechsarmigen Löwengott Apedemak weiter, er grüßt, bevor er ins Hôtel des Solitaires zurückkehrt, seine Phantomgestalten, seine eigenen Dahingegangenen: große Christusfiguren ohne Kopf und in bestirntem Mantel, purpurne Erzengel in steinernem Flug, Bischöfe und schwarze Heilige, andere, deren bleiches, hohlwangiges, bärtiges Gesicht mit Schlangenaugen auf kuriose Weise an die Ikonen eines Rubljow erinnern, Jungfrauen mit den sanften, malvenfarbenen, fast schon verblassten Gesichtern minoischer Frauen. Verleugnete, fallen gelassene, tote Figuren, die, als sie hier, an den Ufern des oberen Nils zu einer Zeit, die in Europa das Mittelalter war, geschaffen und angebetet wurden, selbst schon die Spur ihrer fernen Ursprünge verloren hatten und für die er sein ganzes Leben geopfert hatte, um sie aus ihren Sandgräbern zu bergen: nicht, um sie wiederauferstehen zu lassen, das steht in niemandes Macht: sondern einfach, um mit ihnen einen staubigen Saal im archäologischen Museum von Khartum zu bevölkern, wo kein Jugendlicher den Jungfrauen den Hintern tätschelt. Das würde sie auch gar nicht stören: Sie sind nur Fresken. All das, dieser gemalte Tod, liegt unter Plexiglas, vergessene Symbole, verblichene Farben: Das ist sein Werk, die Summe seines Lebens. Er bleibt einen Moment vor dem Bischof Kollonthos stehen, ein gutmütiger, schwarzer Kopf mit melancholischen runden Augen, den Gestalten von vorhin auf der Veranda ähnlich. Auf einem Spruchband, das seinem Mund entsteigt, steht auf Griechisch: *Zô*, »ich lebe«. »Denkst du«, amüsiert sich Vollender in aller Stille: Seine Lippen spreizen sich ein wenig Richtung Ohrläppchen, die wie die eines alten Elefanten aussehen. Das ist alles, er ist ein Mann aus dem Norden, nicht der Typ, der allzu deutlich seine Gefühle zeigt. Ich lebe. Denkste. Er steigt die Museumstreppe hinab, stößt die Tür auf, grüßt den Wärter, geht auf die Sharia el-Nil hinaus und biegt nach rechts zum Hôtel des Solitaires ab, zu dem trostlosen Speisesaal, in dem wir uns begegnen werden.

Unterdessen bin ich an der Ecke Abd el-Latif und Barlaman Avenue angekommen. Das nennt sich Avenue, aber das soll nichts heißen, wir sind hier nicht in Manhattan, absolut nicht. Mechanisch fahre ich mir mit der Hand über den Schädel, was sich sogleich sehr angenehm anfühlt: rau und sauber. Seit ich hier im Sudan bin, habe ich mir den Kopf rasiert. Damit sehe ich ein bisschen so aus wie ein Killer, was mir dabei hilft, der – feigen – Vorstellung zu widerstehen, ich sei umgebracht worden. In meinem früheren Leben haben mich Haare, ich spreche von meinem Haar, bei vielen Gelegenheiten gestört, ganz besonders aber, wenn ich, was bei Weitem keine Ausnahme war, mit einem Kater aufwachte: Die struppige Narrenkappe auf meinem Kopf, die meinen putzigen Versuchen, mir eine Clark-Gable-Frisur zurechtzulegen, dauerhaft Widerstand leistete, trug dann wirklich nicht dazu bei, mich unbemerkt, gleichsam durch die Hintertür wieder ins gesellschaftliche Leben einzugliedern. Ich spürte, wie diese Tentakeln, dem Haar der Medusa gleich, über mir, über dem kleinen zitternden, schwankenden Etwas, das ich einzusammeln und mit dem Namen »Ich« zu schminken versuchte, herumfuchtelten. Alfas Haar war etwas Wunderbares, es war lang und funkelte nur so, sodass man zwischen Schwarz und Mahagoni nicht seine Farbe hätte benennen können, es konnte jederzeit auffliegen, auf unglaubliche Weise aufflattern und wurde doch im Nacken von einem einfachen Gummiband zusammengehalten. Und diese Mischung aus äußerster Freiheit und Unterwerfung erregte mich auf eine Art, für die hier, wie so oft, die Worte fehlen. Durch meine erotischen Fantasien zogen Bilder von galoppierenden Pferden, von wollüstigen Michelangelo'schen Sklaven, von japanischen Vergewaltigungen. Diesen kräftigen Schwall zu packen, mit gleichem Griff ihren Hals und ihren ganzen Körper zu biegen, ich glaube, ich habe in meinem Leben nichts Großartigeres getan. Hier, in diesem Land, wo der Alkohol verboten ist und wo ich morgens mit der kläglichen Leichtigkeit eines Sprudelwassertrinkers aufwache, sind manche Unannehmlichkeiten mit meinem Haar verschwunden. Aber dafür sind andere an ihre Stelle getreten. Die aufdringliche Vertraulichkeit der Fliegen und der Schweißperlen zum Beispiel, das widerliche Gekrieche im Gestrüpp, das ihnen Aufnahme gewährt (und gewährte): Jetzt ist da nur noch Glaspapier, einmal mit der Hand drüber, und schon sind die ungebetenen Gäste verscheucht. So habe ich wenigstens die Oberfläche meines Schädels unter Kontrolle.

Ich stand also an der Ecke Abd el-Latif und Barlaman und fuhr mir übers Haupt. Plötzlich, ich erinnere mich noch, ließen Scheinwerfer mitten im strahlenden Musselingewebe den kompletten Schattenriss (von vollkommenem Schwarz und vollkommener Schönheit) eines weiblichen Körpers aufblitzen, von dem ich mir einbildete, er ähnele demjenigen Alfas. Das stimmte natürlich nicht: Die Schönheit eines Körpers kann man vielleicht empfinden, aber man kann sie nicht sehen und noch weniger beschreiben, sie erkennen und mit anderen vergleichen. Wenn Körper sich diesem Extremismus, diesem Fanatismus hingeben, der ihr Wesen ist, tun sich Abgründe auf, in denen blinde und vergessliche Dämonen hausen; es gibt nichts, was auf eine prachtvollere Weise materiell wäre, und doch sind sie Nicht-Orte. Solange sie da sind, entziehen sie sich dem Geist; und wenn sie nicht mehr da sind, holt der Geist sie wieder ein, allerdings fängt er nur phänomenale Abwesenheit ein. Ich kann mich an den Turm von Pisa erinnern, den Bahnhof in Bombay, den Isenheimer Altar, die Loire und die Angina-Anfälle meiner Kindheit, den Regen, der Blasen aufs graue Wasser trieb, den bitterblauen Geschmack des Methanols, den kurzen nasalen Rausch der Pullmoll-Pastillen, den Schal um den Hals. Ich kann mich aber nicht an Alfas Körper erinnern. Ich spreche von ihrem Haar und weiß nichts mehr, alles ist tot, Namen von Farben, abstrakte Eigenschaften. Ich kenne diese Schönheit, die der Wendepunkt, der Gipfel und die Guillotine meines Lebens war, nicht mehr besser als die der Königin Nofretete. Wenn man von den Erinnerungen an eine Frau schreibt, dann gerade deshalb, weil nichts mehr davon bleibt. Nichts als chinesisches Schattenspiel, toter Buchstabe, innere Leere.

An jenem Abend also glaubte ich an der Ecke Abd el-Latif und Barlaman den von der Scheinwerferaureole eines Toyota Pick-ups umfluteten Schatten von Alfas Körper zu sehen. Nicht gerade sehr islamisch, dachte ich mir: Sie sollten die Scheinwerfer verbieten. Das hätte diese Horden von herumlungernden Typen eine Zeit lang beschäftigt, die sogenannten Aktivisten unter den Revolutionswächtern, die man auf grün beflaggten Lastwagen durch die Stadt fahren sah, wobei sie Koranverse grölten oder auch profanere Liedchen zum Ruhm des Generals im Präsidentenamt oder des machiavellistischen Scheichs, der an den Fäden dieses soldatischen Hampelmanns zog. Die Autoscheinwerfer zertrümmern, ich denke, das hätte sie beschäftigt. Nicht, dass es davon besonders viele gibt, ich meine die Autos, aber immerhin … Genug jedenfalls, um von Zeit zu Zeit eine Silhouette zu entkleiden, die schwarz wie die Sünde ist. Sobald die

Nacht hereinbricht und die Autos ihre Scheinwerfer aufblenden, sitzt Shaytan, sitzt der Satan am Steuer. Ich erkannte in dieser Silhouette nichts wieder, nichts als die stürmische Macht des Verlangens, diese Aufwallung, die uns aus allen Verankerungen reißt, uns auseinanderrenkt (wie, ich erinnerte mich, die gewaltigen Wellen, die mich in meiner Kindheit auf die Strände der Loiremündung warfen und mit lauter Sand in den Haaren und frei baumelnden Eiern zurückließen), wenn wir vor dem stehen, was man, je nachdem, wie man sich ausdrückt, ob »klassisch« oder »modern«, das ist völlig egal, Schönheit oder Sex nennt. Diese Kraft, die uns unserer selbst beraubt und wie das unsichtbare Abgleiten eines ganzen Kontinents ist, das Dschungelinseln aus den Ufern der Großen Seen reißt und durch Khartum schwemmt.

Diese schwarze Gestalt, dieser Fleck, den die Scheinwerfer eines Pick-ups mir in die gelangweilten Augen gebrannt hatten, war nur der Fetisch der Liebe, sagte ich zu Harald. »Was erinnert an eine Frau, die man geliebt hat? Ein Negativabdruck. Ein paar Erinnerungen, die um den Punkt herumflirren, wo sie sich auflösen. Wie die gleißende Materie am Rande eines schwarzen Lochs, von dem alles Licht geschluckt wird. Mir gefällt die Astrophysik«, sagte ich zu Harald, »dir nicht? Und weißt du auch, warum? Weil sie die einzige Wissenschaft ist, die heute noch poetische Mythen hervorbringt. Ich verrate dir was: Im Zentrum der Milchstraße soll sich zum Beispiel eine Vertiefung aus Antimaterie befinden. Das habe ich in einer alten Ausgabe der *Times* gelesen, die im Hotel herumlag. Im Sudan hat noch keiner Wind davon gekriegt. Dir aber sage ich es. Ich weihe dich ein. Du kannst darüber nachdenken, wenn du dazu in der Lage bist. Eine völlig neue Hypothese aufstellen. Das ist es, worauf ich hinauswill: welche Erinnerungen bleiben an eine Frau, die man geliebt hat, die mindestens so bedeutend war wie eine abgrundschwarze Anti-Sonne? Es bleibt so gut wie nichts, ein paar geträumte, um ein großes Nichts herumschwirrende Kinkerlitzchen. Selbst wenn sie noch da ist, kann es vorkommen, dass man sich fragt: Würde ich sie wiedererkennen, wenn ich plötzlich erblindete? Gewiss, da ist das Parfum, dieser duftende Tabernakel zwischen Ohr und Schulter, in den sich die Nase von Männern, die die Frauen lieben, so lustvoll eingräbt. Aber das Parfum, ob Jicky, Mitsouko oder was auch immer, eine englische Seife aus einem Laden an der Kingsroad, gehört nicht ihr allein: erst mit dem Duft, mit der Porung ihrer Haut vermischt, wird es zu ihrem Parfum. Aber wenn ich mit meinem Zeigefinger am Brustansatz auf Alfas Haut drückte, habe ich dann dort einen lang anhaltenden roten Fleck aufscheinen lassen oder habe ich das nur geträumt, habe ich das nur irgendwo gesehen oder gelesen? Ich weiß es nicht mehr und werde es nie wieder wissen. Das ist mir von ihr geblieben, diese lang bleibenden Rosetten, ohne natürlich sicher zu sein, dass es wirklich unsere waren. Ich schmücke diesen Schatz nur deshalb mit Worten, weil ich fürchte, dass er nichts wert ist. Würde ich sie jetzt, Jahre später, wiedererkennen, wenn es mir wunderbarerweise gegeben wäre, sie in der Nacht zu umarmen, ihr im Maschinenraum der *Equatoria* zu begegnen, wo nur die goldenen Augen der Krokodile leuchten? Wenn ich in der Dunkelheit noch einmal von unten meinen Zinken in dieses fleischige Nest hauen könnte, das von ihrem zierlichen

Schlüsselbein, ihrem kleinen Knochen gehalten wird, wenn ich noch einmal wie ein bacchantisches Wildschwein mit gebleckten Zähnen den Rüssel eintauchen könnte? Hörst du mir überhaupt zu, Harald?«

3

HARALD BREITET SEINE riesigen Arme aus, macht ein paar kreisende Bewegungen mit seinen Pranken, das ist seine Art zu zeigen, dass er zwar nicht mich, das wäre zu viel verlangt, aber doch irgendetwas verstanden hat: dass ich sprach, zum Beispiel, und vielleicht sogar, dass ich von dem sprach, was man gemeinhin eine Liebesgeschichte nennt. Wobei das noch lange nicht sicher ist: Weiß er überhaupt, was diese banalen Worte bedeuten? In den zwei Kubikmetern seines Körpers hat der Schöpfer einen nicht gerade bedeutenden Platz für den Sitz der Gefühle vorgesehen. Harald ist nicht nur ein Stelzvogel, er ist auch eine Art menschliches Wesen, ein Koloss von einem Australier, der nicht einmal in Alice Springs mit seiner Schlagfertigkeit glänzen könnte. Hier beschäftigt er sich mit dem Maisanbau auf der Gezira, der »Insel«, die gar keine ist, sondern das Gebiet umfasst, das sich trichterartig zwischen den Blauen Nil und den Weißen Nil schiebt. Es ist ein ziemlich bizarrer Zug dieses Landes der Trugbilder und Hirngespinste, dass die geografischen Namen fast immer zweideutig sind, als läge es hier in der Natur aller Dinge, einen Doppelgänger zu haben, einen gebrochenen, umgekehrten Widerschein, der manchmal zur Negation des Urbilds wird. Wie diese Karawanen, die man im Glast der Mittagssonne im Passgang mitten über den Nil ziehen sieht, ein Fries aus bläulichen Dunstschleiern, das Kamele aus Fleisch und Blut widerspiegelt, die in zehn Kilometern Entfernung auf der Piste der »Vierzig Tage« verächtlich mit dem Kopf wackeln. Diese schimärischen, ihre langen Hälse wiegenden Kamele sind die hiesigen Schwäne. So ist auch, das verstehe wer will, Meroe, diese sagenhafte Stadt, von der Herodot und Strabon, Plinius und Seneca sprechen, ein von Dünen bedrängter Haufen von Pyramiden, finster und gedrungen, als seien sie aus Lebkuchenblöcken gebaut, und gleichzeitig ist Meroe eine große, moderne (wenn das Wort angebracht ist) Ortschaft, ein Labyrinth aus Backstein und Wellblech, das gut sechshundert Kilometer weiter flussabwärts liegt; wenn Sie die Laune überkommt, die mittelalterlichen Kirchen und Befestigungsanlagen von Dongola, der Hauptstadt des christlichen Königreichs von Makuria, zu besichtigen, und Sie so viel Glück haben, einen funktionstüchtigen Geländewagen aufzutreiben, dann wird der Fahrer Sie unweigerlich in ein anderes Dongola chauffieren, eine Art karbonisierter Kantonshauptstadt, die fünf Stunden Pistenfahrt weiter nördlich liegt und wo das Leben für einen unaufmerksamen Beobachter wie mich auf ein paar belanglose Tätigkeiten beschränkt bleibt: unter großem Palaver *foul* aus Näpfen kratzen, von denen man wie beiläufig die Fliegen verscheucht, mit Stöcken auf wund gescheuerte Esel einschlagen, Gott preisen, durch teefarbenes Wasser um Feluken herumwaten, an deren Rahen Lumpensegel festoniert sind.

Am Anleger der Flussfähre in Dongola bin ich Else vor drei Monaten zum ersten Mal begegnet. Sie wollte eine Freundin besuchen, eine Deutsche wie sie, die etwas weiter flussabwärts auf dem Ausgrabungsfeld in Kerma arbeitete; auch ich war auf dem Weg dorthin. Zwanzigtausend Gräber wölbten den Sand unter rätselhaften Kathedralen aus vertrocknetem Schlamm. Spiralen von Skeletten legten sich um fürstliche Überreste, als seien sie, die aus Anlass der Begräbnisfeierlichkeiten erwürgten Diener, vom Wirbelwind des Todes verstreut worden. »Sagen Sie nichts weiter«, sagte mir der Chefausgräber, ein Frankokanadier, »man würde uns für Wilde halten.« Ihm gefielen diese Menschenopfer nicht besonders. Persönlich hatte er nichts dagegen vorzubringen, aber er befürchtete, dass übel gesinnte Geister daraus einen Strick für seine nun bald viertausend Jahre alten Schützlinge drehen könnten. Mit anderen Worten: dass Amnesty International einen rückwirkenden Bericht verfassen könnte. Ich habe eine Schwäche für Archäologen, und das hat mir den Rest gegeben. Ich bin geneigt, in ihnen das zu sehen, was sie die meiste Zeit über auch tatsächlich sind: gelehrte und naive Wesen zugleich. Eine Mischung, die ich letztlich der eher zeitgenössischen und stärker verbreiteten von Boshaftigkeit und Ignoranz vorziehe. Beauchêne, der Kanadier in Kerma, war so ein Typ. Er ließ mich auf eine *deffufa* hochklettern, einen Haufen aus Lehmziegeln, den die spärlichen Regenfälle (aber in vierzig Jahrhunderten fließt schon eine ganze Menge Wasser aus den Himmelsschleusen) sowie die Verwüstungen durch den Menschen und vor allem den Wind auf die kolossale, gleichzeitig schartige und zusammengeschmolzene Form eines mythologischen Ungeheuers gestutzt hatten: sagen wir eine Hydra (und wenn ich Wind sage, muss man wissen, dass hier ein Auto, das in einen *haboob*-Sturm gerät, binnen weniger Stunden bis aufs blitzende Blech blank poliert werden kann: in den Kraftfahrzeugwerkstätten nennt man das, wenn ich nicht irre, »sandstrahlen«). Wir sahen zu, wie die Sonne hinter den Palmenhainen über dem Nil unterging, wie die tafelförmigen Dschebels von Rosa zu Blau changierten. Beauchêne sog nachdenklich an seiner Pfeife. Dann legte er plötzlich los: »Sprechen Sie nicht von den Menschenopfern«, flehte er mich an: Offenbar glaubte er, dass ich (ich, das in haarigen Schlingen gestrandete Schiff ...) in permanentem Kontakt mit einer Art *France-Soir* stand, der sich für die Übeltaten einer höchst antiken Sekte interessiert hätte. Das war einfach komisch. Ich glaube, und darüber bin ich immer wieder erstaunt, dass die Kraft, die mehr als alles andere Menschen in Bewegung setzt und Gesellschaften ihren Zusammenhalt verleiht, im Gefühl des *Einverständnisses* besteht: mit einer Partei, einem Klub, einem Glauben, einer Mode, einem Beruf, einem Milieu, einer Marotte, was auch immer. Mein Botschafter, der aus seiner kleinen Partikel eine gewisse Eitelkeit ableitete, einen Hauch von »altem Frankreich«, den er auf natürliche, aber nicht gerade diskrete Art und Weise verbreitete, ließ sich vom ersten besten blutrünstigen und regierungsbestallten Heuchler davon überzeugen, dass die islamische Militärdiktatur mit keiner der internationalen Bombenlegerbanden verkehre und folglich nur darum bemüht sei, in aller Friedfertigkeit Kredite von der Europäischen Gemeinschaft zu bekommen. Wahrscheinlich war er mit dieser schamlosen Lüge einverstanden, weil er meinte, dass es seinen Posten entwerten würde, wenn er ihr sein Einverständnis verweigerte. Viele meiner ehemaligen Freunde wollten nie zugeben, dass einige der Ideen, denen wir in den Sechzigerjahren und etwas später anhingen, nichts als überholter blutiger Kram waren: andernfalls hätten sie sich wohl um ihre Jugend betrogen gefühlt. Die Bewunderer eines Schriftstellers weigern sich, seine Schwächen, seine lächerlichen Seiten und manchmal gar seine Verbrechen zu sehen; das ist offenbar der Preis für ihre Liebe zur Literatur. Beauchêne fürchtete, dass die Ägyptologen, gleichsam als Nachhut der Armeen des neuen Pharaonenreichs, die Kerma sechzehn Jahrhunderte vor unserer Zeitrechnung zerstört haben, jene Barbarenfürsten zu diskreditieren suchten, die über seine Ruinen geherrscht hatten. Seien Sie niemals mit sich uneins, das tut nur weh. Seien Sie einverstanden.

»Aber, mein lieber Beauchêne«, antwortete ich, um ihn zu ängstigen, »wir praktizieren doch alle das Menschenopfer. Die alte Geschichte ... Wir sind alle gemordete Mörder. Erzählen Sie mir nichts! Sie sind doch hierhergekommen, weil Sie eines Tages von einer jungen Quebecerin niedergestochen worden sind oder weil Sie selbst sie mit Ihren eigenen Händen, die für delikate Arbeiten, wie uralte Skelette entstauben, geschaffen sind, erwürgt haben ... Sie halten sich zugute, über Viten von vor viertausend Jahren unterrichtet zu sein, sagen Sie mir nicht, dass Sie so wenig vom Leben verstehen ... von unseren dramatischen, kleinen Leben.« Beauchêne wand sich hoch oben auf dem Menschenberg, er verstand nicht recht, was ich sagen wollte. Dramatisch? Nein, das war wirklich nichts, was ihn betraf, seine Ehefrau, eine Akademikerin, die er mit zwei McDonald's-genährten Kindern versorgt hatte, wartete in Montreal auf ihn. Ich hatte Lust, ihn von seinem Monument hinunterzustürzen, um ihm beizubringen, wie man lebt. Vollender, der wusste, dass ich mich nach Kerma begab, und mich daher gebeten hatte, mich um Else zu kümmern, war da auf ganz andere Art diabolisch.

»Warum sind die Namen hier Fallgruben, Sinnestäuschungen, hast du dich das jemals gefragt?«, sagte ich zu Harold. »Das ist schon merkwürdig, was? Nimm zum Beispiel Äquatoria: der Äquator berührt es überhaupt nicht.« Harold zuckt zusammen, spuckt in den Staub. Man kann nicht behaupten, er sei ein emotionaler Typ, aber mit Äquatoria, der Südprovinz, darf man ihm nicht kommen. Dort hat er die ersten Versuche mit seinen Anpflanzungen unternommen. Er hatte es für besonders schlau gehalten, sich an der Trasse des Kanals niederzulassen, den französische Firmen aushoben, um die riesigen Sümpfe des Sudds zu umgehen, in dem die *steamers* sich mit Mann und Maus in schwimmenden Wäldern verfingen. Die Idee schien gar nicht so schlecht. Er sah schon Lastkähne voll Düngemittel an seinen Landungsbrücken anlegen und mit Maiskolben von der Farbe gereifter Früchte wieder ablegen, um die man sich in den Supermärkten des Kaps oder in London reißen würde. Aber dann kam der Bürgerkrieg und durchkreuzte seine Pläne. Banden von gleichermaßen zerlumpten wie bestialischen Nordisten oder Südisten hatten seine Anlagen ausgeplündert und die Sklaven, denen er, wie er sich in der Schatulle seines arglosen Geistes einredete, die Wohltaten des modernen Kapitalismus nahegebracht hatte, massakriert oder zwangsrekrutiert. Woraufhin Ruin und allgemeine Auflösung, die der natürliche Zustand dieser Gegenden sind, von seinem mittelmäßigen Unternehmergeist aber eine Zeit lang in Schach gehalten worden waren, im Handumdrehen das Terrain zurückerobert hatten.

Ich habe ihn im Augenblick seines Untergangs kennengelernt. Man hatte mich in diese Landstriche entsandt, damit ich ein oder zwei VSN wieder einsammelte, sogenannte »Volontaires du Service National«, Freiwillige im Dienste der Nation: Das klingt ein wenig nach dem Jahr II der Französischen Revolution, aber es handelt sich nur um naive junge Leute, die aufgrund ihres Studiums oder ihrer Beziehungen um den Militärdienst herumgekommen sind und von denen man glaubt, sie könnten Leichen im Wartestand die Fabeln von La Fontaine oder Lieder von Georges Brassens beibringen. In Wahrheit ähnelte die Upper Nile Rational Farm, so hieß sein Laden, einem Höllenkreis bei Dante. Über Abfälle von verfaultem Mais, der in Farbe und Konsistenz alten, über Nacht in einem Rest von Kaffee eingeweichten Zigarettenkippen ähnelte, schleppten sich in aller Ruhe Tausende von immens dicken und warzigen Kröten, die Jagd auf Milliarden von völlig überdrehten Mäusen machten. Die Amphibien brauchten sich nicht groß anzustrengen, um an ihr Fressen zu kommen: Sie ließen einfach ihr Maul weit aufgesperrt, in dem schließlich immer die eine oder andere dieser quirligen Pelzkugeln landete, welche, aufgegeilt und irregeworden vom schier überwältigenden Ausmaß an Fäulnis, wie die Flöhe durch die Gegend hüpften. Von der Veranda seines Fertigbaubungalows aus betrachtete Harold Winterfield die Katastrophe: Mit hochrotem Kopf saß er schon genauso zusammengesunken auf einem weißen Plastikstuhl, wie ich ihn später zuweilen im Blue Nile sehen sollte. Dieses nagende Lakaienpack zerriss einem mit seinem Gequietsche, das vom dumpfen Zuschnappen der Kiefer wie von einem Orchesterschlagzeug rhythmisiert wurde, das Trommelfell.

Ich konnte nicht umhin, dieser Szenerie, die von horrenden Gewittertürmen mit Lichtpfeilen beschossen wurde, die selbst schon in Auflösung und Verwesung begriffen waren und in schneller Folge jene widerlichen und zarten Farbtöne durchliefen, wie sie vor meinen Kinderaugen in der Volksschule zu Paimbœuf von den prophylaktischen Bildern einer Trinkerleber zum Schillern gebracht worden waren, ein Gefühl von großer Schönheit abzugewinnen. Die Luft war so methanhaltig, dass einem von Winterfields Vorarbeitern die Zigarette im Maul explodiert war: Das erzählte mir, ohne sich auch nur im Geringsten aus seinem Plastikgehäuse zu bewegen, diese riesige Strandschnecke, als ich, insgeheim von dem ganzen Schauspiel begeistert, eine Packung Bringi-Filter aus meiner Tasche zog: »Vorsicht! Diese Drecksluft ist explosiv!« Das war der erste denkwürdige Satz, den dieser rationale Farmer an mich richtete; in den drei Jahren, die ich ihn kannte, hat er nicht sehr viel andere hervorgebracht. Die Seltenheit verlieh seinen Äußerungen eine Art heiterer Verrücktheit, die er selbst gar nicht in sie hineinlegte. Dennoch verwechselte ich ihn zunehmend mit dieser Art Pelikan-Ibis, der mir, wenn er auf meinen Tisch kackt, das Zeichen zum Aufbruch aus dem Blue Nile gibt. Wie so viele Lebewesen und Orte in diesem Land war Harald ein Trugbild: Und wenn ich, zwischen dem Vogel und ihm selbst wählend, den benennen müsste, an den ich mich wirklich wandte, dann wäre dies gewiss der Vogel. Harald-the-bird, der geflügelte Konsul aus Norwegen, und nicht Harold Winterfield, dieser unleugbare und verschwiegene Fleischberg, in dessen Gesellschaft ich am 21. Februar letzten Jahres die sandige Kreuzung von Gamaa und Abd el-Latif überquerte, als ich plötzlich von der schwarzen Ikone des weiblichen Geschlechts geblendet wurde, die im Glanz der Scheinwerfer erstrahlte.

In der Ferne, wo die Gewitterwand flackerte, zeichneten sich die Aufbauten von einer Art in einem Kleefeld gestrandeten Schlachtschiff ab. Das war Big Frog. Mit einigem Sarkasmus nannte Winterfield das Ding erst so, seitdem es mit einem letzten Rülpser, mit einem gigantischen Furz eine ölige Rauchfahne hatte entfahren lassen und die weitere Aufnahme von zweiundvierzigtausend Kubikmetern täglicher Erde verweigerte. Bis dahin war ihm dieser prächtige mechanische Maulwurf, der, in Einzelteilen aus Pakistan angeliefert, der Inbegriff seines großen Lebensplans war (goldgelbe Reihen von in Zellophan verpackten Maiskolben für die Supermärkte in der Welt der Reichen), äußerst sympathisch gewesen. Am Tag nach meiner Ankunft auf der Upper Nile Rational Farm hatten wir einen Rundgang bis zum Big Frog gemacht. Wir marschierten über schwammige kleine Deiche, wobei Winterfield, dessen erstaunlich wendige Masse mir zu einem Viertel den Horizont verstellte, sich beim Gehen eines Stocks bediente, der mit einer Art Springbajonett Marke Eigenbau versehen war, mit dem er wohl den Schlangen den Kopf abschlug. Um uns herum blubberte der Schlamm in der Wahnsinnshitze einer grauen Sonne. Die zweitausenddreihundert Tonnen Eisen des dicken Froschs waren nur noch eine Blätterteigschnitte aus verrosteten, in der Feuchtigkeit wellig gewordenen Blechen, als seien sie die Seiten eines riesigen Buches. Und aus dieser technologischen, unter der Sonne von Äquatoria dahinschmelzenden Torte ragten Reste von antropomorph anmutenden Organen empor, ein rotierendes Gebiss, mit dem Afrika gefressen wurde, geringelte Ösophagi, gigantische Stimmbänder und Sphinktere. Hinter diesem vernichteten

Ungeheuer verlief die gerade Linie des Kanalgrabens zweihundertfünfzig Kilometer lang Richtung Norden bis nach Malakal; im brackigen Grundwasser lagen übereinandergehäuft die Kadaver von Tieren, die sich nicht mehr hatten davonmachen können. Ich erinnere mich besonders an ein weißes Rhinozeros, dessen Hörner wie die schwankenden Masten eines Geisterschiffs aus dem Gewimmel der Aasfresser hervorlugten. Ein ungeheurer, von den wattigen Wolken aufgesogener Pestgestank entstieg dieser ganzen Schweinerei. Seit der Plünderung von Ninive hatte ich nie wieder etwas so Großartiges gesehen (und nachts war es noch schöner: Alle diese Gase entzündeten sich spontan, bildeten bläuliche Flammenherde, über denen die Dämonen Afrikas das ärmliche weiße Fleisch von uns Verdammten – was wohl sonst? – hätten rösten können).

Winterfield verfügte über den wundervollen Elan von Leuten, die wie mit angehaltenem Atem denken: Eine Idee reichte, und er konnte mehrere Jahre lang unter den Wassern der Welt hinwegtauchen. Deswegen wohl war er auch wenig erpicht darauf, diesen enormen Quell an Inspiration in Plaudereien, nutzlosen Diskussionen oder Abschweifungen mit philosophischem Anspruch zu vergeuden, auf welche letztlich die mündliche Kommunikation unter den Menschen hinausläuft: eine Verschwendung von Wörtern, die zu nichts führt, so, als ob man einem Taucher, der mit vollgepumpten Lungen auf der Jagd nach einem Zackenbarsch ist, eine kleine Zigarettenpause vorschlüge. Seine Idee, sein Sauerstoff waren die Reihen von zellophanverpackten Maiskolben in den Supermärkten von Kapstadt oder London (das hatte nichts von Faulkner, hätte ich geschworen). Dem guten Intellektuellen, der ich war, erschien diese Obsession einfach jämmerlich. Doch muss ich gestehen, dass zu Zeiten, da ich noch an der Seite des *big white rhino* die Abd el-Latif hinaufspazierte und ihm von Liebschaften sprach, die tief verschüttet wie antike Gräber waren, und anderes ungereimtes Zeug erzählte (es war eher ein Selbstgespräch über diese wild romanesken Themen), er es in seiner Besessenheit immerhin irgendwie geschafft hatte, seinen Traum auf dem Boden der Gezira aufs Neue zu beleben. Odysseus hatte ihm sehr entfernte griechisch-libanesische Vettern vorgestellt, die es im Eisenwarengeschäft zu Wohlstand gebracht hatten: In der Region der Großen Seen wurde von der Gießkanne bis zur Waffe mit Munition angeblich kein Artikel aus Metall verkauft, der nicht durch ihre Hände gegangen war. Manche Produkte liefen dabei wohl besser als andere. Winterfield hatte seine ganze verzweifelte Redekunst aufgebracht, um sie davon zu überzeugen, ihm noch einmal eine Chance zu geben. Und die anderen hatten geblecht. In Wahrheit lief sein Geschäft nicht wesentlich besser als in Äquatoria (Heuschrecken, Lastwagenpannen, überdrehte Bürokratie usw.), aber Harold ließ eben nicht locker. Sicher ist, dass es im Hôtel des Solitaires mehr Mais zu fressen gab als üblich.

Inzwischen, ein Jahr nach jenem Abend, da ich Vollender begegnen sollte, bin ich nicht mehr sicher, ob bei dem grotesken Paar, das damals durch die dunklen Straßen von Khartum schlenderte, ich ein schwadronierender Don Quichotte, er ein banaler, wie eine Faust um seine simple Idee gekrampfter Sancho Pansa, wirklich er der groteskere von uns beiden war. Ich verachtete ihn, das muss ich zugeben; aber ich halte es nicht für ausgeschlossen, dass er dasselbe für mich empfand, freilich auf seine gutmütigere und weniger schwatzhafte Art. Da das Glück ihm definitiv den Rücken zugekehrt hatte und die Eisenwarenhändler ihr Geld von ihm zurückhaben wollten, hat Harold sich vor ungefähr drei Monaten, genau an dem Tag, da ich am Fährsteg von Dongola auf Else wartete, umgebracht. Soweit ich sie nach meiner Rückkehr nach Khartum rekonstruieren konnte, muss sich die Geschichte folgendermaßen abgespielt haben: Er wäre wohl gerne noch nach Einbruch der Nacht im Blue Nile geblieben. Vielleicht wartete er ja auf mich, dieser dicke Holzklotz. Er hoffte vielleicht, dass ich ihn einmal mehr mit meinem Schwachsinn ablenken würde. Ihn einen Augenblick lang mit meinen ausschweifenden Betrachtungen über entschwundene Frauen und versunkene Kulturen die wesentlichen Dinge vergessen ließe, die das moderne Leben und Sterben umkreisen, als da wären: Kredite, Zinsen, gespannte Marktlagen und Agrarindustrie. Dann, nachdem er ein beträchtliches Trinkgeld gegeben hatte, was auf einen von mir nicht vermuteten Sinn für die passende Geste bei ihm schließen lässt, ist er nicht, wie üblich, Richtung Abd el-Latif und Hôtel des Solitaires aufgebrochen, sondern hat sich zum Zusammenfluss aufgemacht und dem Wachtposten an der Straßensperre vor der Brücke über den Weißen Nil seine Papiere gezeigt. In der Mitte der Brücke angekommen, soll er in aller Ruhe und Schwerfälligkeit über die Eisenbalustrade gestiegen sein und sich in den Fluss haben plumpsen lassen. Das muss schwer gespritzt haben, alter Junge! Hast den abgetauchten Nilpferden wohl gewaltig Schiss eingejagt! Was müssen die für Fürze gelassen haben! Und wie du deinen Doppelgänger, dieses alte Federvieh mit den fischledernen Lidern, auf seinem schwankenden Ast wachgerüttelt haben musst! Währenddessen war ich, der Schwätzer, der postkoloniale Philosoph, gerade dabei, eine letzte Metamorphose meiner fixen Idee auszulösen, die mich seit Jahren zur willigen, schlimmer noch: zur freiwilligen Spukgestalt macht und die, so ätherisch sie mir auch scheinen wollte, so viel romanesker als Winterfields Getreide sie auch war, mich immerhin dorthin gebracht hat, wo ich jetzt bin, auf mein Zimmer im Hôtel des Solitaires, in dem ich schreibend auf die Polizei oder auf sonst was warte. Den Weltuntergang? Nein, den hätte ich zwar gerne, aber ich glaube nicht daran: Die Welt wird nicht mit mir untergehen, das wäre, ehrlich gesagt, ein Fehler.

4

AUF DEM GEHWEG der Sharia Zubayr, vor dem Eingang zum Hôtel des Solitaires, ist fast täglich eine Bettlerin anzutreffen. Bettlerin ist übrigens bestimmt nicht das richtige Wort: Aber ich finde in meiner Sprache kein anderes für diesen Kompromiss aus Unglück und Größe. Höchstwahrscheinlich war genau dies, was keine zeitgenössische Vokabel mehr bezeichnen kann, diese grandiose Schwachheit, in sehr entfernten Zeiten, als das Christentum noch eine lebendige, das heißt subversive Philosophie war, einmal Gegenstand der Barmherzigkeit. Diese Frau also bettelt nicht, und ihr Gesicht zeigt keinen Ausdruck des Jammers. Im Gegenteil, ich habe selten eine so in sich ruhende Schönheit gesehen. Denn sie ist sehr schön, ihre geschwärzten Lippen lächeln in dem etwas helleren, ovalen Gesicht, das in ein grünes Kopftuch gefasst ist. Sie ist eine Königin von Saba, nur gelähmt. Sie sitzt, die abgestorbenen Beine unter ihr, vor ihrem Rollstuhl, einem zusammengeschweißten, auf Fahrradfelgen montierten Gestänge. Selbst ihre Haltung ist grazil, wie gemalt. Sie hält niemandem die Hand entgegen, nicht einmal den weißen Hotelgästen. Lieber würde sie, glaube ich, sterben. Sie schaut sie an, gravitätisch, sanftmütig: Und das erinnert einige an verschüttete Formen der Güte, an das vage Gefühl, dem Geschlecht der Menschen anzugehören. Offenbar glaubt sie (wie zumindest ihre Haltung und ihr Blick vermuten lassen), dass die Leute, wenn denn etwas in ihnen steckt, das ihre Individualität übersteigt und sie zu Teilen einer philosophischen Gemeinschaft macht, in ihr den bewundernswerten Ruin entdecken müssen, der auch in ihnen haust.

Ich weiß nichts von dieser Frau, nicht einmal ihren Namen. Sie spricht nur Arabisch, wovon ich praktisch nichts verstehe. Und doch glaube ich sagen zu können, dass ich für sie so etwas wie Liebe empfinde. Wenn ich etwas später als gewöhnlich ins Hotel zurückkehre und sie schon in ich weiß nicht welchen fernen Vorort aus Sand und Schlamm aufgebrochen ist, spüre ich jene Art von Trauer, wie sie mir in meiner Jugend die Kehle zuschnürte, wenn ich in Nantes, auf dem Weg zum Gymnasium, dem blutjungen Mädchen nicht begegnete, das meine erste, rein platonische, Verlobte war. Der Tag war von einer verzweifelten Leere. In der nunmehr ziemlich heruntergekommenen Gefühlswirtschaft meines Lebens besetzt Hurriya den Platz des Körpers und sie, die Unbekannte, jenen Ort, den man nicht mehr zu benennen weiß: die Seele? Hmm ... Mir scheint (aber diese Dinge sind so wenig gesichert), dass, wenn die Liebe ein freudiges Erschrecken ist, die Angst eher im Körper sitzt, während die Freude in der Verkörperung liegt (ein Lächeln, Worte, Blicke, Gesten, Abgründe ...). Doch nein, ich könnte genauso gut das Gegenteil sagen. Nichts in diesem Taumel lässt sich fixieren: Die bestürzende Schönheit einer schlanken Taille, an der man sein Geschlecht reibt, die bestürzende Schönheit gesprochener Worte, das ist eine Körpermusik, an die keine Musik heranreicht, weil die Messe in c-Moll, Strauss' *Letzte Lieder*, die Sonate von César Franck oder was auch immer vielleicht »sublim« sind, wie man heute sagt, aber davon kriegt man keinen hoch, nichts davon drückt die rätselhafte Verbindung von Körper und Seele aus, von einem blutgeschwollenen Glied und den wahnwitzigsten und großherzigsten Ideen, die man haben kann, so wie die Stimme der erwachenden Geliebten, die einfach sagt: »Geh, mach mir einen Kaffee.« Mir scheint außerdem, dass man, vom Standpunkt der Liebe aus, die Geschichte eines Lebens als Konvergenzbewegung jener zunächst getrennten Leidenschaften betrachten kann, die dann in einem Punkt zusammentreffen, bevor sie sich wieder auseinanderdividieren: Da ist die Frau (oder der Mann, nehme ich einmal an), die (oder der) einen zum Wahnsinn treibt. Die Frau oder der Mann »Ihres Lebens«, wie man so sagt: diejenige oder derjenige, auf die (oder den) Ihr Leben zulief, bevor es sich langsam verlief und schließlich entlief. Für mich, der ich auf dem Weg der Auseinanderdrift schon weit fortgeschritten war, gab es Hurriya, deren Mysterien mir gleich waren, und die Unbekannte, die ich nicht zu berühren gedachte. Der amouröse Knoten meines Lebens, der Punkt, auf den sich ein für alle Mal meine ganze Liebesfähigkeit konzentriert hatte, lag hinter mir.

An jenem Abend des vergangenen Jahres, als ich mit Winterfield im Hôtel des Solitaires ankam, hatte die Unbekannte schon ihre Sachen gepackt, und ich empfand darauf das gewohnte Gefühl einer leisen Enttäuschung. Bis zum Abendessen musste man noch eine Stunde warten. Was für eine Langeweile! Was tun? Dasselbe wie am Vorabend, am nächsten Tag und so weiter. In der Rezeption herumtrödeln, wo in zwei Körben auf Beistelltischen Zeitungen auslagen, die durchreisende Gäste liegen gelassen hatten, *The Sun, America Today, Ta Nea, Il Giornale, The Economist, Le Mon-*

de, The Kenyan Nation. Keine war jünger als zwei Wochen, manche gar zwei Monate alt und mehr. Diese Zufallssammlung gab von der Welt ein zersprungenes, verzerrtes Bild, das nicht weniger genau war, ganz im Gegenteil, als dasjenige, das sich der Redakteur einer Presseagentur von ihr machen kann, wenn sich in seinem über den Bildschirm gebeugten Gesicht das stumpfe Geflimmer der nahezu in »Echtzeit« abgespulten Nachrichten abmalt. Wahlen in Italien, ein texanischer Unabhängigkeitskämpfer schießt in Fort Worth blind in die Menge, elf Tote. Meinungsumfragen bestätigen die Unbeliebtheit des französischen Premierministers. Blutig verlaufener Bankraub in Nairobi. Ein Loch mit Antimaterie im Herzen der Milchstraße: Das wusste ich schon. Lady Di verkauft ihre Kleider. In den *Sudan News*: »›Mit Frachtschiffen der Sudanese River Transport Company sind ungefähr 9753 Tonnen Rohöl vom Flusshafen in Martyr-Al-Rahdi Gabir in den Hafen von Martyr-Abu Gissaisa transportiert worden‹, erklärt Generalmajor Awadad-Karim Babiker al-Hassam.« Das »ungefähr« ist köstlich. Im *New Horizon: »The elimination of roaming dogs.* Vor drei Wochen haben vier ausgehungerte Hunde einen Schäfer angegriffen, der seine drei Ziegen in Soba, östlich von Khartum, weiden ließ.« Sie haben die drei Ziegen verputzt, konnten aber von der Volkspolizei nicht aufgegriffen werden. Denken wohl, sie könnten sich alles erlauben und straffrei davonkommen. »Vor zehn Tagen hat ein weiterer Hund in Omdurman Kinder angefallen. *It made away with a big cock for its meal of the day*«, er hat sich mit einem feisten Hahn als Imbiss aus dem Staub gemacht. Ein Skandal, der schon lang genug andauert.

Ich blättere herum und schaue mir verstohlen die Gesichter der Neuankömmlinge an. Das ist immerhin die Hauptattraktion im Hôtel des Solitaires, diese Aufgeschmissenen, die vor Odysseus' Bürotür Schlange stehen und in ihren Winteranzügen schwitzen, die sie acht Stunden zuvor in London, Frankfurt oder Paris angelegt haben. Man betrachtet sie zwangsläufig als überflüssige Luxusgeschöpfe und hegt die bösartige Hoffnung, dass ihnen die herumstreunenden Köter mir nichts, dir nichts den Hosenboden aus Alpaka zerfetzen. *They have no owners and serve no purpose as pets as the purpose they were intended for They have become dangerous to the society*, »sie haben keine Besitzer, sie haben die ihnen anvertraute Mission als Haustiere verraten und sind zu einer Gefahr für die Gesellschaft geworden«. Diese Kerle kommen aus Ländern, an die man sich erinnert. Gestern spazierten sie noch über den Boulevard Saint-Germain oder zwischen Tauben auf dem Trafalgar Square, und bald werden sie wieder dort sein. Man beneidet sie ein wenig, fühlt sich wie ein alter Knastbruder in seiner Zelle, der murrend für ein paar Eierdiebe Platz machen muss, die im Nu wieder draußen sind. Sie sind Möchtegerns. Ein Nichts bringt sie hierzulande aus der Fassung. Wenn es Odysseus nicht gäbe, der ihre Koffer durch den Zoll bringt, ihnen Passierscheine besorgt … So waren wir alle mal, vor langer Zeit, aber die Erinnerung daran ist schmerzlich. *The exercise of shooting and killing roaming dogs must continue*, »streunende Hunde müssen weiterhin abgeknallt werden«, um unsere Kinder und unsere Alten vor diesen Tieren zu schützen, die zu einer Bedrohung für unsere Gesellschaft geworden sind. Aber ist man nicht selbst zum streunenden Hund geworden? Ein Grund mehr. Ein echtes Arschgesicht, der da hinten mit seinen Shorts. Wie spät ist es? Viertel nach sieben. Nur noch fünfzehn Minuten bis zum Essenfassen. Gerade noch Zeit genug für eine Dusche. Wieder ein Tag. In Wirklichkeit summieren sich die Tage nur, wenn man etwas von ihnen erwartet. Wer rechnet, setzt eine Vorstellung von der Zukunft voraus. Gleich, im Speisesaal, hängt man wieder mit diesen Spießern zusammen. Seien wir freundlich: Vielleicht kann man ihnen trotz allem ein paar Nachrichten aus der Heimat entlocken, das heißt aus unserer Vergangenheit. »*The Sudan peace agreement*.« Schau an, einer der Rebellenchefs, der die sogenannten Friedensabkommen unterzeichnet hat, nennt sich Karubino: Heißt das so viel wie Cherub? Dazu hat er jedenfalls nicht die passende Visage. Zwanzig nach sieben. Los jetzt, Beeilung.

Schon im Oktober 1884 hatte man im belagerten Khartum alle Hunde gegessen. Desgleichen die Esel, die Ratten, die Papageien usw., kurzum alle Tiere mit Ausnahme der Pferde und Dromedare, die man zur Verteidigung der Stadt brauchte. Ein Hund indes war schlau genug, den Hungerleidern zu entkommen, und hatte darüber hinaus begriffen, dass es in seinem Interesse lag, sich auf die Seite der Mahdisten zu schlagen, die ihn zwar gewiss schlecht behandeln, aber zumindest nicht fressen würden. Als gewiefter Stratege durchbrach er im Morgengrauen die Frontlinien an der Stelle, wo sich der Festungswall aus rohem Backstein im sommerlichen Hochwasser des Weißen Nils nahezu aufgelöst hatte. Ein tscherkessischer Soldat, vor Hunger und Verzweiflung vor sich hin dösend, hatte eine diffuse Wahrnehmung von diesem außergewöhnlichen Stück Fleisch, das sich nicht weniger behutsam als entschlossen, mit hochgehobenen

Pfoten und die seidigen Ohren beim mindesten Geräusch aufstellend, über die schlammigen Felder wagte, an deren anderem Ende der Fluss hinter einem Nebelstreif verschwand. Vom Anblick dieses leicht zu habenden Ragouts aus seinem Dämmerzustand gerissen, griff der Soldat zu seinem Remington-Karabiner. In dem Moment, da er anlegte, trat der Hund im Glacis auf eine Mine. Das Ding produzierte einen dicken, spritzenden, ekelhaften Furz, von dem Hund und Schütze gleichermaßen überrascht wurden. Der Hund, der sich von seinem Schrecken schneller erholte als der Tscherkesse, rannte jetzt ohne weitere Vorsichtsmaßnahme Richtung Nil. Von diesem Vorfall wurde Gordon, der eine Stunde später aufwachte, sofort Bericht erstattet. Seine Bedeutung war jedem klar, auch wenn er nicht zu den Royal Engineers gehörte oder, nach dem Feldzug gegen die T'ai-ping, ein Handbuch über die Guerilla verfasst hatte, das achtzig Jahre später noch einen Mao Tse-tung inspirierte: Wenn ein räudiger Hund, die erschöpften Wachtposten täuschend, über den Festungswall setzen konnte und es mit den Minen nicht weit her war, konnte auch eine ganze Truppe von streunenden Hunden ohne Weiteres die Stadt einnehmen. Nun waren aber die *Ansaren*, diese mit geflickten Tuniken umhangenen Soldaten, die sich beim Ruf *Allahu Akbar* mit angelegten Speeren auf ihre Repetiergewehre stürzten, alles andere als Hunde.

Allein, Gordon war ein zyklothymes Temperament. Genauer gesagt: Er war manisch-depressiv (zumindest glaube ich das, und deswegen mag ich ihn). Und er befand sich gerade, manchem wäre das aus geringerem Anlass passiert, in einer depressiven Phase. Außerdem hatte er, sosehr er auch

Soldat war, etwas gegen den Krieg. Lieber hätte er auf dem Rücken eines Kamels und mit der Bibel in der Hand, einer Zigarette im Schnabel und ein paar Flaschen Cognac im Halfter die Wüsten des Sudans durchquert und, kleinen Kindern über die glatt rasierten Schädel streichelnd, den wahren Glauben gelehrt. Er hielt es für seine Pflicht, in Khartum auszuhalten, aber persönlich ließ ihn der Ausgang dieser Geschichte kalt. Hätte es Gott nicht gegeben (und dieser Vorbehalt ist gewiss nicht mit leichter Hand vom Tisch zu fegen), dann wäre er ein Selbstmordkandidat gewesen. Und dann waren da natürlich noch die Königin und das Empire. Aber er mochte Patriot sein, England mochte er nicht. »Ich verharre in der Freude, Großbritannien mit seinen langweiligen Dinners und andere Torturen niemals wiederzusehen«, muss er um diese Zeit in sein Tagebuch notiert haben. »Ich hoffe«, so fügte er noch hinzu, »dass, wenn ein englischer General sich doch noch bis Khartum durchschlägt, er mich nicht zum Dinner einlädt.« In England hatte ihn der Prince of Wales einmal zum Nachtmahl gebeten. Er hatte geantwortet, dass er diese Ehre nicht annehmen könne, da er sich stets um neun Uhr zu Bett begebe. In Kapstadt, wo er eine Einladung des Lord-Governors nicht ausschlagen konnte, hatte er Mittel und Wege gefunden, dessen Frau, Lady Robinson, auf die Schleppe zu treten, sodass diese imposante Kreatur halb nackt in ihrem zerrissenen Kleid dastand. Bei seiner Schwägerin in Kensington verkroch er sich unter den Tisch, sobald man einen Besucher ankündigte. Kurz: Er war kein Weltmann, und so gesehen barg die tödliche Einsamkeit, in der er sich befand, in seinen Augen gewiss mehr Reize als die Salons von Balmoral.

Er hielt also aus. Aber lohnte es die Mühe? Gewiss, auf der anderen Seite standen die Getreuen eines schlechten Gottes. Dennoch glaubten sie verdammt noch mal mehr an ihren beknackten Gott als Mr Gladstone, der Premierminister Ihrer Majestät war. Eines Tages hatte ihm der Mahdi ein Paket mit den Lumpen, die seine Krieger trugen, und dazu einen Brief mit der Aufforderung zur Konversion geschickt. »Im Namen Gottes«, stand da, »hier haben Sie das Kleid jener, die der Welt und ihrem Tand entsagt haben. Wenn Sie wirklich ein frommes Leben führen wollen, dann legen Sie umgehend dieses Gewand an und kommen Sie heraus, um des ewigen Glücks teilhaftig zu werden.« Gordon indes stand nicht umsonst im Range eines britischen Offiziers: Den Brief hatte er unbeantwortet gelassen, und im großen Saal seines Brighton'schen Palasts hatte er wie rasend auf dem zerfetzten Kleidungsstück der *Ansaren* herumgetrampelt. Und doch hatte er sich in diesem Augenblick seiner goldbetressten Uniform geschämt. Der Vorfall hatte ihn zutiefst erschüttert. Standen diese Leute dem Bettelvolk Unseres Herrn nicht näher? Solche Vorbehalte quälten und entflammten seinen widerspruchshungrigen Geist. Zudem hatte das vergebliche Warten auf Lord Wolseleys Hilfsexpedition, wenn er Tag für Tag auf der Dachterrasse seines Palasts das Fernrohr Richtung Norden lenkte und umsonst vor dem unerbittlich blauen Horizont eine von Kamelen aufgewirbelte Staubwolke oder den Rauch von Schiffen auf dem Nil zu entdecken hoffte, schließlich dazu geführt, dass er nicht mehr an sie glaubte. Zehn Mal hatte er die Nachricht verbreiten lassen, dass die Engländer einen Tagesmarsch vor Khartum stünden. Er hatte sogar eine falsche Depesche mit der Meldung von der unmittelbar bevorstehenden Ankunft der Red Coats drucken lassen, die er dann in Schnipseln auf die Straße warf, wo sie, seinem Plan entsprechend, aufgefunden, wieder zusammengesetzt und endlos lang kommentiert wurde. Schon das mindeste Gerücht versetzte die belagerte Bevölkerung in Wallung: War nicht auch die Rede davon, dass Königin Victoria persönlich in goldenem Harnisch mit einem Schaufelraddampfer in Dongola angelegt hatte?

Inzwischen aber stand dem »Chinesen« nach alldem nicht mehr der Sinn, er interessierte sich nur noch für sein Tagebuch, mit anderen Worten: sein Testament, an dem er allabendlich, den gefährlichen Nil vor sich, Zigarette um Zigarette ansteckend und (so hoffe ich) seinen Brandy zwitschernd, schrieb. Als ihm die Geschichte mit dem Hund überbracht wurde, dürfte ihn das kaum aus seinen melancholischen Träumereien gerissen haben. Vielleicht hatte er sogar einen leichten Kater. »Hat man ihn eingefangen?«, erkundigte er sich. Und da die Antwort Nein lautete: »Schade, ich hätte mich gern mit ihm unterhalten.« – »Aber Exzellenz …«, stotterte im Rückwärtsgang der türkische Offizier, der Oberst Stewart abgelöst hatte. »Schon gut, sorgen Sie für Verstärkung am Fort von Mogrein«, fuhr dieser Hikimdar im Schlafanzug, aber immerhin mit seinem Fez auf dem Kopf, müde fort. Er erinnerte sich an Goyas Hund, den er in seiner Kindheit in Woolwich auf einer Reproduktion gesehen hatte und dessen Gesellschaft er derjenigen des Prince of Wales vorgezogen hätte. Das alles war schon sehr lange her … Danach notierte er in sein Tagebuch: »Ein Hund hat in der Nähe der südwestlichen Befestigungsanlagen eine Mine zur

Explosion gebracht (ein mit gut zehn Pfund Sprengstoff vollgestopfter Destillationskolben, der zu Zeiten des Mohammed Ali zur Goldwäsche diente). *The dog, angry and surprised, walked off unhurt*, ›wütend und überrascht machte sich der unverletzte Hund davon‹.« Dann wandte er sich wieder seinen Zigaretten, seinen Zweifeln, seiner Bibel und seinem Fernrohr zu und verlor die Angelegenheit aus den Augen. Ein paar Tage später setzten vierzigtausend *Ansaren* im Schutz der Dunkelheit über den Nil und stürmten Khartum an der Stelle, die immer noch die »Hundepforte« heißt.

Während ich das lauwarme Wasser der Dusche auf mich herabtröpfeln lasse, schwirrt mir all dies undeutlich durch den Kopf. Im Schädel blinken zoologisch-historische Traumgebilde, die Dusche hält feuchte Aussprache mit meinem Körper. Die Gänse des Kapitols. Das Trojanische Pferd. Stummes Gemurmel. Scheiße, schon fast acht Uhr. Ramadan wird mir einen Tisch mit dem ersten besten Bleichgesicht aufzwingen. Ramadan ist ein großer und dicker Dongolese, der über den Speisesaal des Hotels herrscht. Kräftiger Nacken, fleischige Lippen, Schnauzbart, Glubschaugen: Er sieht ein bisschen so aus wie Alexandre Dumas père, der Ältere (das heißt älter als sein Sohn Alexandre fils und jünger als sein Großvater Alexandre, der noch Ältere, wie ich gerade in der *Enzyklopädie des 20. Jahrhunderts* nachgeschlagen habe: »Mit Bonaparte in Italien schlug er Wurmser bei Mantua und verteidigte in Brixen [Tirol] allein eine Brücke gegen eine übermächtige Kavallerie«). Na bitte, ich bin nicht allein, denn ich habe ja die *Enzyklopädie* … So stehe ich in Verbindung mit der römischen Republik (Davy de la Pailleterie, genannt Dumas, wurde auch Horatius

Coclès gerufen, lese ich weiter, und »starb in ehrwürdiger Armut«), mit Bonaparte, Stendhal, dem Vicomte de Bragelonne … Jahrhunderte, die in einem Augenblick aufblitzen … virtuelle Geschichten in einem Wimpernschlag … Wenn Gordon und Großvater Dumas sich hier, im belagerten Khartum, begegnet wären. Hätte das etwas an Kleopatras Nase verändert? … Was redest du da? Die große Freiheit der Literatur, die große Brüderschaft der Launen auf Fliegenbeinen, selbst auf enzyklopädischen. Dank ihrer schweben wir drüber, über die Linien aus Feuer und Asche hinweg, von denen wir uns haben einkreisen lassen, wir entkommen allen Belagerungen …

Im Gegensatz zu den meisten Frauen und Männern dieses Landes, die mit ihren hohen schlanken Körpern, ihrem nonchalanten Auftreten an einer bestimmten Ästhetik (und Mythologie) der Wüste teilhaben, schleppt Ramadan unter seiner braunen Galabiya einen massigen Körper hinkend mit sich herum. Er ist ein alter, ausgeleierter Elefant, dem eine Art in weißen Musselin drapierte Mutter Gottes assistiert. Mit seinem wulstigen, genießerischen und skeptischen Maul (er hat auch was von Arafat) schlurft er wie eine Portion Schokolade mit einem Baiser als Turban obendrauf herein, den Kessel mit der dampfenden Suppe an die Brust gepresst. Denn so ist es nun einmal im Hôtel des Solitaires: Im Speisesaal mag es fünfunddreißig Grad warm sein, wir sind jeden Abend reif für die Suppe. Man schlürft sie, verbrennt sich die Zunge, ein Plätschern und Zischeln fährt durch die dröhnende Stille des Ventilators. So war es schon im thrakischen Gebirge, aus dem Odysseus' Familie kurz nach Byrons Tod in Mesolongi emigrierte: Es gibt keinen Grund, daran etwas zu ändern. Und ich habe nichts gegen solche Halsstarrigkeiten. *Kali spera*, so wird man auf Griechisch von Ramadan begrüßt, bevor er ein paar große Kellen Nudelsuppe ausschenkt. *Ti kanis? – Poli kala, evkharisto*. Und wenn man ihn fragt: *Ghia ti milas ellinika?*, »Warum sprichst du Griechisch?«, antwortet Ramadan zur größten Bezauberung: »Das ist Odysseus' Sprache.«

So, ich komme aus der Dusche, gereinigt vom Schweiß des Tages, mit kurz geschorenem, feuchtem Haar. Eine der wenigen gesicherten Erinnerungen an Alfa besteht darin, dass sie das erotische Vlies eines Baudelaire oder Mallarmé »Haache« nannte und dass sie von den »Ferden« sprach, auf die sie, in der Hoffnung reich zu werden, gesetzt hatte. Als Schriftsteller war ich für sie ein Fabelwesen. Zunächst im besten Sinne des Wortes; dann war ihr klar geworden, dass ich niemals den *Prix de l'Arc de Triomphe* gewinnen würde, dass ich nur ein lahmender Gaul war, der sich für einen Künstler hielt, eine größenwahnsinnige Schindmähre. Mit Bekloppten glaubte sie sich auszukennen, sie war Krankenschwester in einer Irrenanstalt, einer großen Villa mit blauen Fensterläden mitten in einem Park im Westen von Paris. Kein einfaches Metier. Am Ende hat sie mich wegen des Anstaltsleiters sitzen lassen, eines seriösen Kerls, der erst den Michelin konsultierte, bevor er ins Restaurant ging. Diese Art Zeitgenosse. Sie hätte genauso gut den Küchenbullen aus der Anstalt heiraten können. Kurzum: Ich war für sie nicht mehr als das zufällige Sprungbrett in die Bourgeoisie. Sie, mit ihrer ganzen Ignoranz, hat mich, der ich viel zu wissen glaubte, gelehrt, was Gesellschaft ist. Ich hatte versucht, ihr beizubringen, dass man mit Pferdewetten nicht sein Leben verbringen könne und dass man außerdem »Pferd« sage, mit »pf«. Ihr war nach grundlegenderen Kenntnissen, und sie hatte damit nicht unrecht. Nun gut, jetzt ist alles in Ordnung. Ich wische mir mit der Hand über den glatt rasierten Schädel und bin clean. Aus dieser Art elementarer Befriedigung bestehen meine normalen Vergnügungen. Ich kann mich daran erinnern, andere Vergnügen gekannt zu haben, aber da ich nicht mehr weiß, welcher Art dieser schwindelerregende Wirbel wirklich war, der sich in mich hineinbohrte und mich, die Grenzen von innen und außen aufhebend, verschlang, gebe ich mich mit solch einfachem Lustgewinn zufrieden. Ich, der ich wie ein Verrückter an die Wiederauferstehung glaubte. Nur diese Phantomvergnügen, diese fast immateriellen Vergnügen, haben mich nie getäuscht (oder besser gesagt: Ich habe mich in ihnen nie getäuscht). Die Wiederauferstehung der Körper! Ein großartiger Wahn, natürlich, wie jeder Wahn. Ein gewaltiges Stück Demagogie auch, mit dem die Religionen die Gläubigen, die Nostalgischen, uns alle eben, unter der Knute halten. Da habt ihr den Philosophen, der aus seiner Dusche im Hôtel des Solitaires schreitet und sich auf dem Weg zur Suppe befindet, die Ramadan, der Diener des listenreichen Odysseus, auf seinem Herd zusammenbraut.

Im Flur springt mich die Hitze aufs Neue an, pappt mir das Hemd auf die Haut. Ich klettere die Treppe zum Speisesaal hinunter, in dem an jenem Abend alles angefangen hat. Oder nein, nichts fängt je an, nichts fängt je wieder an, weder der Nil noch unsere kleinen Dramen, die unsere Leben verbinden. Das einzig Sichere ist das Ende. In Ras el-Bar, nördlich von Damiette, steht am breiten Ostarm des Deltas eine mickrige Pension, die auf Französisch den Namen

»Grand Hôtel de la fin du Nil« trägt. Allein schon des Namens wegen würde ich dort gerne meine Tage beenden. Ich bin dort einmal abgestiegen. Das war im Winter (Ägypten ist unsere Normandie: eine Gegend, in die man von Zeit zu Zeit fährt, um frische Luft zu schnappen). Der Regen fiel in welligen Schleiern auf den kümmerlichen Badeort, die Moschee, aus der Ludwig der Heilige vorübergehend eine Kirche gemacht hatte, die Silos und Kähne im Getreidehafen, wo der Vater aller Flüsse in lang gedehnten, schlammigen Bögen zwischen Sandbänken im Brackwasser verendete. Diese verkümmerte Landschaft erinnert mich an die Loire meiner Kindheit und an einen etwas geschwollenen Satz aus dem *Ufer der Syrten*, den mein Vater, der wie so viele Volksschullehrer aus jener Zeit, und besonders aus jener Provinz, ein großer Bewunderer von Julien Gracq war, mir gerne zitierte, und zwar mit erhobenem Zeigefinger, womit er mir bedeutete, dass es sich um Literatur handelte, das hieß in seiner Vorstellung, um eine Art atheistisches Gebet, das man sich in genauso respektvoller Stille wie in einer Kirche zu merken hatte: »Wer das Boot, das am Ufer verrottet, in die Wellen zurückstößt, dem ist sein Verlust wohl gleichgültig, nicht aber seine Bestimmung« (ich zitiere natürlich aus dem Gedächtnis). Heute wundere ich mich ein wenig darüber, dass derartige Feierlichkeit mich zum Schreiben gebracht hat und nicht eher dazu, etwa Polizist oder Einbrecher zu werden.

Der Boden im Speisesaal des Hotels ist mit Steinplatten aus einem rosafarbenen Agglomerat ausgelegt, die den Gedanken an aufgeschnittene Schweinskopfsülze nahelegen. An den blass ockerfarbenen Wänden hängen Fotografien mit den Sehenswürdigkeiten des Sudans: die Pyramiden von Meroe, rituelle Tänze im Nuba-Gebirge, eine Kamelkarawane im Kordofan und das *big white rhino*, dessen Hörner sich wie zwei lange Angelruten im sumpfigen Wasser spiegeln. Dieser naive Versuch, von diesem Land ein normalisiertes, touristisches Bild zu geben, lässt wie an die Oberfläche sprudelndes Nilwasser abermals eine Kindheitserinnerung in mir aufsteigen: die Plakate mit den Schlössern der Loire, dem Mont-Saint-Michel, dem Pont du Gard, dem Hafen von Collioure usw., die im Wartesaal des Bahnhofs von Nantes hingen. Außerdem wäre da noch ein griechischer Import, ein Vierfarben-Christus mit albern verzücktem Maul, himmelwärts, wohin sonst, verdrehten Augen und der Hand unter dem flammenden Herzen. Seichter Myokardinfarkt. Von den beiden Neonröhren an der Decke regnen kalte, von den Rotorblättern des Ventilators zerhäckselte Lichtblitze wie gestoßenes Eis aus dem Shaker. Sie untermalen, höhlen, ziselieren das Relief der Gesichter: runzlige Stirnen, Tränensäcke unter den Augen, Fältchen, die sich um die Münder einsamer, schweigsamer weißer Männer legen, die ihre Suppe schlürfen: unsere Gesichter. Kadaver beim Essen in der Leichenhalle. Ein bärtiger italienischer Priester, dessen Visum der Vatikan im Tausch gegen eine Waffenlieferung erhalten haben muss, ein humanitärer Arzt aus Frankreich, der sich als Leclerc in Kufra verkleidet hat, ein alter Engländer in Shorts, rot gekocht wie eine Languste, der Bewässerungssysteme verkauft, ein Russe mit einem Kieselstein als Kopf, der sich, warum eigentlich nicht, als Journalist ausgibt. Zwei Neuankömmlinge, deren Beruf und Reisepass ich nicht kenne. Harold ist nicht da, er muss gleich nach unserer Ankunft eingeschlafen sein und von Maisfeldern träumen. Ramadan dirigiert mich an den Tisch eines gut sechzigjährigen Herrn, dessen eher interessante Physiognomie (großer Mund, ein mächtiger, von der Sonne gegerbter Rüssel, üppiges Laub, aus dem Büschel grauen Haars hervorsprießen) den spontanen Unmut dämpft, der mich bei der Aussicht auf einen Tischgenossen anfällt. Als ich den Stuhl zurückziehe, um mich zu setzen, schaut er von dem Buch auf, in das er versunken war, und klappt es schnell zu, wie ein Schüler, der mitten im Mathematikunterricht bei der Lektüre eines Pornohefts überrascht wird. Mommsens *Reden und Aufsätze* kann ich trotz meiner äußerst mäßigen Deutschkenntnisse noch entziffern. Na gut, der Typ scheint ein Intellektueller zu sein, das ist mal was anderes als Harold. »Heinrich Vollender«, stellt er sich vor und senkt seinen breiten Zinken über den Suppenteller. Ich antworte ihm, dass ich natürlich schon von ihm gehört hätte. Die Weißen bilden hier eine genauso winzige Gemeinde wie, sagen wir, die Golfspieler in der Mongolei.

5

WER HÄTTE NOCH NICHT von Vollender gehört? Als junger Archäologe aus dem damals noch Ostdeutschland genannten Land war er vor gut vierzig Jahren zum ersten Mal in den Sudan gekommen. Im anämischen Milieu derer, die die Franzosen die »Expatriierten« nennen, kursierten widersprüchlichste und unkontrollierbare Gerüchte über ihn. Manche behaupteten, sein Vater sei ein hohes Tier bei den Nazis gewesen, und er suche in der Liebe zur Vergangenheit und zum Wüstenstaub, der ihre Überreste birgt, die Schande einer barbarischen Familie zu vergessen. Andere glaubten zu wissen, dass er aus dem finsteren sowjetischen Gefängnis, das die DDR war, geflohen sei. Wieder andere sahen in ihm einen ehemaligen kommunistischen Spion, der Terrorgruppen mit Rückzugsgebiet im Sudan manipulierte. Diese Klatschgeschichten, die von in der Regel verblödeten und ignoranten Geistern in Umlauf gebracht wurden, schienen mir alle gleichermaßen plausibel, was so viel heißt wie: gleichermaßen haarsträubend. Da ich befürchtete, dass in seiner Geschichte irgendetwas Unsagbares liegen könnte, habe ich es jedenfalls nie gewagt, ihn ohne Umschweife danach zu befragen. Nur einmal hat er mir etwas in dieser Richtung gesagt. Das war an jenem Abend vor einem Jahr, als wir uns begegnet sind. »Im Gegensatz zu Ihnen«, sagte er, »bedeutet der Sudan für mich die Freiheit.« Da ich ihn zu diesem Zeitpunkt erst seit zwei Stunden kannte, hielt ich es für verfrüht, ihn um eine Erläuterung dieses rätselhaften Geständnisses zu bitten, das zu allen Hypothesen passte.

Was auch immer die Gründe für seine Ankunft im Sudan gewesen sein mögen, Vollender ist hier schnell zum großen Meister für die Kunst des Mittelalters geworden. Dieses so gut wie unerforschte Gebiet war zu Anfang des Jahrhunderts von einem Italiener, Monneret de Villard, entdeckt worden, dem polnische Gelehrte folgten. Aber als Vollender zu Anfang der Fünfzigerjahre nach Khartum kam, blieb fast das ganze Feld noch zu beackern. Die Begeisterung der Romantiker fürs Mittelalter war nicht auf die Archäologen des vergangenen Jahrhunderts übergesprungen. Zudem lag das alles beherrschende Ägypten zu nahe: Wenn man sich zufällig an den Oberen Nil vorwagte, suchte man dort nur nach Monumenten, die von seinem Einfluss zeugten, und sogar noch nach solchen, die sich von ihm absetzten: die Pyramiden von Kurru, Nuri, Meroe, die Tempel auf der Insel Argo, in Naga oder Dschebel Barkal. Die verfallenen, oberhalb der Katarakte gelegenen Burgen aus rötlichem Backstein schrieb man summarisch den Mamelucken zu, den Kirchen wurde das qualifizierende oder eher disqualifizierende Attribut »koptisch« verpasst. Schließlich konnte man seine Zeit nicht mit Altertümchen verplempern, die nicht einmal richtig alt waren und in denen das gelehrte Abendland nur einer Schrumpfform seines eigenen Antlitzes begegnete. Später, nach der Unabhängigkeit des Sudans, hat die Verbreitung der islamistischen Ideologie nicht gerade zur Wiederbelebung des Interesses an den christlichen Königreichen beigetragen, die im siebten Jahrhundert den arabischen Eroberungszügen widerstanden und danach mehr schlecht als recht ein knappes Jahrtausend überlebt hatten.

Heute, ein Jahr nach der problematischen Begegnung mit Vollender (aber das Problem, ich weiß es, war ich oder eher eine komplizierte Konstellation – in Wahrheit ein Kreuz –, in der meine Beziehungen zu Alfa, Dune, Else und Vollender standen), heute erinnere ich mich an eine friedliche Stunde, eine sonderbar friedliche Stunde, die ich mit Else im Schatten einer dieser Wüstenfestungen verbracht habe. Geometrisch gesehen, ist ein Kreuz keine komplizierte Figur: Wenn ich sie aber als solche erachte, dann deswegen, weil ich sehr genau weiß, dass, obwohl ich vorgebe, mich im Zentrum dieser Figur zu sehen, jede andere der an dieser Kreuzigung beteiligten Personen den gleichen Platz einnehmen könnte, diesen Schnittpunkt, den ich aufgrund der Anforderungen der Erzählung – und einer beschränkten Intelligenz, von der wir nicht viel Aufhebens machen – zu halten gezwungen bin. Jede andere, außer Dune wahrscheinlich, aber was weiß ich schon davon? Was ich weiß, ist, dass der Nil keine Quelle hat, und unsere Geschichten auch nicht; und dass wir nicht das Zentrum unserer Geschichten sind, es sei denn, wir schreiben sie selbst: Denn die Schrift ist die Radnabe einer fliehenden Welt. Deswegen erlaube ich mir, »ich« zu sagen, auch wenn ich es letztlich nicht bin. Und damit genug.

Ich hatte Else am Fähranleger in Dongola abgeholt, worum Vollender mich gebeten hatte. In Kerma hatten wir im *rest house* des Kanadiers übernachtet, das entschieden gastfreundlicher war als das eher wie ein Straflager wirkende Camp, in dem Vollender uns erwartete. Wir waren im Morgengrauen aufgebrochen, und zur Mittagszeit saßen wir in El-Khandaq im Schatten der eingefallenen Mauern und Türme einer Zitadelle aus dem 10. Jahrhundert. Wie immer stellte sich dieses Gefühl eines glückseligen Entzückens ein, als wir aus der verbrannten, schweigsamen Einsamkeit der Wüste ins Rauschen der Palmen wechselten, in das dunstige Wogen der grünen und blauen Felder aus Hirse, Zwiebeln, Luzernen, das Geraschel und Gegurre der Turteltauben, die den Nil in seinem ganzen Verlauf begleiten. Ich weiß, solche Kontraste gehören zu den Gemeinplätzen der Wüstenliteratur, aber sie sind deswegen nicht weniger hinreißend und bezaubernd für einen Irren wie mich, der beharrlich daran glaubte, dass etwas Lebendiges aus dem Tod zurückkehren könnte.

Am Flussufer, unterhalb des *kasr*, erstreckte sich ein mit Akazien bepflanzter Sandstrand. Wir hatten uns in deren kühlen Schatten niedergelassen. Alles schien mir auf einmal unaussprechlich schön: das Zwitschern der Vögel, das Quaken der Frösche, das Gegacker der Bewässerungspumpen, das vom Wind gekräuselte Wasser des Nils und seine dahingleitenden Barken, die wie Stilette aus dem Laubdach schießenden Minarette, darüber die Zahnstümpfe jenes afrikanischen Château Gaillard und weiter unten der bescheidene gräko-anglo-osmanische Palast, den ein türkischer *walid* des vergangenen Jahrhunderts hatte bauen lassen: ein witziges Gemisch der Kulturen, ausgerechnet an einem Ort, wo das, was man die Welt nennt, wie auf Distanz gehalten wird. Ich erinnere mich, dass die schläfrigen Angler in ihren Barken auf mich eher den Eindruck von an die Wasseroberfläche exilierten Fischen machten und nicht den von Männern auf der

Jagd. Hier, am märchenhaften Ufer von El-Khandaq, vermischte, verschlang und verkehrte sich vielleicht alles: Geschichte, Zeiten, Rollen. Mir erschien es, als ob es weder Okzident noch Orient, weder Mittelalter noch Moderne, weder Islam noch Christentum gäbe, keinen von diesen abgenutzten Gegensätzen, keinen tödlichen Pfeil, der nicht kehrtmachte, um wieder in seinen Köcher zu fliegen. Das war natürlich Blödsinn, aber es war, wie man so sagt, eine glückselig machende Blödheit, friedlich und befriedigend. Es kommt vor, dass man, bei wiedergewonnener Klarsicht, solchen Momenten dumpfer Benommenheit nachtrauert, die das Glück des Müden sind.

In einer Schilfhütte hatte man uns süßen und heißen Tee angeboten. Ein alter Schwarzer, knorrig und sehr förmlich, hatte sich zu uns gesellt, um uns die unbedeutende Geschichte von El-Khandaq seit dem mahdistischen Heldenepos zu erzählen. Er war der Intellektuelle des Ortes und übte eine Tätigkeit zwischen Wissenschaft und Magie aus, die es bei uns nicht mehr gibt und die mehr oder weniger mit dem zu tun hat, was man, mit einem alten Wort, in einer Offizin betrieb. Wir lagen auf Betten aus zusammengeknoteten Kordeln, sogenannten *Angarebs*, und plauderten in einem schauderhaft poetischen Englisch mit diesem Apothekarius über Dinge, die wahrscheinlich nur als Wörter existieren, über ein riesiges Krokodil, das im Jahr, da die Osmanen abzogen, eingefangen wurde, über einen Schotten, der wenig später Dudelsack spielend auf dem Rücken seines dampfbetriebenen Unterseeboots eingetroffen war. Junge Mädchen, die vielleicht nicht schön waren, die man sich aber aufgrund des stillschweigenden Verbots, sie anzuschauen, als schön vorstellen konnte, bildeten vor dem gleißenden Wasser ein antikes Fries: Schleier in fantastischen Farben, Purpur mit schwarzen Streifen, Violett und Grün, Safran und Schwarz. In meinen Augen zeugte das von einem Geschmack, den weder Mode noch Gewöhnlichkeit, wenn es sich denn dabei um zwei verschiedene Dinge handeln sollte, verwässert hatten. Schlanke, strahlende Gestalten. Gordon, erzählte unser Apothekarius, habe hier eine große Schlacht gegen Zubayr geschlagen (denselben, an den die Straße vorm Hôtel des Solitaires erinnert); es habe mindestens siebentausend Tausende von Toten gegeben. Zubayr, so der Apothekarius, sei von seinen *khalifas* umringt unter einem Wald von grünen und goldenen Sonnensegeln voranmarschiert; dahinter die Sklaven mit angeketteten Löwen. Aus seinen Kanonen schossen silberne Kugeln. Zubayr war der Anführer der Gläubigen, der erste aller *Ansaren*. Der englische Pascha habe ihn schließlich davon überzeugt, sich zu ergeben, da er sich allein, ohne Waffen, aber mit wohlklingenden Worten, in sein, Zubayrs, Lager begeben habe. Ich fragte mich, ob er ihm Verse von Milton oder etwas aus der Apokalypse des Johannes von Patmos aufgesagt hat. Mir gefiel diese wunderliche Geschichte. Mir gefiel Elses Stimme, ihre Art zu sprechen, ihr fehlerhaftes Englisch mit deutschem Akzent. Ich sah den Nil rückwärts fließen, hinauf zum Nassersee, nach Ukerewe, zum inneren Meer, das Speke noch nicht auf den Namen Ihrer dicken Majestät umgetauft hatte. Wenn Alfa wüsste, wo ich bin, dachte ich, wenn sie nach all den Jahren auf die Idee käme, mir einen Brief zu schreiben, käme er in der Sharia Zubayr in Khartum an. Löwen, darauf der Schatten bunter Seide, silberne Artilleriegeschosse, Sklaven, die hinter den Standarten von Knechtschaft und Revolte unter der Peitsche marschieren, das war meine Adresse. Hier, in El-Khandaq, hatten die Geschichte und all unsere Geschichten weder Kopf noch Fuß, die Frauen waren Gestalten wie auf Kirchenfenstern, Farbtupfer auf glasigem Wasser, es gab weder Gut noch Böse, weder Leben noch Tod, nur das fabulierende Gerede eines Arzneimannes, den Rausch der Wörter, die sich breitmachen konnten in ihrem Unterschlupf aus Schilf und Kordeln, Schatten und Wind, geschützt vor wildwütigen, sinnlosen Mächten, vor Gott, wie es hieß, vor der Eintönigkeit der Sonne.

Die Geschichte der christlichen Königreiche des Sudans war mir mehr oder weniger vertraut. Im Norden hatte Makuria zwei Mal die Armeen des Amr Ibn el-As, des Eroberers von Ägypten, zurückschlagen können. Die nubischen Bogenschützen, die mit ihren wulstigen Lippen und Dreadlocks in den Heeren der göttlichen Könige mitmarschierten, waren, das belegen zahlreiche Friese, schon zu pharaonischen Zeiten berühmt. Die Legende will, dass die Verteidiger von Dongola hoch auf ihren Mauern den Reitern unten, die schon das sagenumwobene Alexandria erobert hatten, zuriefen: »Wo soll ich dich treffen?« Und da sie sich davor hüteten zu antworten, und im Übrigen die Sprache nicht verstanden, wurden sie von einem Pfeil ins Auge tödlich getroffen. Aus Klang ward ich, und am Pfeil verdarb ich. Ja, red du nur. »Halten Sie das nicht für wunderbar ironisch?«, fragte mich Vollender an jenem Abend. »Die Hauptstadt der antiken Welt, die prunkvolle Stadt des Antonius und der Kleopatra, der Bibliothek und des Leuchtturms, der Philosophen, der Gelehrten und der Huren fällt wie eine reife Frucht. Und

Dongola, von dem sich im antiken, wie übrigens auch, mit Ausnahme des arabischen, im modernen Schrifttum keine Spur findet, Dongola hält stand. Und die gewaltige Bewegung, die zwischen Mekka und Medina ihren Ausgang nahm, die sich bis an die Grenzen Chinas und, auf der anderen Seite, bis nach Granada ausweiten wird, dabei die ältesten Reiche der Welt über den Haufen rennt, ist gezwungen, diese Sandhaufen auszusparen, über die ein ungläubiger Negerkönig herrscht – genau das, ich darf Sie erinnern, was die Araber zutiefst verachteten. Und sie verachteten vor allem die Schwarzen. Auch heute noch. Wussten Sie, dass hier diejenigen, die vorgeben, von den Arabern abzustammen, die Leute aus dem Süden ›Sklaven‹ nennen? Selbst die Intellektuellen, die sogenannten Demokraten. Der Direktor der Antikenabteilung zum Beispiel, der im Übrigen ein ganz charmanter Mann ist.« Vollender fixierte mich mit einem Blick, der, obgleich ihn seine Augenlider fast gänzlich verdeckten, unangenehm aufblitzte. Opernsänger, sagte ich mir zunächst. Gut, und weiter? Und des Weiteren: hier ein Tenor, da ein Bariton; ich begriff schnell, dass die sonderbare Macht dieser Augen darin lag, dass das eine fast gelb, das andere schwarz war. Irgendwie erinnerte mich das an etwas, aber woran? An Alfas Augen? Nein, die waren austernfarben. Wahrscheinlich an fast verwehte Spuren einer weit zurückliegenden Lektüre: Hätte ich sie richtig deuten können, wäre ich jetzt vielleicht nicht dort, wo ich, diese Zeilen schreibend, bin – auf meinem Zimmer im Hôtel des Solitaires.

Makuria hatte mit den Kalifen einen in den Annalen der arabischen Expansionsbewegung einmaligen Vertrag abgeschlossen, den *Bakt*, der auf Ewigkeit seine Unabhängigkeit und seinen Glauben absicherte. Als einziges unter den Völkern dieser Erde kehrten die Untertanen des Königs von Dongola nicht ein unters Dach des *Dar el-Islam*, das Haus des Glaubens, oder des *Dar el-Harb*, das Haus des Feindes. Sie lebten im Anderswo, am Rande, in einer unbedeutenden Ewigkeit, über die eine mit Pferden und Säbeln geschriebene Geschichte hinwegging. Die Ewigkeit hatte bis 1323 gedauert: Als Opfer immer undurchschaubarerer dynastischer Querelen, der Feindseligkeit der mameluckischen Sultane von Kairo und des Kleinkriegs, den die Beduinenstämme vom Roten Meer lieferten, fiel Dongola schließlich doch. »Sie erinnern sich noch an das«, sagte Vollender an jenem Abend zu mir, »was Ibn Khaldun ein Jahr später, gleichsam als Epitaph, niederschrieb: ›Ihr Reich wurde in Stücke geschlagen, von der alten Herrschaft blieb nicht einmal eine Spur, und die Leute sind nunmehr zu Beduinen geworden, die, ganz wie in Arabien, dem Regen hinterherziehen.‹ Wie Sie wissen« (Vollender hatte diese pedantische Höflichkeit der Intellektuellen und vielleicht besonders der teutonischen Intellektuellen, die darin besteht, so zu tun, als hielte man sein Gegenüber für gelehrt), »betrachtete der große Ibn Khaldun die Beduinen als Feinde der Zivilisation, das heißt der Städte, der Schrift, des Denkens.«

Von Aloa, dem Königreich des Südens, wusste man so gut wie nichts, außer dass es erst zwei Jahrhunderte später gefallen war, zu jener Zeit, da Franz I. in Italien Krieg führte. Da es im Sudan nicht so furchtbar viele Abwechslungen gibt (und da, wie ich zugeben muss, das Interesse an Ruinen bei mir zu einer finsteren Passion wurde), bin ich losgezogen und habe nachgeschaut, was von der Hauptstadt Soba, vor den Toren von Khartum gelegen, geblieben ist. Von der Stadt, die, in der Schilderung eines arabischen Reisenden, »vor Gold nur so funkelte, über Mengen der großartigsten Bauwerke verfügte, über riesige Klöster, prachtvolle Gärten und gut genährte Pferde«, waren nur noch sandige Hügel zu sehen, übersät von Tonscherben und Backsteinsplittern, über die wild verkrümmte Windhosen hinwegwüteten, die unter dem Geknatter von Plastiktüten große rosige Federbüsche ins Firmament schraubten.

6

AN JENEM ABEND des vergangenen Jahres, als ich ihn kennengelernt habe, fragte ich Vollender, was ihn dazu bewogen habe, sich dem so wenig geschätzten Gebiet der christlichen Altertümer des Mittelalters zu widmen. Gäbe es den Teufel (und es gibt ihn bestimmt, nur glaube ich nicht, dass er eine individuelle Existenz hat), hätte er ihm keine andere Antwort eingeflüstert als die, die er mir gab und die meinen Wahn umgehend mit seinem verband. Unsere Unterhaltung, die über den von Ramadan ausgeschenkten Suppentellern begonnen hatte, hatte sich bis tief in die Nacht hinein auf der staubigen Terrasse fortgesetzt, von der aus man die ganze Sharia Zubayr mit ihren schäbigen Läden und Geschäften überblickte, die fünf von sieben Tagen geschlossen blieben: El-Manar Trading, Sahara Jewels, Mr Nur, specialist optician, New Life Hairdresser. Letzterer war mein amtlicher Friseur. Ich mochte ihn wegen des in seinem Namen enthaltenen Versprechens, aber auch, in leichtem Gegensatz dazu, der Kindheitserinnerungen wegen, denen ich mich jedes Mal unter der Frisierschere mit ihren bedrohlichen Klingen und verchromten Zacken, den bunten Flakons mit Haarlotionen und dem großen, an einem Lederriemen gewetzten Rasiermesser aussetzte. Und es war auch ein Kindergesicht (das Gesicht eines alten Kindes), das zwei Mal monatlich in dem Maße, wie die Ohren mit makellosem Schnitt freigelegt wurden, unter dem Geklapper der Schere zum Vorschein kam.

Wenn Mister Samir, dessen komplizierter Stammbaum über Durban bis nach Beirut zurückreichte, mir dann zum Schluss mit einem gehörigen Schuss Eau de Cologne der Marke »Sporty« übers kurz rasierte Haar fuhr, war ich bereit für den Schulweg. Ich erinnerte mich an Monsieur Madec, einen ehemaligen Quartiermeister bei der Marine, der in Paimbœuf unser Friseur – wir sagten Barbutz – war. Und ich erinnerte mich an seinen furchtbar gedunsenen Zinken, der so unübersehbar war, dass man aus Furcht, es könne so aussehen, als ob man ständig draufschaute, sich nicht mehr traute, in den Spiegel zu blicken, was dazu führte, dass man den Fortgang seiner Arbeit nicht mehr beachtete. Wozu auch? Auf Bemerkungen eines kleinen Lümmels hätte Monsieur Madec ohnehin nicht reagiert. Im New Life war ich eines unverhofften Tages, da Mister Samir mich in die Kindheit zurückversetzte, jenem berühmten Bombenleger begegnet, der angeblich dem Diktator bei seinen Ausschweifungen Gesellschaft leistete und dessen ehemaliger Führungsoffizier gewissen Gerüchten zufolge Vollender hieß. Durchs Schaufenster hatte ich gesehen, wie sich dieser Fettwanst, der zu Zeiten, da er noch schlank war, sämtliche Titelseiten der internationalen Presse beherrschte, aus seinem Toyota mit getönten Fensterscheiben hinauswand, seine Leibwächter verteilte und dann den Friseursalon betrat. Der zu Tode verängstigte Figaro hatte gleich von mir abgelassen, um ihm einen Sessel gleich neben dem meinen anzubieten, und hatte umgehend damit begonnen, ihm Schnauzer und Koteletten aufzufrischen. Die Scheren klapperten mit den Zähnen. Man konnte die Bürste bürsten und den Pinsel pinseln hören. Der in seinem Moleskinsessel zusammengesunkene Staatsfeind

Nummer eins schien den Schrecken, den er verbreitete, zu genießen. Das war alles, was von seiner finsteren Macht geblieben war: Dieser Söldner, nach eigenen Worten ein Islamo-Leninist, gab sich offenbar damit zufrieden, einen Friseursalon in Khartum, Sudan, in Schach zu halten, was ihm mit der Welt oder dem Westen oder selbst Frankreich, wo er eine blutige Spur hinterlassen hatte, nicht mehr gelang. Zum Schluss ließ er sich die Ohren, Ohren, die erstaunlich fein geschnitten waren, fast schon Babyohren, die links und rechts das fette Schweinsgesicht dieses aufgedunsenen Killers säumten, ausgiebigst mit Talkum einpudern und ging, ohne zu zahlen.

Vollender und ich redeten bis spät in die Nacht hinein auf der Terrasse mit Blick auf die Sharia Zubayr. »Das ist eine komplizierte Geschichte«, hatte er mir geantwortet. »Sagen wir, dass am Anfang der Geist des Widerspruchs stand. Für einen jungen Deutschen war es kurz nach dem Krieg eine Frage, wie soll ich sagen, der intellektuellen Hygiene (ich mag diesen Ausdruck nicht besonders, aber Sie verstehen schon, was ich meine, nicht wahr?), wenn er sich weigerte, vorgezeichnete Wege zu gehen. Da war das Studium dieses abseitigen, von seinen Ursprüngen abgeschnittenen und von der Wüste umschlossenen Christentums ein sicherer Weg, weder die Zustimmung der Akademie der Wissenschaften in meiner kommunistischen Heimat noch der sudanesischen Regierung, von deren Gutdünken ich ja ebenfalls abhing, zu erhalten. Aber das ist natürlich nicht alles und wahrscheinlich noch nicht einmal das Wesentliche. Ich glaube, mich hat allein schon die Vorstellung der Niederlage – einer Niederlage, die nicht unmoralisch wäre – angezogen. Sie müssen verstehen, als Kinder sind wir in dem infamen Glauben erzogen worden, einem Volk von Siegern anzugehören. Und dann sind wir besiegt worden, aber diese Niederlage war nun keineswegs, wie soll ich sagen, eine Erlösung. Wir wussten, dass wir vom Exzess unserer Verbrechen besiegt waren. Und glauben Sie nicht, dass ein solches Wissen für einen jungen Menschen leicht zu ertragen wäre. Sie haben gewiss von den Gerüchten gehört, die über mich in Umlauf sind«, setzte er lebhaft hinzu. »Schenken Sie ihnen keinerlei Glauben.« Er sagte dies, wobei er mich aus seinen beiden verschiedenfarbigen Augenschlitzen anblitzte, mit einem so tiefen, so kurz angebundenen und amtlichen Tonfall, dass ich trotz meiner Neugierde nichts zu erwidern wusste. Wie Alfa hat mich auch Vollender vom ersten Augenblick an in seinen Bann gezogen. Ich bin vielleicht viel schwächer, als ich dachte.

»Ich war also, wie soll ich sagen, auf der Suche nach einem Sieg oder nach einer Niederlage, die nicht monströs wäre. Aber ich war ein Deutscher am Anfang der Fünfzigerjahre, verstehen Sie? Denn das Unglück, das Scheitern interessierte mich, ich meine ein würdiges Scheitern, das nichts mit dem Satan zu tun hatte« (es war Vollender, der an jenem Abend den Geist der Finsternis erwähnte), »sondern eher mit jener Fatalität, die meine stupiden Lehrer damals den Sinn der Geschichte nannten. Ehrenhaft verlieren, weil eine übermenschliche Macht, Gott, die Geschichte, oder der große Gezeitenwechsel der Völker oder auch der Siegeszug einer Idee nun einmal so entschieden hatten: Darin schien mir damals die absolute Vollendung der Menschheit zu liegen. Sich in aller Ruhe vom großen Mühlstein zermalmen lassen. Ich mochte Kulturen, wenn sie wie Weizenkörner oder Oliven waren. Drücke ich mich verständlich aus?« Er fuhr fort, ohne meine Antwort abzuwarten. Er redete, als ob er mich für sich einnehmen, mich an sich binden wollte – auch wenn ich nicht glaube, dass dies der Fall war. Ich glaube eher, dass es meine eigene, ziemlich kleinlich sentimentale Obsession war, der die historische Perspektive schmeichelte, wie sie sich hinter Vollenders Sätzen auftat. Oder kurz: Er baute die Kulissen für mein kleines intimes Theater. »Die mittelalterlichen Königreiche des Sudans sind nicht an ihren Verbrechen oder an ihrer Rückständigkeit, welche Letztere, wie Sie wissen, ein Verbrechen an der Geschichte ist, zugrunde gegangen. Im Gegenteil, die Mächte, von denen sie überrannt wurden, waren viel plumper. Man braucht nur nach Dongola zu fahren und diese Mauern über dem Nil, diese Granitsäulen, diese den Sand durchstoßenden Kapitelle zu sehen, und man weiß, dass Ibn Khaldun recht hatte. Es war ganz einfach der widersetzliche Lauf der Welt, der sie zum Tode verurteilte. Aber halt, das ist noch nicht alles und nicht einmal das Wesentliche. Denn so gesehen gibt es keinen Unterschied zum Untergang des Römischen Reiches: Großartige Städte sind von hergelaufenen Plünderern in Schutt und Asche gelegt worden. Hier aber haben wir mit etwas anderem und, in meinen Augen jedenfalls, ungleich Bewegenderem zu tun: mit der Auslöschung – eine rätselhafte Angelegenheit, mit der der Geist (der wissenschaftliche Geist zum Beispiel, oder auch der Geist der Liebe) sich nicht abfinden kann. Wir leben immer noch von den Schönheiten Roms, nicht wahr, seinen Gesetzen, seiner Politik, seiner Mythologie und seinen großen Männern. Rom ist nicht im Jahre 400 und ein paar Zerquetschte von der Bildfläche verschwunden, als einer meiner germanischen Vorfahren ein für alle Mal mit einer schon erschöpften Form des abendländischen Reiches aufgeräumt hat, oder? Hier aber ist eines Tages, fast schon aus Zufall und unbeachtet von aller Welt, etwas für immer gestorben: absolut und für immer, bis Jahrhunderte später ein obskurer Bürger eines ebenfalls verschwundenen Staates, an den, völlig zu Recht, niemand glaubte, herkommt und ein paar Überreste ausbuddelt. Soll ich Ihnen den einzigen Grund nennen, der mich an der Erinnerung an diesen Phantomstaat, in dem ich geboren bin und den man die Deutsche Demokratische Republik nannte, festhalten lässt? Er ist verschwunden und ließ nichts als Ruinen zurück, von denen die Archäologen kommender Jahrhunderte nicht einmal eine Spur auffinden werden. Er war ein enormes Gefängnis. Um ihm zu entkommen, hatte man sich der von Scheinwerfern durchstreiften Nacht auszusetzen, den Hunden, den Maschinengewehren, und nichts davon wird bleiben: vielleicht nicht einmal die Erinnerung an eure Bastille.«

»Sehen Sie«, fuhr er fort, »was mich am Sudan so sehr fasziniert, ist, dass seine verschiedenen Kulturen Formen reproduzieren und fossilisieren, die zwar woanders ihren Ursprung haben, hier aber, in der trockenen Hitze dieser Konservierungsanstalt, die abseits der großen Straßen liegt, noch überdauern, wenn ihr Modell schon lange nicht mehr existiert. Das hier ist die große Fabrik von Totenmasken. Oder viel mehr noch: die Werkstatt für lebende Mumien. Nehmen Sie Meroe: Die Menschen, ich meine, die Könige, bauen eine Art Pyramiden, beten zu Gott Amon und seiner ganzen Sippschaft, bemeißeln Stelen mit einer Hieroglyphenschrift, die sie schon längst nicht mehr verstehen, und das bis zum Anfang des vierten Jahrhunderts. Das Ägypten der Pharaonen ist da schon fast ein Jahrtausend lang tot, nicht wahr? Die Perser sind gekommen, dann die Griechen, schließlich die Römer, nun, Sie kennen die Geschichte. Sie aber, für die die Ägypter immer nur Verachtung übrighatten, halten sich weiterhin für Ägypter, ihre Könige setzen sich die Doppelkrone aufs Haupt und dergleichen Symbole mehr. Können Sie mir folgen? Während Ägypten mit seinen göttlichen Despoten und seiner wahnwitzigen Architektur längst begonnen hat, sich in einen Mythos zu verwandeln, bleibt tief im Süden, geschützt von kochend heißen Wüsten, in die sich niemand vorwagt, etwas von ihm lebendig. Und wenn ich ›niemand‹ sage, ist das keine Redensart: Sie kennen doch die Geschichte von der persischen Armee, die unter einem Sandsturm begraben wurde, während sie gerade beim Picknick saß? Das entfesselte Tohuwabohu des Todes, die in heißer Brandung erstickten Schreie, all diese Mumien, die unter Sanddünen in die Trompete stoßen, die weit aufgerissenen Augen der Männer und Pferde im Kiesel, dieser geröstete, versteinerte Tumult, das hat zu denken gegeben. Herodot zum Beispiel hatte von Meroe gehört, hat sich aber nie dorthin begeben. Und dabei war er, wie Sie wissen, ein neugieriger Kopf und ein großer Reisender.

Oder nehmen Sie nur den aktuellen Schwachsinn mit den Dinosauriern. Sie wissen, was ich meine? Diese kommerzielle Quasi-Mythologie, derzufolge es irgendwo einen Ort, etwa eine Insel, geben soll, wo diese entsetzlichen Eidechsen mit ihren Klauen immer noch den Boden platt treten und sich mit ihren spermiengroßen Köpfen über die Baumwipfel hinweg zunicken. In Paris wie in Berlin, vermute ich, werden alle an dieser Art von Filmen verblöden. Unsere Zeitgenossen sind zu Kindern geworden, ist Ihnen das nicht aufgefallen? Kurz und gut: Der Sudan ist das Land der Dinosaurier, eine Art toter Stern, auf dem man noch Pharaonen findet, während das Römische Reich schon zur Hälfte von den Barbaren zertrümmert worden ist. Das ist so, als ob die DDR weiterleben und, sagen wir im 27. Jahrhundert noch, weiterhin Marx-Engels-Lenin-Stalin verehren würde. Können Sie sich das vorstellen? Dann werden Sie auch begreifen, was an diesem Land, das die Geschichte zu leugnen oder besser: ihr ein extrem zähflüssiges, eigentlich schon klebriges Milieu zu bieten schien, in dem sie sich mit einer solchen Langsamkeit bewegt, dass sie schließlich in ihr Gegenteil umkippt, für einen jungen, verwirrten Deutschen zu Anfang der Fünfzigerjahre so anziehend war. Muss ich, wie man bei Ihnen sagt, auch noch das Tüpfelchen aufs i setzen? Wenn Deutschland den Wellen der Geschichte einen ähnlichen Widerstand entgegengesetzt hätte, dann wären wir damals immer noch im Zeitalter der Reformation gewesen. Nur mal angenommen. Können Sie mir folgen? Nun ja. Später, zu Zeiten Justinians, des letzten großen Kaisers von Byzanz, sind die Sudanesen – die Nubier, wie man sie damals nannte – christianisiert worden. Das war so um 540 und etwas später. Das finden Sie nacherzählt in der *Kirchengeschichte* des Johannes von Ephesus, wenn es Sie interessiert. Aber ich langweile Sie vielleicht? Allerdings versuche ich nur, auf Ihre Frage zu antworten. Wissen Sie, ich bin ein systematischer Typ. Sie halten die Deutschen, und speziell die aus dem Osten, doch nicht etwa für leichtfertig, oder?«

Nein, er langweilte mich nicht. Ich war es nicht mehr

gewöhnt, jemandem so lange beim Reden zuzuhören. Außerdem kannte ich mich in der Geschichte Justinians ein wenig aus. »Kaiser des oströmischen Reiches (527 – 565)«, stand in meiner *Enzyklopädie*, »geboren im Jahre 482 als Kind illyrischer Bauern in der Provinz Dardania, verdankte er dem stattlichen Reichtum seines zum Kaiser gekrönten Onkels Justin die Nähe zum Thron«. Et cetera. Mehr aber als das Verdienst, ausgehend von Konstantinopel ein letztes Mal das immense Römische Reich wieder zusammengeführt zu haben, haben ihn die Extravaganzen seiner Frau, der schönen Theodora, unsterblich gemacht. Ich stellte mir die skandalträchtige Kaiserin wie Alfa vor. Ich stellte mir vor (während ich in der nächtlichen, nur von den fernen Kampfgeräuschen der Hunde und Soldaten getrübten Stille über Khartum auf der Terrasse über der Sharia Zubayr saß und Vollender ganz gebannt zuhörte), dass Alfa eine Reinkarnation dieser großartigen Tänzerin und Tochter eines Bärenhüters im Zirkus von Konstantinopel war. In Byzanz muss damals was los gewesen sein. Man diskutierte wie verrückt über Theologie, was so viel heißt wie Metaphysik, und das mit plebejischen, freizügigen Prinzessinnen, die es mit den Dingen des Krieges genauso wie mit den Dingen der Liebe oder des Denkens hatten, was alles das Gleiche ist.

Philosophisch gesehen, war Theodora eine Monophysitin. Derlei Subtilitäten sind ein wenig in Vergessenheit geraten. Es handelte sich darum zu entscheiden, ob Christus als Mensch und Gott in einer Natur sei oder in deren zwei. Die Monophysiten predigten, dass er nur in einer Natur sei.

»Was wären Sie denn gewesen«, fragte mich Vollender plötzlich, »Monophysit oder Dyophysit?«

»Höchstwahrscheinlich Monophysit. Und dies umso lieber, wie ich gestehen muss, als das Oberhaupt dieser Partei die hinreißende Tochter des Bärenvorführers war. Aber auch sonst scheint mir diese Position die intellektuell anständigere zu sein« (und das war ehrlich. Aber ich dachte auch an Alfa, ein Perlendiadem im Haar, die Brüste mit einem purpurfarbenen Band zusammengesteckt: Ich hätte keiner ihrer theologischen Launen etwas entgegenzusetzen gehabt, nein, weiß Gott nicht …).

»Na gut, dann sind wir also einer Meinung. Zum Glück, denn sonst hätten wir unser Gespräch vielleicht nicht fortsetzen können«, sagte Vollender allen Ernstes. »Sie wissen aber, dass dies Ketzerei ist, das chalkedonische Konzil ist da ganz eindeutig. Ich brauche Sie nicht eigens daran zu erinnern, oder? Wir sind also beide Ketzer, genauso wie die schöne Theodora, die im Jahre 543 einen gewissen Julian, einen glühenden Monophysiten, in den Sudan entsendet. Außerdem veranlasst sie den Gouverneur der Thebaïs dazu, den dyophysitischen Missionar zu verhaften, den ihr kaiserlicher Ehemann, der zwar in seine Frau verliebt ist, aber auch die Entscheidungen des Konzils respektiert, dem Julian hinterhergeschickt hat. Während der Rechtgläubige in seinem Kerkerloch verschmachtet, bekehrt der Ketzer die Nubier. Damit sind sie zwar Christen, haben sich aber die Feindseligkeit der offiziellen Kirche in Konstantinopel zugezogen. Von Rom ganz zu schweigen.

Wenigstens haben sie die Ägypter auf ihrer Seite, Alexandria, die koptische Kirche, die sich auf dem gleichen Holzweg zur Wahrheit befinden. Und dann, ein Jahrhundert später, wird Ägypten vom Islam erobert. Jetzt sind sie von aller

Welt abgeschnitten. Diese Neubekehrten haben keinerlei Anhaltspunkt mehr. Also werden sie zu imaginären Christen, wie ihre Vorfahren imaginäre Pharaonen waren. Und damit, mit dieser Erinnerung, die sich verflüchtigt und in dem Maße zum Traum wird, in dem die Einsamkeit einer Zeit Einzug hält, die sie mit niemandem mehr teilen, halten sie fast ein Jahrtausend lang durch: Finden Sie das nicht wunderbar?« O ja, diese Geschichte interessierte mich sogar bis zum Wahnsinn, bis zu jenem Punkt, wo sie sich mit meinem eigenen Wahn verband und diesen noch befeuerte. »Da Sie es so gerne wissen wollen«, fuhr Vollender fort, »was mich letztlich so faszinierte, war das Überleben einer Sache, die eigentlich zum Tode verurteilt war, die alles gegen sich hatte und dennoch nicht sterben wollte. Können Sie sich das vorstellen? Bis zu Anfang des 14. Jahrhunderts gibt es in Makuria, bis zu Anfang des 16. in Aloa schwarze Könige, die sich für die Kaiser von Byzanz halten, sich als *Basileus* ansprechen lassen und auf Griechisch zu ihrem gekreuzigten Gott beten. Als in unserer europäischen Renaissance die Gebildeten das antike Griechenland wiederentdeckten, muss es in Soba, gleich hier, nicht weit von Khartum, am Zusammenfluss der Nilströme, noch schwarze Mönche gegeben haben, die in der Sprache Platons radebrechten. Sie war natürlich heillos zerrüttet. Ich finde jeden Tag neue Inschriften, und ich kann Ihnen sagen, dass das nicht einmal Küchengriechisch ist. Aber immerhin ist es Griechisch. Und natürlich: Abgeschnitten, wie sie nun einmal seit Jahrhunderten von der mediterranen Welt waren, wussten sie nicht mehr, woher diese Sprache kam. Sie wussten nicht einmal, dass es ein Volk, eine Kultur gegeben hatte, die in dieser Sprache geschrieben und gesprochen hatte. Sie wussten nicht, dass es ein Athen gegeben hatte, und vielleicht noch weniger, dass das große Konstantinopel vor ihnen untergegangen war. Und dieses Wesen, das sie weiterhin verehrten, in dessen einziger Natur sich Mensch und Gottheit verbanden – hätten sie sagen können, wann und wo es auf die Erde gekommen, gestorben und wiederauferstanden war? Dieser Widerstand des zum Tode Verurteilten, dieser gewaltige und diskrete Aufschub, diese Isolation, dieser Verlust der eigenen Ursprünge (der das Gegenteil von Geschichte ist), das hat mich erschüttert, als ich noch nicht mehr war als ein junger Wissenschaftler, und es bewegt immer noch, freilich auf andere Weise, den alten Mann, der ich jetzt bin. Wissen Sie, ich bin ein romantischer Archäologe. Alle Deutschen, will sagen, die Besten unter ihnen, sind Romantiker: Und das bringt sie auch mit den Schlimmsten, mit den Monstern zusammen. Davon haben wir uns niemals befreien können. Ich bin ein Gelehrter, ich beherrsche die alten Sprachen, Griechisch und Latein, Nubisch, Koptisch und Ägyptisch. Aber damit bin ich vielleicht auch, auf recht mysteriöse Weise, ein Mörder. Das dürfen Sie nicht vergessen«, sagte er und erhob in leicht professoraler Geste seinen rechten Zeigefinger.

»Aber warten Sie, das ist noch nicht alles. Zur absoluten Romantik fehlt der Geschichte des sudanesischen Christentums noch Folgendes: Nicht genug damit, dass sie so gut wie nichts von einer Welt wissen, die weit im Norden den gleichen Gott erträumt oder verehrt wie sie selbst, auch ebendiese unsere Welt, die von Israel abstammt, von Griechenland und Rom, hat nicht die leiseste Ahnung davon, dass es tief im Süden, noch hinter dem großen Wall des Islam, einen Zeugen ihrer eigenen Vergangenheit gibt. Gewiss, da ist die sich hartnäckig haltende Legende von Johannes dem Priester, einem exotischen Christenkönig, mit dessen Hilfe man die Mohammedaner zurückschlagen könnte, aber wo auch immer man ihn ansiedelt, in der Mongolei, in Abessinien, jedenfalls vermutet man ihn niemals im Sudan, und dies aus dem einfachen Grunde, weil man den Sudan, dieses Ultima Thule der Höllenfeuer, vergessen hat, nicht mehr weiß, dass er existiert. Seit die arabischen Eroberungen das südliche Mittelmeerufer von der alten gräko-romanischen Welt, die zum christlichen Europa wurde, abgeschnitten haben, sind die großen Sandwüsten, mit denen das Afrika der Schwarzen beginnt, aus dem Bewusstsein des Abendlands verschwunden. Und damit sind wir bei dem eigentlichen Paradox, das mich so sehr fesselt: In dem Augenblick, da Vasco da Gama das Kap der Guten Hoffnung umschifft und in den Indischen Ozean vordringt, in dem Augenblick, da die ersten Karavellen mit dem Kreuz und der portugiesischen Armilla im Segel auf arabische Daus unter islamischem Halbmond stoßen, leiert der schwarze Mönch in Soba immer noch die Septuaginta in einem schauerlichen Griechisch herunter. Und ein analphabetischer Maler pinselt weiter an Geburts- und Auferstehungsszenen, hinter deren afrikanisiertem Stil ein gemeinsamer Ursprung mit den Ikonen des Andrej Rubljow, dem Engel von Reims oder gar noch den profansten Botticellis spürbar bleibt. Und zwanzig Jahre später brennt Soba nieder, ›wie ein Wattebausch‹, nach den Worten der *Funj-Chronik*. Die ganze Tradition, die seit Jahrhunderten in ihrem sudanesischen Gefängnis dahinvegetierte, stirbt schließlich ab, während Vasco, Vize-König in Kalikut, im Namen ebendieser Tradition zur Eroberung der Welt ansetzt. Können Sie mir folgen?

Damit wir uns nicht missverstehen: Ich rede hier nicht als Nostalgiker oder Kreuzfahrer. Wenn ich mich lächerlicherweise genötigt sehe, diesem Verdacht entgegenzutreten, dann deshalb, weil man mir derlei Vorhaltungen schon gemacht hat. Und dies nicht nur im Sudan, sondern vor allem an deutschen Universitäten. Ihnen ist dieser neue Typ von Konformismus gewiss vertraut. Sie beschäftigen sich doch mit kulturellen Dingen, wenn ich nicht irre?«

»Fragen Sie mich das allen Ernstes?«

»Nun ... eigentlich nicht. Natürlich nicht, wie ich gestehen muss. Meine Frage war leicht ironisch gemeint. Aber trotzdem ... Sie interessieren sich für Geschichte? Für diese lange Reihe an Gräbern und Reden über Gräber?«

»Mehr, als Sie wahrscheinlich ahnen. Aber aus ironischen Gründen, wie Sie sagen.«

»Hören Sie, am Ende sind wir vielleicht gar nicht so verschieden. Wir sind melancholische Monophysiten, nicht wahr? Und in politischer Hinsicht vermutlich Pessimisten. Das schafft Verbindungen ... Im Grunde war ich, wie ich gestehen muss, immer ins Scheitern verliebt. Schauen Sie: Was mir gefällt, ist, dass diese Leute neun Jahrhunderte lang sich selbst und der tödlichen Krankheit der Einsamkeit überlassen waren und in genau dem Moment untergehen, da das Heil über den Indischen Ozean herannaht. Wobei man übrigens nicht von Heil sprechen sollte, sondern eher von Hilfe, von Rettung, denn das Heil erscheint mir als einigermaßen dramatisch, das Heil besteht vielleicht gerade darin, just in dem Moment ins Verderben zu rennen, da Rettung naht.

Was halten Sie davon? Dass sie in dem Augenblick untergehen, da sich genauso unaufhaltsam wie der Islam neun Jahrhunderte zuvor eine Welle erhebt, über der nach und nach immer mehr mit dem lateinischen Kreuz bestickte Segel erscheinen, in deren Schatten kleine, gedrungene, in ihren Rüstungen schwitzende Kerle das Zeitalter einer neuen Hegemonie eröffnen, das berührt mich genauso wie diese Geschichten, von denen man immer wieder in unseren Zeitungen liest: Ein vor Hunger und Durst sterbender Typ wird in der Wüste aufgelesen, ein Hubschrauber fliegt ihn ins Krankenhaus, aber es ist alles zu spät, das Leben schleicht sich unaufhaltsam davon; oder ein Schwerverletzter schleppt sich zur Landstraße, wo vielleicht jemand anhält und ihn rettet, aber nein, er stirbt zehn Meter vor dem Ziel vor Erschöpfung. Das ist die Kultur, für die ich mich interessiere: der Gefangene, der am Vorabend des Sturms auf die Bastille oder die Zitadelle von Sankt Peter und Paul stirbt, der preußische oder französische Soldat, den am frühen Morgen des 11. November 1918, kurz bevor über dem blutgetränkten Schnee die Fanfaren des Waffenstillstands erklingen, eine Kugel durchbohrt; Gordon, der zwei Tage vor Ankunft der englischen Vorhut und ihrer Schiffe im belagerten Khartum getötet und geköpft wird. Verstehen Sie das, diese ewige Melancholie des ›zu spät‹? Diese Spanne, darin bestand für mich immer die Menschheit: Es könnte fast klappen, aber dann geht doch alles den Bach runter. Diese großartige, diese rätselhafte Macht des Scheiterns, das ist es, was die Menschen oder den Geist vom ganzen Rest unterscheidet – den großen Umwälzungen der Felsmassive, der Tierwelt, der Luft- und Wassermassen. Diese negative Macht – dieses Unglück, wenn Sie so wollen – bewirkt, dass es so etwas wie Kunst gibt, bewirkt aber übrigens auch, dass es keine ›Humanwissenschaften‹, dieses jämmerliche Zugeständnis an die tote Welt des Gelingens, geben kann. Wie sollte das schon aussehen, eine Wissenschaft des Untergangs, der verpassten Gelegenheiten? Ein Wissen über das, was das Wissen stets bedroht und an der Nase herumführt? Na ja … Sie haben in Ihrer Literatur einen schönen Roman, dessen Titel ich vergessen habe und in dem, gegen Ende ihres Lebens, eine Frau zu einem Mann geht, den sie in ihrer Jugend geliebt hat und von dem sie wiedergeliebt wurde, aber jetzt ist es zu spät, und sie schneidet, glaube ich, für ihn eine graue Strähne aus ihrem Haar …«

»Ja, das sind Flauberts *Lehrjahre des Gefühls*. Kennen Sie die Geschichte des Maréchals Grouchy bei der Schlacht von Waterloo? Nein? Ist auch unwichtig. Am Ende des Tages, die Schlacht war noch nicht entschieden, hoffte Napoleon auf die dreißigtausend Mann dieses Grouchy, ein Name, der in unserer Sprache einen unangenehmen Beigeschmack hat. Stattdessen kam einer Ihrer Landsleute: Blücher. Die Sache hat sich vielleicht nicht genau so zugetragen, aber darauf kommt's nicht an: Unser Dichterfürst Victor Hugo hat daraus ein paar berühmte Verslein gezimmert. Hier in Khartum gibt es einen Volksarmisten, der sie sich gern von mir aufsagen lässt. Er weiß nicht, worum es darin geht, aber er versteht, dass sie von etwas Unausweichlichem handeln. Vielleicht hat er damit ein genaueres Gespür für die Literatur als die meisten derjenigen, die vorgeben, sich mit ihr auszukennen. Die Literatur, so scheint mir, hat es mit dem Verschwundenen zu tun, oder mit dem, was hätte sein können, aber nicht geworden ist. Deswegen stehen ihr unsere modernen Zeiten, die einer gedächtnislosen Zukunft verfallen sind, so feindselig gegenüber. Deswegen sagt man jetzt auch, sie sei unnütz. Und tatsächlich, sie nützt nicht mehr als eine Niederlage, eine Ruine, ein Friedhof, eine Kindheitserinnerung. Sie ist ein großer Widerhall der Vergangenheit. Sie sprachen von der persischen Armee: Nun, die unter dem Sand zerberstenden Posaunen, die geharnischten Pferde, schlachtenerprobt, deren Augen, lang bewimpert wie die der Frauen, schon hundert Mal den von Pfeilen verdüsterten Himmel geschaut haben und die nun vor dem plötzlich sich auftuenden Grab in der Erde zurückscheuen, alle diese vom Staub zerdrückten Lebewesen, dieses Stein gewordene Fleisch, diese Stein gewordenen Stimmen, das ist die Literatur. Der flatternde Schwan der weißen Agonie, haha … Sie haben recht, es fehlt diesen Betrachtungen an Klarheit: Aber wie soll man bei dieser Materie zur Klarheit gelangen? Entschuldigen Sie, ich habe mich wohl von Ihrem Thema entfernt …«

»Aber nein, gar nicht mal so sehr. Die Dinge, von denen ich spreche, sind, wie soll ich sagen, nicht sehr technisch. Glauben Sie aber nicht«, fügte er gleich hinzu, indem er seine kuriosen, verschiedenfarbigen, in ein altes Terrakotta-Gesicht geschlitzten Augen auf mich heftete, »dass ich ein im Ungefähren werkelnder Archäologe wäre: Im Gegenteil, ich glaube behaupten zu dürfen, dass ich nie einen methodischen Fehler gemacht habe. Ich habe mehr als dreißig Jahre damit verbracht, Pläne anzulegen, Augen und Münder zu zeichnen, die hinter Trümmern hervorlugten, Spruchbänder zu kopieren, die die immer gleichen, einfachen und ewigen

Worte enthielten, bedeutungslose Objekte zu nummerieren und zu etikettieren, mit dem Pinsel Zentimeter um Zentimeter stratigrafische Schichten freizulegen. Insofern war ich ein guter Deutscher, systematisch, fleißig, hartnäckig. Ich habe nie dem Impuls der Ungeduld nachgegeben, dieser verständlichen Überstürzung, die einen dazu treibt, den Grabungsplan über den Haufen zu werfen und auf die Schnelle freizubuddeln, was einem aufregender und vielversprechender zu sein scheint. Nein, ich bin vorgegangen wie die Erosion: langsam, gleichmäßig, ernsthaft. Ich habe das Werk der Sedimentationen, das heißt der Zeit, abgetragen. Das war's. Meine romantischen Gedankenspielereien bewahrte ich mir für die Nacht auf, für meine Träumereien im *rest house* oder für meine Spaziergänge durch das schattige Berlin, wenn ich zu Frühjahrsanfang zwischen zwei Expeditionen dorthin zurückkehrte. So war es bis zum letzten Jahr, als zwei Dinge passiert sind. Ich glaube, ich habe eine wichtige Entdeckung gemacht. Ich werde Ihnen ein andermal davon erzählen. Heute Abend ist es schon sehr spät geworden. Bald rufen, wie im *Hamlet*, die Hähne, und wir werden uns mit den Frühnebeln verflüchtigen, nicht wahr? Morgen fahre ich nach Deutschland. Sie kennen den hiesigen Rhythmus der Archaologie: Man arbeitet im Winter, wenn die Sonne nicht allzu tödlich brennt. Kommen Sie mich nach meiner Rückkehr im Herbst besuchen. Sie sind dann immer noch hier. Ich sehe sehr wohl, dass Sie dieses Land nicht mehr verlassen werden. Dann können Sie mit eigenen Augen sehen.« Er sagte mir das in einem Ton, der keinen Einwand duldete.

»Und noch etwas. Sie kennen doch bestimmt Borges'

Gedicht von den Gaben, wo er von ›Gottes sublimer Ironie‹ spricht – das ist, glaube ich, der Ausdruck, den er gebraucht –, die ihm alle Bücher der Nationalbibliothek in Buenos Aires beschert und gleichzeitig die Erblindung, die ihm auf immer untersagt, sie auch zu lesen? Nun, mir ist etwas Ähnliches passiert. Der romantische Teil in mir war stets, wie Sie wohl verstanden haben, von Fragen wie dieser fasziniert: Warum überleben Kulturen, die eigentlich dem Untergang geweiht sind, und warum gehen sie unter, wo sie doch hätten gerettet werden können? Ist es der Zufall oder eine lang aufgeschobene Notwendigkeit, die zur Vollstreckung des Todesurteils führt? Was ist das für eine Kraft, die zum Durchhalten oder zur Aufgabe zwingt? Was wird überliefert, was verschwindet? Für meine tausend und abertausend Seiten mit Notizen, Aufzeichnungen, Skizzen, für das ganze Wissen, mit dem ich allein bin und das ich dem Sand und der Zeit entrissen habe, gab es jemanden, dem ich alles hätte hinterlassen können, der meine Arbeit fortgesetzt hätte. Ich hatte wenig publiziert, vermutlich aus Mangel an Eitelkeit, besonders aber, weil ich wusste, dass diese Erkenntnisse, meine Erkenntnisse, in einem anderen Hirn, das ich geformt hatte, leben und überleben würden, und diese Garantie der Fortdauer schien mir größer und schöner, als Dutzende von Aufsätzen in gelehrten Zeitschriften sie mir hätten geben können. Dieser Jemand war meine Tochter. Letztes Jahr, als ich ... als wir beide eine Entdeckung machten, die mir von größerer Bedeutung schien, ist sie plötzlich gestorben. So ist die ganze Arbeit meines Lebens, ich meine das, womit man in aller Bescheidenheit, aber mit Ernst und Ausdauer zur Bereicherung des menschlichen

Geistes beizutragen versucht, vielleicht nicht mehr als ein Haufen unleserlichen Papiers, das in Berlin zum Mäusefraß wird oder mit dem man sich auf der Museumstoilette in Khartum den Arsch abwischen kann.«

II

PARIS

I

ZWEI MONATE VOR diesem Abend im Hôtel des Solitaires hatte ich Paris endgültig Lebewohl gesagt. Ich hatte nie wieder nach Europa zurückkehren wollen, dann aber erfahren, dass mein Freund B., den ich in Zeiten kennengelernt hatte, als er in Port-Sudan noch hinter der Fassade eines Agenten der Handelsmarine irgendwelchen mäßig lukrativen Schiebereien nachging, in England im Sterben lag. Wie immer (so will es zumindest unsere Moral und Hygiene betonende Erziehung) hatte es ihn dort getroffen, wo er gesündigt hatte: Als alter poetischer Alkoholiker hatte er zunächst eine geschwollene Leber, dann Krebs und jetzt, next stop, das Grab. Ich zog seine Gesellschaft derjenigen Harolds vor: Die Säufer sind meist origineller als die Geschäftssüchtigen. Da die Schiffe, die er vertrat, nur dann in Port-Sudan anlegten, wenn es absolut nicht anders ging, hatte er sich wohl oder übel nach außerberuflichen Beschäftigungen umsehen müssen: ein paar billige Nutten, ein bisschen *qât*, ein bisschen Alkohol. Ich habe, glaube ich, schon erzählt, wie er an einem Weihnachtsabend mit einer Flasche Bordeaux und einer Flasche Whisky unter der Safarijacke einer Patrouille in die Arme lief. Er hatte sich mit dieser Geschichte vierzig, im Übrigen nicht sehr feste Peitschenhiebe eingehandelt, über die er sich nicht weiter aufregte. Wie er mir auf dem Sterbebett sagte, hatte er sogar (wenn auch nur innerlich) über die verdutzten Gesichter der islamischen Richter lachen müssen, als sie den Inhalt der Flasche Bordeaux auf dem Boden ausgossen: Sie hatten noch nie einen Korken gesehen, waren aber überzeugt davon, dass der Teufel von diesem Ding unter Verschluss gehalten wurde, und wussten nun nicht, wie sie die Flasche aufschrauben oder entkapseln sollten. Schließlich hatten sie es so gehalten wie Alexander der Große mit dem Gordischen Knoten. Danach war B. des Landes verwiesen worden, und jetzt siechte er im Krankenhaus von Gravesend, seiner Heimatstadt, schnell dahin. Er hatte in England keine Familie mehr, und so dachte ich, dass es meine Aufgabe war, ihm in den letzten Momenten beizustehen.

Entgegen der geläufigen Auffassung kann das Gespräch mit Sterbenden unterhaltsam und freizügig sein. Man fällt der Welt nicht ausgerechnet in dem Moment, wo nichts mehr zählt, mit Klagen und erbaulichem Gerede auf den Wecker. Von B. erfuhr ich, dass Gravesend nicht nur stolzer Zeuge seiner ersten Schritte ins Leben gewesen war und den Hintergrund für Marlows Erzählungen geliefert hatte, die wir heute unter den Titeln *Jugend* und *Herz der Finsternis* kennen. Das wäre seiner Meinung nach schon verdammt viel für einen solch trostlosen Ort gewesen. Darüber hinaus aber war Gravesend, ein Name, der (aber ich wagte nicht, mir das von meinem Freund bestätigen zu lassen) für mich so viel wie »das Ende der Gräber« bedeutete, der einzige Posten, den Gordon im Laufe seiner abenteuerreichen Karriere in Großbritannien innehatte. Er befehligte dort zu jener Zeit die Festungsanlagen entlang der Themsemündung, als Marlow in der Kajüte der *Nellie* auf den Gezeitenwechsel wartete und dabei das Ende von *Judaea* und die Geschichte von Kurtz' unwahrscheinlichem Reich erzählte. An diesem seinen Ufer der Syrten hat sich »der Chinese« einmal mehr als anspruchsvoller und unkonventioneller Mensch gezeigt, was ihn mir so sympathisch macht: Als der Herzog von Cambridge als Chef des Generalstabs einmal seine Anlagen inspizierte und ihn insbesondere wegen einer kürzlich installierten Geschützstellung lobte, kam Gordon nach zwei- oder dreimaligem, den Umgangsformen geschuldetem Hüsteln nicht umhin zu antworten: »Im Grunde bin ich, Eure Exzellenz, für den Bau dieser Batterie nicht verantwortlich, im Gegenteil, ich bin sogar weder mit der Anlage noch mit ihrer Aufstellung in irgendeiner Weise einverstanden.« Nervös drehte Hoheit daraufhin an ihrem Schnurrbart, der vom Nieselregen nur so tropfte. »Und damit haben wir noch einen«, schrieb Gordon an seine Schwester, »der mich nicht mehr der Tortur einer Einladung zum Nachtmahl unterziehen wird.«

Gordons ganzes Leben, bemerkte ich gegenüber B., war eine stets aufgeschobene, unmögliche Begegnung mit der Literatur. Das ist am Ende vielleicht der einzige Weg zu ihr, hielt B. entgegen: Die Einsamkeit und der Alkohol hatten bei ihm eine Vorliebe für rätselhafte Formulierungen entstehen lassen, die die Nähe des Todes noch verstärkte. Kurz bevor Rimbaud dort auftauchte, war »der Chinese« zu einer unglücklich verlaufenen Mission nach Harrar aufgebrochen. *Who shall limit the strangeness of the possibilities that lie in wait for the sons of men?*, schreibt Lytton Strachey in diesem Zusammenhang. »Wer wüsste die Fremdartigkeit der Zufälle zu fassen, die da der Menschenkinder harren?« In dem Augenblick, als Gordon in Khartum starb, »entschied sich im äußersten Südwesten des Sudans das Schicksal eines wahrhaft einzigartigen Franzosen, das abenteuerlicher war als das eines Romanhelden«. »Der Chinese« sollte dem Abyssinier, der ihn in seinen Briefen übrigens mit dem großherzigen Titel eines »Idioten« belegt, niemals begegnen. Dieser außergewöhnliche Soldat hat auch Joseph Conrad oder dessen Doppelgänger Marlow nicht gekannt, der seine Selbstgespräche im Schatten jener dunklen Festungen hielt, wo er, Gordon, die Zeit totschlug, indem er für die Kinder der Armen Kurse gab und Feste organisierte. Er war ein viktorianischer Pädophiler: exaltiert und platonisch. Das ermöglichte ihm immerhin seine einzige Begegnung mit der Literatur. Der ehrwürdige Reverend Dodgson kam eines Tages vorbei, um seinen jungen Schützlingen mit den zarten malvenfarbenen Beinen Geschichten zu erzählen. Danach ruderten sie gemeinsam über die Gewässer der Themsemündung. Sie sprachen, während sie sich in die Riemen legten, über die Anwendungsmöglichkeiten der Mathematik auf die Kartografie, ein spekulatives Gebiet, auf dem Gordon fast genauso glänzen konnte wie in der Bibelexegese. Doch war sein unruhiger Geist dem schalkhaften Glaubensmann zu mystisch: Während Letzterer soeben unter dem Pseudonym Lewis Carroll *Die Abenteuer von Alice im Wunderland* veröffentlicht hatte, verteilte der Oberst der Royal Engineers in den Straßen von Gravesend ein Traktat, in dem er einen Absatz aus dem ersten Johannes-Brief kommentierte. Ihre Unterhaltung fand somit keine Fortsetzung. Ohnehin verdächtige ich B., die ganze Geschichte frei erfunden zu haben. Erfinden, seinen Beitrag zum Fabelschatz, zum Übermaß der Erzählereien leisten, das ist der große Nothelfer gegen den Tod, und der Tod wachte mit mir am Lager meines Freundes, der nur noch ein zerknittertes, wächsernes Etwas war, das sich kaum noch unter der Bettdecke abzeichnete.

Von all seinen verpassten Begegnungen mit der Literatur ist die letzte die unwahrscheinlichste und schönste. Eingeschlossen in Khartum, auf sich selbst gestellt, hin- und hergerissen zwischen der Versuchung des Märtyrertods und Hoffnung auf Rettung, ist Gordon langsam, aber sicher verrückt geworden. Da die Telegrafenleitung unterbrochen war, wurde er jener Droge beraubt, die für ihn die gut zwanzig kategorischen und widersprüchlichen Kabel waren, mit denen er täglich Sir Evelyn Baring, den englischen Generalkonsul in Kairo und wahren Herrn über Ägypten, bombardierte. Letzterer warf, da er den Autor seit Langem schon für einen Halbirren hielt, die Blätter ungelesen in den Papierkorb. Eines Tages meldete ihm ein Spion, der von der anderen Seite der feindlichen Linien kam, dass die *Ansaren* einen französischen Abenteurer, der sich in die Einöden des Sudans verirrt habe, festgenommen hätten. Sogleich, man weiß nicht, welcher geistige Kurzschluss ihn dazu verleitete, bildete er sich ein, dass es sich um Ernest Renan handelte, von dem er einmal in der Royal Geographical Society einen Vortrag gehört hatte: Und schon damals hatte er die Vorahnung gehabt, dass sie sich wiederbegegnen würden. Wie es für manische Hirne charakteristisch ist, wandelte sich das, was zunächst nur eine besonders unsinnige Vermutung war, im Handumdrehen zur Gewissheit: Es konnte sich nur um den Autor des *Leben Jesu* handeln, der, der Welt überdrüssig, in seinem alten Gehrock den Feuern der Sonne und des Krieges trotzte. »Er ist ein großer Arabist«, notierte er unter dem Datum des 5. Oktober 1884 in seinem Tagebuch, »und ganz offensichtlich ein sehr unglücklicher und ängstlicher Mensch.« Hätte Gordon noch über den Telegrafen verfügt, hätte er gleich im Dutzend Meldungen zu dieser Angelegenheit und den entsprechenden daraus zu ziehenden Konsequenzen an Sir Evelyn Baring abgesetzt. Er hoffte, dass Renan, intelligent wie er war, die Flucht gelänge. »Wenn er es schafft, bis zu unseren Stellungen durchzukommen, werde ich ihn aufsuchen«, schrieb er in sein Tagebuch, »wie auch immer man über seinen Atheismus denkt, er hatte zumindest den Mut zu sagen, woran er glaubt.« Er malte sich schon philosophische Dispute mit ihm aus, begeisterte sich an der Vorstellung, den Papst des Freidenkertums zu bekehren. Die Wege des Herrn waren unergründlich, und diese aussichtslose Belagerung wäre der Triumph der Offenbarung über die Wissenschaftsgläubigkeit. Er wäre sehr enttäuscht gewesen, hätte er erfahren, dass der französische Gefangene lediglich ein Draufgänger war, ein ehemaliger Kommunarde und Mitstreiter Henri Rocheforts, der aus purem Hass auf England hergekommen war, um den Mahdisten seine Dienste anzubieten. Was ihm schlecht entlohnt wurde: Letztere legten ihn erst in Ketten, dann schleppten sie ihn von einem Feldlager zum anderen. Von Durst, Hitze und Fieber ausgelaugt, rutschte er eines Tages von seinem Kamel herunter, und die *Ansaren* beerdigten oder besser: verscharrten ihn bei lebendigem Leibe im Sand. Zur gleichen Zeit nahm in etwa fünftausend Kilometer Entfernung Ernest Renan mit einem Ausdruck gewitzter Schläfrigkeit im feisten Kater-Murr-Gesicht seine Vorlesung am Collège de France auf.

Nun ja, es waren zeitlose Dinge wie diese, über die ich mit B. plauderte, als er in seinem Krankenzimmer zu Gravesend im Sterben lag. Draußen sah man große Frachtschiffe die Themse hinauf- und hinunterschippern, klobige, von grauem Wasser umspülte Kästen, die lebhaft reglose Möwen wie Drachenspiele hinter sich herzogen. Kurz darauf war er wirklich tot. Gewiss hätte ich mich gleich auf den Weg nach Khartum machen sollen – und müssen. Die Nähe zu Paris bewog mich, ein letztes Mal dorthin zurückzukehren. Was mich wohl wirklich dazu verleitet hat? Die Lust, ein für alle Mal einen Schlussstrich zu ziehen? Das zumindest redete ich mir damals ein. Inzwischen glaube ich eher, dass es eine ziemlich faule Ausrede war, was unabsehbare Konsequenzen hatte. Für mich. Was hingegen den Nil angeht … Ich glaube, ich konnte dem Verlangen nicht widerstehen, die Orte aufzusuchen, an denen sich der lebendige Teil meines Lebens abgespielt hatte, konnte mir die zweifelhafte Geste des Gerührtseins nicht verweigern. Ich wollte mir ein letztes Mal die Tristesse eines Olympio gönnen, den Flug der Zeit über den See, und sei es nur für kurze Augenblicke, aufhalten oder gar umkehren und dergleichen romantischen Quatsch mehr. Ich wollte in Schönheit sterben, mich mit großem Pomp beerdigen, und das hieß im Grunde: Ich wollte wiederauferstehen. Heute, auf meinem Zimmer im Hôtel des Solitaires, weiß ich, wie lächerlich das alles war: Aber was hilft mir diese simple Einsicht noch? B. war tot und begraben, und ich nahm also das erste Flugzeug nach Paris.

Kurioserweise (denn es muss trotz allem auch Gesichter gegeben haben, Straßen, ein Hotelzimmer, im Dunst verschwindende Vorstädte, graue Landschaften, über die der Flugzeugflügel hinwegflog, doch lassen wir das), kurioserweise ist das letzte Bild, das mir zwei Monate später von

Paris bleiben sollte, ein umgedrehter, in einem zugefrorenen Bassin steckender Regenschirm. Diese eindrückliche Gefangenschaft erinnerte mich gleich an eine etwas abwegige Version von Mallarmés Schwan, während der in die Luft ragende Handlauf über Sprachspielereien, wie sie sich stets einstellen, meine Gedanken auf die Meuterer des Jahres 1917 lenkte, die in meiner Jugend ein Lieblingsbild der Revolte waren. Zunächst konnte ich darüber nur sarkastisch lachen: Mein Kopf war vollgestopft mit Zitaten und Anspielungen, dachte ich, wie ein mit Zigarettenkippen überfüllter Aschenbecher (oder der Schirm eines Kirmesbudenbesitzers mit Taschentüchern). Zwischen dem weniger auffälligen, auf dem Eis herumfliegenden Strandgut sollte ich noch den Kadaver einer Taube entdecken, an dem sich eine Ratte oder Katze zu schaffen gemacht hatte, ich wusste nicht, wer von beiden am besten zu Metrum oder Reim passte, im Übrigen lief's fast aufs selbe hinaus: mageres Gerippe, Ragout von kleinen, aufgespreizten Knöchelchen mit karminroten Fleischresten dran, darum herum wolkiges Gefieder. Hehe … Der gefrorene Wasserstrahl in der Mitte des Beckens wirkte wie eine riesige Tropfkerze. Dieses deprimierende, einer gewissen ironischen Schönheit allerdings nicht entratende Tableau sollte also am Ende jener schwindelerregenden Spirale an Erinnerungen stehen, in denen sich von nun an die Stadt erschöpfte, in der ich den größten Teil meines Lebens verbracht hatte. Ich blieb eine Zeit lang in seiner Betrachtung versunken, wie eine schwärzliche Vogelscheuche, den Fuß theatralisch auf den Beckenrand gesetzt, unbeweglich inmitten der rollenden Iglus, in denen junge Mütter mit dampfenden Nasenfedern und musikverstopften Ohren ihre Nachkommenschaft durch die Gegend schoben. Man macht sich nicht so leicht los von dem, was man geliebt hat und wo man geliebt hat.

Drum herum stachen die kahlen Bäume mit ihren dunklen, aber von schillernden Eisschuppen besetzten Nervenbündeln in die Wolken: Ich sah in ihnen himmlische Migränen, Schmerzen, die ein von vagem Wetterleuchten angeschwollenes Hirn durchzuckten, das sich zuweilen in Schneeschauern zwischen der Tour Montparnasse und der Kuppel des Pantheons entlud. Nach Alfas Weggang, erinnerte ich mich, nachdem ihre Stöckelschuhe, die mich so gestört hatten (was war ich für ein Idiot!), wenn sie sie unbedingt auf dem Kieselstrand anbehalten wollte, während ich herzförmige Steine für sie suchte, ein letztes Mal übers Pflaster vor der Haustür geklackert waren, nachdem sie zwischen den schweren Flügeln des Portals mit tränenüberströmtem Gesicht ein letztes Lächeln auf mich abgeschossen hatte, nachdem sie ihre Siebensachen gepackt hatte, litt ich fast ein Jahr lang unter permanenter Migräne. Statt ihres Körpers, der mich durch die Nächte begleitet hatte, war da nunmehr diese Säure in meinem Hirn. Was mir von ihr blieb, war diese ätzende Entzündung. Ich tröstete mich in den Nächten, in denen ich auf Schlaf hoffte, den der Schmerz mir verweigerte, mit dem Gedanken, dass die Fäulnis unter meiner Schädeldecke wohl die meiner Erinnerungen sein müsse. Mit einer fast schon manischen Hartnäckigkeit arbeitete ich daran, mir die Erinnerungen auszutreiben. Wenn ich nichts von ihr bewahren wollte, dann weniger in der Hoffnung, zu gesunden (daran glaubte ich nicht), sondern weil mir die Aufopferung aller Bilder von ihr auf diffuse Weise als die einzige Zeremonie erschien, die auf der Höhe der empfundenen Trauer war (es gab auch den Selbstmord, aber dazu hatte ich nicht den Mut, wenn er denn mutig ist).

Sie weinte ein wenig zwischen den beiden Türflügeln der Toreinfahrt; es dürfte Mittag gewesen sein; die Tränen auf ihrem Gesicht, das ich nie wiedersehen sollte, dürften im Sonnenlicht geglitzert haben. Gut, sie übertrieb ein bisschen, und ich auch, auf meine Weise. Mit diesen Tränen schmückte sie vielleicht nur eine Trennung aus, die sie sonst ein halbes Jahr später schon wieder vergessen hätte: Damit das Ereignis wie ein Kronleuchter in den noch leeren Sälen ihres jungen Lebens im Nachhinein ein wenig strahlte, brauchte sie wahrscheinlich solchen Flitterkram. Kurz: Diese Tränen waren der erste Luxusartikel, der gar nicht mal so teuer, im Endeffekt sogar billiger war als das Muranoglas, mit dem sie das bourgeoise Interieur versah, von dem sie träumte. Wenn ich so rede – wenn ich vor einem Jahr am gefrorenen Bassin im Luxembourg so dachte –, dann nicht, weil ich ihr oder unserer Geschichte unrecht tun will: Ich will nur nicht sentimental werden, will mich vor der verführerischen, weil meinem Stolz so sehr schmeichelnden Vorstellung hüten, dass sie trotz allem immer nur mich geliebt habe – und dies selbst heute noch, da ich an einem Ort, dessen Namen sie wahrscheinlich noch nie gehört hat, diese Zeilen schreibe. Es ist außerdem gut möglich, dass ich diese funkelnden Tränen erfunden habe, damit ihr Glanz heute noch mein Zimmer im Hôtel des Solitaires erhellt. Auch für mich hängen sie zwischen den beiden Ventilatoren in Trauben an der Decke, sie möblieren mein Zimmer, umrahmen in ziemlich konventioneller Manier den Traum von jenem Tag, da die Liebe ging.

Es ist ein Zimmer in einem großen Hotel am Meer. Aus dem Fenster sieht man oberhalb der Badekabinen die Schaumkronen. Dorthin wollte ich sie mitnehmen, an die Loiremündung (mir wird jetzt erst klar, dass dieser Wunsch, ihr die Orte meiner Kindheit aufzuzwingen – ein Wunsch, der nur von meiner Liebe diktiert war –, vielleicht auch, ohne dass ich mir dessen bewusst gewesen wäre, ein sehr hinterhältiger Versuch war, sie zu töten: Die Orte ihrer Kindheit, das waren die Wohnsilos der Vorstädte, und ihre Eltern, sehr fromme Muslime, wollten von mir nichts wissen. *For each man kills the thing he loves* …). Mir gefällt die Liebe im Halbdunkel, wenn die Körper wie gemalt aussehen, ich mag's weder hell noch dunkel, ich weiß nicht, wie diese Scheiß-Deckenlampe ausgeht. Ich werde ungeduldig, schließlich finde ich den Schalter, ich werfe mich auf sie, klammere mich im Helldunkel an ihre Hüften, ich zermalme, ich zerquetsche sie, sie beißt, sie kratzt mich bis aufs Blut, dann liegen wir keuchend, schweißglänzend wie die Krieger aneinander, noch verblüfft von diesem Ausbruch an Gewalt, der uns zusammenschweißte und jetzt zu trennen scheint. Man kann den Puls des Meeres hören, dieses großen, grauen, nebelverhangenen Herzens, sie schmiegt sich an mich und weint leise, heimliche Tränen, unter denen ihr schönes Gesicht erstrahlt, und ich bin schon nicht mehr in der Lage, Lust von Trauer zu unterscheiden. Die Wellen schlagen hinter den verwitterten Kabinen an, kommen und gehen mit ihrem ganzen Geleit an Abfällen, aber warum können wir uns jetzt nicht mehr richtig verstehen?

Als Alfa eines fernen Maitages buchstäblich über mich hereingefallen ist, saß ich gerade, die Füße hochgelegt auf einen Stuhl, in einem eisernen Lehnsessel und las ein Buch. Vor mir die Statue der Laure de Noves, hinter mir das Bassin, wo ich jetzt einen schwarzen Nylonschwan sah, dem der eisige Wind durchs Gefieder fuhr. Damals liebte ich noch Mallarmé, das war inzwischen auch vorbei. Über alles, was mit Azur und Kristall zu tun hatte, konnte ich nur noch lachen. Dichter, die nie einen Revolver mit sich herumgeschleppt hatten, die nie Boxer, Schmuggler oder Goldsucher gewesen waren, konnten mir gestohlen bleiben mit ihrem gläsernen Wortgeklirre, das nach dem Wachs alter Geschirrschränke roch. Das mochte vielleicht ein etwas grobschlächtiges Urteil über so subtile Dinge sein, aber ich war eben gerade der Meinung, dass es in der Dichtung (wie überhaupt in der Literatur) nicht mehr um Spitzfindigkeiten gehen müsste, sondern vielmehr um Kraft, Tempo, alltägliche Schönheiten, wolkenfeuchte Flugzeugrümpfe, funkelnde Lichter der Nachtzüge, metallisch blaues Klicken einer Waffe, Brüste, feuchte Schenkel unter zerknittertem Stoff, um Konkretes. Kurz: Am Anfang eines Jahrhunderts, das seinem Ende zuging, wäre ich modern gewesen. Alfa hatte mir gezeigt, was Schönheit fortan für mich bedeutete. Wie ein weiblicher Faun war Alfa aus dem Halbschatten der Bäume aufgetaucht und stöckelte auf ihren lächerlichen, ihren entzückenden Pfennigabsätzen heran. Ihr kupferner oder ihr dunkler, teefarbener Schopf wippte an jenem Tag im Rhythmus ihres ausladenden Gangs auf und nieder, der eher einer schlecht artikulierten Laufbewegung glich, einem improvisierten, riskanten Tanz, und verschleierte und entschleierte einen großen blassen Mund und schmale austernfarbene Augen (»man hat Lust, eine Zitrone über deinen Augen auszudrücken«, pflegte ich ihr zu sagen, und in das, was am Anfang unserer Geschichte nur verliebte Neckerei war, mischte sich am Ende vielleicht gar so etwas wie Grausamkeit). Alles an ihr war exzessiv, ich wusste es noch nicht, aber ich spürte es, sobald ich sie aus dem Schatten der Kastanienbäume treten sah. Man hätte sie lächerlich finden können, wenn sie nicht auf so brutale Weise schön gewesen wäre.

Als ich mich als Student von Nantes aus »rauf nach Paris« gemacht hatte, bin ich wie alle anderen in den Alleen dieses Parks spazieren gegangen, ging ich unter Bäumen her, die jetzt schwarz waren wie mein Regenmantel, schwarz auch wie der Regenschirm, der wie Luzifer im Eis des Kokytos feststeckte, aber damals blühten die Bäume noch in allen Farben der Jahreszeiten, und ich schritt wie alle an der Seite junger Mädchen, von denen ich jedes für die Liebe meines Lebens hielt, für mein Leben selbst hielt, über Münzen aus Licht, die zwischen den Ästen herabrieselten. Zu der Zeit, als Alfa aus der Deckung der Bäume hervortrat und wie ein kleiner, schwimmender Wald auf mich zusteuerte, war ich noch davon überzeugt, dass ich, obwohl mein Haar langsam grau wurde, niemals altern würde. Aufgrund der fröhlichen Verantwortungslosigkeit meines Lebens war ich dem sogenannten Erwachsenenalter entkommen, und ich hielt mich immer noch (wenn auch zuweilen, und zunehmend, mit einer gewissen Skepsis) für einen jungen Mann. Während sich aber Alfas Züge, ich meine das, was aus einem Gesicht eine unerhörte Begebenheit macht, unwiderruflich im Gewimmel aller möglichen Gesichter verloren hatten, wenn ich sie nach einer langen Anstrengung endlich vergessen hatte wie ihren Körper, der ihr Körper war und kein anderer, ihr Geschlecht, ihre Brüste (und nicht »ihre Brust«, denn da war die rechte, die linke, ich biss gern in die eine, welche, weiß ich nicht mehr, die mir die empfindlichere schien), ihre kleinen Pobacken, ihre schmalen Schultern, wenn sich das alles ins Ungefähre verwischt hatte, wo Abstraktionen wie »schmal« oder »klein« möglich sind, während also Alfa mit ihrer ganzen Gestalt zum Gespenst geworden war, zu einem hartnäckigen Gespenst übrigens, hartnäckig, wie Gespenster sein können, konnte ich mich an jenem Wintertag des vergangenen Jahres nicht nur an den Titel des Buches erinnern, das ich gerade las, als Alfa in der linken Ecke meines Gesichtskreises auftauchte (ich las *Lord Jim*), sondern auch an den Abschnitt und den Satz: »Alles, was Stein mir über ihn zu sagen hatte, war, dass er ein Romantiker sei. Und alles, was ich wusste, war, dass er einer von uns war.«

Kurioserweise fand diese Begegnung oder eher dieser Zusammenstoß, der ein paar Jahre später der Grund für mein freiwilliges Exil im Sudan sein sollte, in dem Moment statt, da ich in dem Kapitel war, in dem Marlow zum ersten Mal den Namen des Patusan erwähnt, dieser verlorenen Dschungelecke, die, so sagt er, wie geschaffen war, um »ein von einer Schuld, einem Tabubruch oder einem Unglück gezeichnetes Wesen« zu schlucken. Wenn es, wie ich glaube, stimmt, dass die Bücher mehrere Leben in uns führen, dann gleicht eines von ihnen einer langen, magischen Zeremonie. Über die Zeilen hinweg unterhalten wir uns mit Toten, befolgen wir Sühnerituale oder Teufelsaustreibungen, sendet uns das Schicksal Zeichen, die wir meist nicht zu entziffern wissen. Alfas Verschwinden war ein Unglück, und mit der Zeit gewöhnte ich mich an den Gedanken (ohne ihn freilich jemals wirklich zu verstehen), dass mich das Unglück durch eigenes Verschulden getroffen hatte. Meine tiefe Niedergeschlagenheit erklärte sich auf Dauer nur durch das erschöpfende Mysterium einer zwar angenommenen, aber niemals verstandenen Schuld. Das Exil im Sudan war nur die sichtbare, akzeptable, ja fast schon lebbare Form (denn ganz unstreitig war ich es immerhin selbst, der so entschieden hatte) einer ungleich schlimmeren Verbannung, deren Gründe ich nicht zu entwirren vermochte (wir tragen in uns selbst ein anderes Selbst, das jünger ist, leichtfüßiger und optimistischer, welches die Knoten, in denen wir uns verheddern, mit Ironie betrachtet: Das verhindert aber nicht, dass die Schnüre sich so eng ziehen, dass es uns am Ende den Atem – und mit ihm die Ironie – verschlägt).

Während ich an jenem fernen Tag im Mai im Jardin du Luxembourg *Lord Jim* las, betrachtete ich im Augenwinkel die Erscheinung, die tänzelnd unter den Kastanienbäumen hervortrat (nein, nicht »tänzelnd«, das ist auf eine zu konventionelle Weise schön; feurig eher, staksig wie ein Fohlen). Sie steuerte geradewegs auf mich zu. Ungläubig hatte ich zunächst mein Buch sinken lassen, dann, aus Angst, sie zu verscheuchen, tat ich gleich wieder so, als wäre ich von Neuem in meine Lektüre versunken, dann aber war sie entschieden zu nahe, zu sehr in ihrem Elan, sie konnte mir nicht mehr ausweichen, und ich habe zu ihr aufgeblickt. All das in vielleicht fünfzehn Sekunden, den wichtigsten meines Lebens. Ja, und da ... Ich hatte gleich begriffen ... Diese über mich gebeugte Frau, die ich ansah, ohne sie wirklich zu sehen (ich hatte Mühe genug, die tausend Fragmente zusammenzuhalten, die einen Anschein von Körper bildeten und in die mich ihre Gegenwart sogleich zerlegt hatte, hier ein Auge, da eine Hand mit einem Buch, meine Zunge, die auf ihre entwaffnende Frage – »Wissen Sie, wo's hier zur Seine geht?« – antworten und mehr noch, sie für immer an mich binden sollte, ich wusste, dass dies das Einzige war, was noch mit dem »Ich« zu tun hatte, das ich wenige Sekunden zuvor noch gewesen war, und meine Zunge flatterte in einem Meter Entfernung vom Gerümpel meiner Organe, meinem fledderigen Wörtersack, ein Meter oder Lichtjahre, was tut das schon, und wie will man jemanden für immer an sich binden, wenn man selbst vollkommen aufgelöst, auseinandergenommen und ausgehebelt ist?), ohne es zu wagen, sie anzuschauen, wie geblendet den Widerschein der Wellen auf dem Sand ahnend und einen perlenden Mund, wie geblendet und vollkommen kopflos; diese Gewalt, die in einer unglaublich zierlichen Gestalt eingeschlossen war, diese Kühnheit, mich breitseits anzugehen, mich mit einem Lächeln zu bezwingen, dieser schlanke Wirbelwind, der auf rührenden Pfennigabsätzen stöckelte, würde mich fortreißen, umherschleudern, zerfetzen. Aber vielleicht war ich auch schon eines dieser aufgedunsenen, schlaffen und beflossten Viecher, die ich jedes Mal, wenn ich in den Jardin du Luxembourg ging, mit angeekelter Faszination durchs jauchige Wasser des Bassins schwänzeln sah: klebrige, mit weißlichen Narben überdeckte Säcke, Augen aus Gelatine, nach jedem Dreck schnappende Mäuler, auf- und zuklappende Arschlöcher, die ganze Wolken von Exkrementen hinter sich ließen. An jenem Tag war der Himmel, ich erinnerte mich, von einem lächerlichen Blau gewesen. »Wissen Sie, wo's hier zur Seine geht?« Diese Woge, die sich über mir auftürmte, dieses bedrohliche Wunder aus Augen Mund dunklem Haar mit Kupferglanz, exzessiv vorspringenden Brüsten unter einem gelb-schwarz gestreiften Body, der etwas zu sehr an ihren schmalen Schultern zog (nichts an ihr, ich wiederhole es, war auf banale Weise »harmonisch« – was für ein widerwärtiges Wort …), diese Sprungwelle, von der ich wusste, dass sie über mir zusammenbrechen würde, dass sie mich packen und mir den Atem und, warum nicht, das Leben rauben würde … Ohne es zu wagen, sie wirklich anzuschauen. Das Leben, warum nicht? Das einzige Detail, das ich damals wahrnehmen konnte, war der große Abstand zwischen ihren beiden oberen Schneidezähnen: Bei einem solchen Gebiss redet man von »Glückszähnen« oder »Liebeszähnen«, ich weiß es nicht mehr (komischerweise fällt bei den wenigen Porträts, die vom Mahdi überliefert sind, die gleiche Besonderheit auf, die im Arabischen des Sudans mit dem Wort *felega* benannt wird). Ein weiter blauer, fast schon sudanesischer Himmel über den weißen Statuen der Königinnen und Liebhaberinnen, dem dunklen Laub, den zitternden Blättern der Kastanienbäume, die sich uns wie Hände entgegenstrecken.

Ich weiß, ich könnte all dies mit der Nüchternheit einer Madame de Lafayette beschreiben: »Es reichte, sie zu sehen, um sie niemals zu vergessen«, oder irgendetwas in dieser Richtung. Aber ich bin kein Klassiker und bin niemals einer gewesen. Ich fühlte mich nicht sehr französisch, und das hat es mir vielleicht ermöglicht, ein paar Dutzend Monate mit ihr zusammenzuleben und mich jetzt mehr oder weniger gut im Sudan zu akklimatisieren. All das ist, all das war inzwischen lange her und unwiderruflich verloren. Ich weiß sehr wohl, dass vom Unwiderruflichen eine zwielichtige Faszination ausgeht und dass ich von ihr infiziert war. Es wird mein Wahn gewesen sein, niemals den imaginären Kreis dessen, was gewesen ist und nicht wiederkehren sollte, verlassen zu haben: Zunächst zwang ich mich zu einem unerbittlichen Vergessen, was darauf hinauslief, einen Götzen der Leere aufzubauen und anzubeten, dann suchte ich, was noch irrsinniger war, Gestalt, Fleisch und Stimme des Verschwundenen wiederzubeleben. Aber was soll's: Ich hatte die Partie verloren, deswegen sollte ich noch lange nicht bereuen, sie gespielt zu haben. Früher, das liegt noch weiter zurück, hatte ich geglaubt, dass die Welt ihre Grundlagen ändern musste, dass sie sie ändern würde: Aus dieser Gewissheit erwuchs mir die Pflicht, die Schaufensterscheiben der Banken einzuschlagen, mich im Kleinkrieg mit der Polizei wie ein Ritter des Mittelalters zu rüsten, Autos zu klauen, um Dynamitladungen zu transportieren. Dass solche Dinge nunmehr (selbst für mich) wie Folklore wirkten, änderte nichts an der Tatsache, dass ich zufrieden war, daran teilgenommen zu haben. Niemals hätte ich das Leben Don Quichottes gegen das Leben Sancho Pansas eingetauscht. Und auf nicht unähnliche Weise erinnerte ich mich an diese strahlenden und düsteren Jahre, die zwischen Alfas Erscheinen unter den Kastanienbäumen und ihren Tränen zwischen den Flügeln des Kutschenportals lagen: Einmal mehr hatte am Ende eine Niederlage gestanden (und diese war nun gewiss die endgültig letzte), dennoch war dies kein Grund, das stürmische Glück, das ich gekannt hatte, zu leugnen. Mit einem friedlichen Leben hätte ich wohl nichts anfangen können. Wer König gewesen ist, darf sich bei aller Tiefe des Schmerzes nicht beschweren, wenn ihn die Launen des Zufalls zum

Sklaven gemacht haben: Wäre ich nicht von allein auf diese Einsicht gekommen, hätten mir die Texte der Alten, die zusammen mit der *Enzyklopädie* meine wesentliche Gesellschaft in Khartum waren, auf die Sprünge geholfen. Hätte ich an jenem Tag im Mai, als sich Alfa, deren Namen ich zu diesem Zeitpunkt noch nicht kannte, der ich nicht ins Gesicht zu blicken wagte, über mich beugte, um mir diese so banale wie unerwartete Frage zu stellen – »Wissen Sie, wo's hier zur Seine geht?« –, hätte ich damals voraussehen können, was alles geschehen sollte, hätte ich die Prophezeiung richtig deuten können, die mir die Bücher über Joseph Conrad und seinen Patusan zukommen ließen, ich bin sicher, dass ich mich auf die gleiche Weise, an allen Gliedern zitternd, aller meiner Worte beraubt, in diese Geschichte gestürzt hätte, an deren Ende ich jetzt hier auf meinem Zimmer im Hôtel des Solitaires sitze und schreibe und auf die Polizei oder sonst was warte. Andernfalls hätte ich sie nie gekannt: So einfach war das. Ich hätte nie die durch die Dünen schneidende Klinge des Nils gekannt noch die Millionen phosphoreszierender Augen, die bei Hochwasser unter den Eisenbrücken von Khartum emporblinzelten. Auch nicht diese plötzliche Empfindung von vergangener Zeit, deren Tiefe, Härte und Marmorierung. Ja, selbst das muss man spüren, wenn man gelebt haben will. Ende schlecht, alles gut.

Eines Abends, lange Zeit nachdem Alfa mich verlassen hatte, kreuzte auf dem Boulevard Saint-Germain eine junge Frau meinen Weg, deren flüchtig wahrgenommene Silhouette mein Herz in Raserei versetzte: Vielleicht war sie es, ich wollte es nicht wissen. Es war dunkel, es war Herbst, der Wind trieb die feuchten Blätter vor sich her, jeder ging schnell. Ich weiß nicht, was mir schrecklicher erschien: nicht mehr mit Gewissheit wiedererkennen zu können, was mir einmal das Teuerste war, oder aber das Risiko, ihr von Neuem zu begegnen. Ich hatte beschlossen, Paris, diese unberechenbare Fallgrube an Erinnerungen, zu verlassen. Ich nutzte meine sehr mäßigen Talente als Intrigant, um mich nach Khartum/Sudan versetzen zu lassen: Das war nicht besonders schwer, denn dieser Posten war einer der am wenigsten begehrten auf dem ganzen Planeten. Für mich war dieser Ort attraktiver als Washington oder etwa Buenos Aires, weil ich davon ausging, dort bestimmt keiner Frau über den Weg zu laufen, die mich an sie erinnern würde. Ich sah nur Vorteile darin, dass der Alkohol, der nostalgisch und weinerlich stimmt (mich zumindest), dort verboten war. Ich hatte die Aufgabe, im Namen der République jungen Menschen Französisch beizubringen, die nicht das Glück – oder nicht genug Beziehungen – gehabt hatten, ein Stipendium nach London zu ergattern, und dort bei Gelegenheit den einen oder anderen der wenigen Filme vorzuführen, die den ästhetischen und moralischen Vorstellungen der islamischen Zensur genügten. Der Job war wie für mich geschaffen.

Ich bin der einzige Dauergast im Hôtel des Solitaires. Nach meiner Ankunft wollte der Botschafter mich dazu überreden, wie alle anderen hohen oder niederen Repräsentanten der westlichen Welt eine Villa zu mieten. Davon schien der Erfolg meiner Mission abzuhängen – als hätte ich eine Mission … Diese spärlich behaarte Biberratte mit holprig gespreizter Rede hatte schnell begriffen, dass mit mir nichts anzufangen war und dass es alles in allem für das Prestige seines Ladens nur von Vorteil war, wenn ich mich nicht auf dem Parkett seines Diplomatenviertels breitmachte. So hat man mich schließlich in Ruhe gelassen, und die République hatte nichts mehr dagegen einzuwenden, dass einer ihrer subalternen Diener den Sonderling spielte, der sich in Khartum in einem Hotel mittlerer Kategorie einigelte (Weiße erster Klasse steigen in einem halb verfallenen Hilton am Zusammenfluss der beiden Nilströme ab). An der Decke meiner Bude rotieren zwei Ventilatoren. Nachts, wenn sie das schwächliche Licht, das eine Kugellampe aus Milchglas spendet, zerhäckseln und zersplittern und ich schwitzend unter dem dauerhaften Geflimmer liege, kommt es mir so vor, als sei ich ein Schwerkranker, Krebs oder so, den man zwecks Untersuchung in die Röhre geschoben hat. Tagsüber erweckt das Geräusch der beiden Propeller über meinem Kopf bei mir manchmal den Eindruck, als hätte ich mich wie der Dichter Hart Crane hoch von einem Ozeandampfer in die Fluten gestürzt, wo ich von den Strudeln des Kielwassers langsam zermalmt werde. Beide Vorstellungen ermangeln leider nicht einer gewissen Wahrheit.

2

ICH DACHTE, NUR wenige Tage in Paris zu bleiben. Das würde mir reichen. Die Umstände meiner Abreise hatten in mir das Bild einer verbrannten Stadt hinterlassen: Ich wollte dort nur etwas von jener Asche auffliegen sehen, zu der die Erinnerung geworden war. Eine Stadt ist die Verknüpfung von Millionen winziger Geschichten mit anderen, weitaus größeren Geschichten. In einer Straße in der Nähe der Mauer der Föderierten hatte mich eines frühen Morgens vor zwanzig Jahren die Polizei schnappen wollen, und ich entkam über die Zinkdächer von Jules Vallès' Paris. In der Nähe des Carrefour de l'Odéon hatte ich mit Alfa eine Wohnung mit niedrigen Decken geteilt, in der Bonaparte sich mit Thomas Paine getroffen hatte. Am Ende des Hafenbeckens am Arsenal stand eine Bank, auf der ich eines Abends auf sie gewartet hatte, und dieses Warten am Wasser, auf dem der Widerschein des violetten Himmels spielte, war ein unvorstellbares Glück, eine unvorstellbare Angst. Im Labyrinth der Stadt fügte ich ein verloren gegangenes Leben wieder zusammen, das von keinerlei Interesse war, außer dass es meines gewesen war. Paläste und Hütten beherbergten die kleinen Begebenheiten, die Brücken setzten über sie hinweg, die flämischen Flussschiffer zogen ahnungslos Furchen im schmutzigen Wasser, der flimmernde Ring der Stadtautobahn legte sich im Abendlicht wie eine Fassung um sie herum, die Fabriken der Vorstädte ließen phosphoreszierende

Rauchsäulen über ihnen aufsteigen. Am Observatoire fuchtelte Maréchal Ney mit seinem grünspanigen Säbel vor der Closerie des Lilas herum, wo ich ihr beigebracht hatte, wer Lenin und Hemingway waren, und wo sie ihre ersten Cocktails getrunken hat. Und damit basta. Ich war mit diesen geheimen Sehenswürdigkeiten bald durch.

Und doch machte ich mich nicht gleich auf nach Khartum. Ich versank in Gedanken über den Herbst, als sei dieser ein Ereignis. In gewisser Weise war er das auch: Ich würde ihn niemals wiedersehen. Afrika kannte keinen Wechsel der Jahreszeiten, wusste nichts von diesem kosmischen Ritual des Keimens, Blühens, Absterbens und dann wieder des Erwachens des Lebens. Für mich gäbe es weder die tabakfarbenen und feuerroten Fähnchen an der schwarzen Takelage des Luxembourg noch eine Mythologie, die die unerschöpfliche Vegetation für ein Leben ohne Wiederkehr bereithält. Die Stadt, zu deren großem Zauberbuch ich einige Zeilen in unsichtbarer Tinte beigetragen hatte, das Laub, das der Wind über den Statuen der Königinnen und Liebhaberinnen von den Bäumen wehte – ich schmeichelte mir damit, in all diesen großen Archiven Reste meiner kleinen Privatchronik zu finden, und wusste doch, dass diese dort nur noch in meiner Vorstellung nachzulesen war, dass, genauso wenig wie die über die strahlenden Ikonen des Herbstes im Jardin du Luxembourg hinwegziehenden Wolken den Vogelflug aufhielten, weder die Steine noch die Bäume, weder das Klima noch die Figuren der großen Geschichte die kleinste Spur davon bewahrt hatten. Solche in alten Gedichten tausendfach wiedergekäuten Gedanken waren mir ein bitterer und ironischer Trost zugleich.

Eines Abends, als ich über den Boulevard Saint-Germain spazierte, blieb ich plötzlich vor einem Werbeplakat stehen. Ich hatte mich endlich durchgerungen, mein Rückflugticket zu kaufen, drei Tage später sollte es losgehen, ich würde dort unten bleiben, den kulturdiplomatischen Clown spielen, und dann, wenn man einmal nichts mehr von mir wissen wollte, würde ich schon, wie B., etwas anderes finden, bevor ich endgültig krepierte, auf jeden Fall war ich jetzt so gut wie fertig mit Europa und seinen alten Brüstungen. Ich würde die Wracks der alten Flussdampfer wieder flottmachen, Kreuzfahrten über den Weißen Nil organisieren, mit reichen und verführerischen Gespenstern in den schwimmenden Wäldern verschwinden, und unter giftig träufelnden Gewölben würde ein Geiger aufspielen. So würde ich leben, so würde ich sterben. Hurriya würde mich vielleicht begleiten, und auch die Unbekannte, ihr Leib und ihre Seele, bekränzt von der Aureole meiner Erinnerungen, und ich wäre ein letztes Mal der, der ich nie gewesen war, ein Rimbaud, Moravagine, Kurtz oder Corto Maltese. Das Einfache ist nie meine Sache gewesen. Ein leichter Regen bildete Lichtperlen auf den Schaufensterscheiben und klebte die Blätter auf den Asphalt, wie an dem Abend drei Jahre zuvor, als ich Alfa zu begegnen glaubte. Fast an der gleichen Stelle (aber dieser Zufall war nur zum Teil einer, denn dank einer großen Werbekampagne hing dieses Foto, das die »orientalischen Wochen« eines großen Kaufhauses illustrieren sollte, gleich tausendfach in Paris) geriet ich über zwei schmale Schlangenaugen, die Wangenknochen einer mongolischen Prinzessin, einen Schönheitsfleck über der aufgeworfenen Oberlippe und hinreißend barbarische Züge ins Straucheln. Eine falsche Alfa, die aber immerhin etwas von ihr hatte, sah mir hinter der beschlagenen Scheibe des Unterstands an einer Bushaltestelle in die Augen. Mir war, als explodierte ich, als würde ich in die Luft fliegen. Eine Kanonenkugel war mitten im Munitionslager gelandet. Ich ließ mich auf einem der Sitze des Unterstands nieder und versuchte, wieder zu mir zu kommen.

Ein kleiner Splitter der großen weiten Welt drehte sich langsam um mich herum: Vor den Kinos, die den üblichen amerikanischen Schwachsinn zeigten, standen die Leute Schlange, die Kneipen, in denen ich so manche Stunde meines früheren Lebens damit verbracht hatte, die in den schwarzen Röcken der Kellnerinnen sich wiegenden Hintern zu betrachten, waren erleuchtet, in Bronze gegossen stand der massige Danton da und forderte Bildung fürs Volk und Kühnheit zur Rettung der Republik. Meine Generation hatte davon geträumt, es den vermeintlichen Befreiern der Menschheit gleichzutun, zwanzig Jahre später vertraten sich Zwanzigjährige vor den Kinos gegenüber im Nieselregen die Füße und begeisterten sich für Außerirdische oder Serial-Killers (eine mythische Figur, die den Guerillero verdrängt hatte). Was muss ich Alfa gelangweilt haben mit meinem Legendenschatz, den Soldaten des Jahres II der Revolution, mit Marceau und der Armee an Sambre und Maas, und dann dein Lachen, o Kleber, kurz: mit all diesen Geschichten à la Victor Hugo, die nur noch das Ohr eines Nimur bezaubern konnten … Wahrscheinlich wollte ich sie mit meinem revolutionären und martialischen Schwachsinn umbringen, während sie nur von dieser neuen und virtuellen Spielwelt träumte, der mit der Realität die Geschichte ausgetrieben worden war. Wir waren einander so fremd wie nur irgend möglich, und genau das hat uns für die Dauer eines sehr langen Augenblicks bezaubert. Uns: diese Frau, an deren jungem Körper ich mich berauschte und deren jungfräuliches Hirn ich zu beglücken glaubte; diesen Mann, dessen Wissen sie überschätzte, ein Wissen, das sie als eine der Kräfte des Lebens zu respektieren, aber auch als das Gift, das die ungestüme Gewalt des Lebens lähmte, zu fürchten lernte. So jedenfalls stellte ich es mir vor. Seit jenem fernen Tag, als die Tür des Kutschenportals sich *for ever* über ihren glänzenden Augen geschlossen hatte, dachte ich eigentlich nur noch über solche Dinge nach. Ich vermutete, interpretierte, konstruierte. Ich war ein nicht gerade amüsanter Zeitgenosse geworden, und manchmal kommt mir der Gedanke, dass ich auch deswegen in den Sudan aufgebrochen bin, weil mir klar wurde, dass selbst meine Freunde langsam genug von mir hatten.

Nun aber, an diesem Herbstabend, da der Carrefour de l'Odéon langsam um mich herumkreiste und ich zusammengekauert auf der Bank einer Bushaltestelle saß und versuchte, wieder zur Ruhe zu kommen (die Redensart bringt mich auf diese Formulierung; eigentlich habe ich nie so etwas wie Ruhe besessen …), überschwemmten mich solche Gedanken auf genauso natürliche Weise, wie Wasser in ein Loch strömte. Doch hing ich ihnen nicht so verbissen nach wie sonst, denn das Einzige, was jetzt zählte, war, aufzustehen – allerdings brauchte ich dazu erst noch die Kraft – und um die Glaswand herumzugehen, um zu prüfen, ob das Gesicht dieser Königin von Palmyra wirklich ihres war oder ganz einfach das eines Mädchens, das ihr ähnelte. Ich habe es dann doch noch geschafft: Nein, sie war es nicht. Aber die

Augen, die wulstigen Lippen, der Schönheitsfleck und vor allem ebendiese Distanz, diese Impertinenz gegenüber einem Schönheitsideal wie, sagen wir, bei Botticelli, das war sie. Ich stand vor dem erstarrten Gesicht (wo doch, Baudelaire sei mir gnädig, ihr ganzer Zauber von einem unablässigen und unvorhersehbaren Wechsel der Linien herrührte) einer Frau, die, hätten wir uns in den Zwanzigerjahren des 21. Jahrhunderts befunden, ihre Tochter hätte sein können. Die Tochter oder die Enkelin des Psychiaters, dachte ich mit amüsierter Bitterkeit: Und ich, was bin ich dann? Einer der Sieben Schläfer von Ephesus, oder vielleicht Rip Van Winkle? Weit entfernt von der unmittelbaren und stupiden Attraktivität, auf die die Designer gesetzt hatten, übte das Werbeplakat auf mich, der ich vom Regen durchnässt war, eine Faszinationskraft aus, die aus den Tiefen der Zeit kam, die nun in umgekehrter Richtung verlief, die von körperlichen Erinnerungen herrührte, die nun ausgegraben wurden wie die erstickten Krieger der persischen Armee. Ihre Augen, wenn sie sie schloss und wenn dann ein wenig Blut in sie hineinschoss, sodass sie die violette Kolorierung von Quallen annahmen … ihre Augen, wenn ich mit der Zunge um sie herumfuhr und dann meinen Mund über ihnen schloss, als ob ich eine Auster schlürfen wollte … ihre funkelnden Augen, die sich (das wurde mir erst jetzt bewusst) an jenem Sommertag für immer vor mir verschlossen hatten, als ich die Dämlichkeit besessen hatte, ihr, hoch über dem Meer, auf eine jener üblichen, der Ängstlichkeit des Verliebtseins geschuldeten Fragen zu antworten, dass ich sie für immer lieben würde, aber »nicht mehr wie bisher« … ihre von meinen Bissen geschwollenen Lippen, wenn sie frühmorgens in ihre Scheißklinik fuhr … ihre Lippen, in die einmal, genau an der Stelle, wo sie sich aufwarfen, eine Biene gestochen hatte, die gerade an einer Melone saugte, und ich, der ich dann lange an ihren Lippen saugte, um das Gift aus ihnen zu ziehen, damals, auf einer Terrasse an der Steilküste von Amalfi … ihre Art, mit der Zungenspitze über die Lippen zu fahren, wenn sie nicht wusste, wie sie einen in der Regel wenig banalen Gedanken mit hinreichend starken Worten ausdrücken sollte … das kleine Fältchen, das ihre Wangen höhlte, wenn irgendein Ärger ihre Miene verdüsterte, eine Verärgerung, die ich meist nicht entstehen sah, für die ich aber oft der Anlass war. Es war ein ganzer Katalog von Erregungszuständen, den ich durchlief, Zuständen, die das Leben lohnen und die jetzt, vor dem Bild, das die winzigen Lupen der Regentropfen verzerrten, in mir aufbrodelten: Lupen, so scharf, präzis und funkelnd wie jene vernickelten Instrumente, wie Zirkel, Reißstift und das andere Werkzeug der exakten Wissenschaften, das sich im schwarzen Samtfutteral jener Etuis, wie sie mir meine Eltern früher zum Schulbeginn kauften, zu Sternzeichen ordnete.

Durch die Künstlichkeit eines Fotos, durch die Lüge, die ein unbekanntes Gesicht ausstrahlte, entdeckte ich langsam wieder, was ich, kraft eigenen Willens, für unwiderruflich verloren hielt: Erinnerungen, die im Fleisch wurzelten, nicht im Geist, und die alleine den im Gedächtnis aufbewahrten Bildern Form und den abgedroschenen Phrasen, mit denen man sie zu beschreiben sucht, Kraft verleihen können. Mir ging es wie einem Querschnittsgelähmten, der plötzlich eine Stelle seines Körpers – gewiss, eine winzige kleine Stelle – wieder fühlen konnte. Ich darf daran erinnern, dass die Auflösung all meiner Erinnerungen das Ergebnis einer hartnäckigen Arbeit gewesen war. Es war keine Trauerarbeit, wie man heute sagt, sondern ein Opfer: Ich hatte mein Gedächtnis gelöscht, weil es der größte Schatz war, den ich nach Alfas Weggang hergeben konnte. Und es hatten Jahre vergehen müssen (und mit der Zeit die Gewissheit sich einstellen müssen, dass ich sie niemals wiedersehen würde), damit in mir ein Gefühl des Bedauerns darüber erwachen konnte, dass ich bis hin zu den Bildern von ihr alles verloren hatte. Ich hatte mehr erreicht, als ich eigentlich wollte. Von dieser ganzen für mich zugleich wunderschönen und düsteren Geschichte war nicht mehr als eine formlose Substanz geblieben, oder besser: eine Substanz, die, wie der Wüstensand, jede mögliche trügerische Form annehmen konnte. So wie man, wenn man zum ersten Mal einer Frau begegnet, die einen erschüttert, schon am Abend, am nächsten Tag, an allen Tagen, an denen man auf sie wartet, nicht mehr beschreiben kann, wie sie aussieht, ja nicht einmal ein halbwegs wahrheitsgetreues Bild von ihr hervorrufen kann (ich hatte ja auch Alfa, als sie über mich hereinstürzte, nicht anzusehen gewagt oder anzusehen vermocht), so war am anderen Ende der inneren, der gefühlten Zeit nichts geblieben als das fast leere, gestaltlose Bewusstsein einer unerhörten Abwesenheit, einer Sache, die weit hinter mir lag und sich immer weiter entfernte. Das war der Augenblick, in dem ich der Obsession der Auferstehung verfiel. Ich musste dem, was gleich doppelt tot war, um jeden Preis wieder Leben einhauchen, vielleicht kein wirkliches Leben, aber doch das Leben der fleischlichen Erinnerungen und der fleischlichen Wörter, welche jene festhalten. Es ist nicht unwahrscheinlich, dass ich schon bei meinem Aufbruch nach England, wo ich meinem alten Freund B. in seinen letzten Momenten beistehen wollte, das unausgesprochene Vorhaben in mir trug, einen Abstecher nach Paris zu machen, um dort die Bäume und die Statuen des Luxembourg wiederzusehen, die Trottoirs, über die wir Arm in Arm spaziert waren, die Bistros, in denen wir abends gegessen hatten, die Orte, die mir, auch wenn sie nichts von unserer Geschichte bewahrt hatten (so weit ging mein Animismus nun doch nicht), vielleicht helfen würden, ihr dieses Fünkchen von Leben wieder einzuflößen, den der Glauben (an die Kunst, an das ewige Leben) allem Toten verleiht. Kurz: Nicht um wiederzufinden, was sich aufgelöst hatte, war ich in Paris, sondern um wiederzufinden, was ich aufgelöst hatte.

Eingeschlossen in mein Zimmer im Hôtel des Solitaires, unter den Propellern der Ventilatoren sitzend, fällt es mir heute Abend, fällt es mir jeden Abend extrem schwer, die Worte und die Sätze zu finden, die sich dem nähern, worauf ich hinaus möchte – auf das Gemälde eines Gemäldes vielleicht, das aber von der intensiven Klarheit dessen wäre, was man (auch ich) das Leben nennt. Ich weiß, dass ich es nicht schaffen werde: Es zu wollen, zu wissen, dass es nicht geht, aber dass es doch sein muss, jeder, der schreibt oder malt, weiß um dieses Kreuz. Alles Genie der Welt kommt nicht an die im Ausschnitt einer Bluse flüchtig wahrgenommene Brust heran. Und auch nicht an die Heftigkeit des Verlangens oder des Schmerzes. Nicht einmal an die des Vergessens. Es kommt vor, es gibt Momente, in denen ich glaube, mich verständlich zu machen: immer noch weit entfernt von jenem sublimen Punkt, wo meine Worte die Dinge und die

Lebewesen nachschöpften, aber vielleicht doch nah genug, dass sie verstanden und wieder verwendet werden könnten. Und trotzdem habe ich den Eindruck, hinter einem Spiegel zu sprechen, Worte aufflattern zu lassen, von denen ich hoffe, dass sie Adler sind, und die nicht höher fliegen als die Hühner. Und dieses Gefühl rührt auch daher, dass ich mich, aus Sorge um Zurückhaltung, um Anstand, um ich weiß nicht was, angestrengt bemühe, dass meine Sätze eine Pose einnehmen, obwohl ich das nicht will, obwohl es anders sein sollte. Wenn ich über dem Papier, das unter den Ventilatoren raschelt, Zigarette um Zigarette anstecke – ähnlich wie Gordon, wenn er jede Nacht angesichts des Schauspiels seines nahenden Todes (Lagerfeuer, Kriegstrommeln, Schreie, ein schwaches seidiges Licht auf den in der Dunkelheit knitternden Wimpeln) Tagebuch schrieb –, kommt mir manchmal der Verdacht, dass ich unwillentlich in einen Predigerton verfalle. Das aber, damit das klar ist, was ich wiederbeleben wollte, das, wovon die Ikone am Boulevard Saint-Germain mir eine erste, noch verborgene Spur versprach, war nicht nur das Karnat ihrer Augenlider, die geschwungene Linie des Mundes (dies natürlich auch, denn die Unbedingtheit eines Körpers liegt in jedem kleinen Aufblitzen seiner selbst), das war auch das Stöhnen, der Schweiß, die Tonleiter der Schreie, waren die Kratzer, die Angst, ihr zusammengekniffener Hintern, die Wölbung ihrer Brüste unter meinen Fingern und das zarte Geflecht der Äderchen, das sich rund um die Brustwarzen legt wie die blauenden Kanäle eines großen Flusses (das waren meine Nilquellen, zarte Dschungel, die ich wie ein Verrückter durchquerte, in denen ich den Verstand verlor), das war die Furcht, die Körper könnten draufgehen, das war die Lust, sie draufgehen zu sehen, auf dass es vorbei sei, das waren ihr Haar, in das ich mich verkrallt hatte, ihr Hals zwischen meinen Zähnen, die Zuckungen beim Abspritzen und hinterher die glänzenden Spuren auf der Haut, als hätten Schnecken dort ihre Bahnen gezogen, als seien wir prächtiger, toter Schneckenfraß, das war die zu heftig pochende Hitze des Lebens unter den geschlossenen Lidern, in unseren keuchenden Rachen, das war der Überschuss an Blut, die Lust, sie zu verschlingen, um sie für immer zu besitzen, das war alles, was auf so wunderbare Weise das wilde Tier in uns aufscheucht. Machen wir uns nichts vor, wir sind keine Engel und vielleicht nicht einmal wirklich Menschen.

Ich, der ich so zögerlich geworden war, fällte meine Entscheidung im Nu: Ich musste das Mädchen ausfindig machen, das für dieses Plakat posiert hatte, und es davon überzeugen, für mich das Schauspiel des Lebens aufzuführen. Ich hatte mich schon oft gefragt, warum die Schriftsteller nicht wie die Maler auf die Dienste von Modellen zurückgreifen. Früher waren diese Frage und diese Idee wohl von der uneingestandenen Absicht diktiert, einen künstlerischen Vorwand zu finden, um sich Callgirls ins Haus zu bestellen. Ich hingegen wollte mich nicht heimlich mit einer Hochglanzschönheit vergnügen, wollte sie nicht einmal malen, sondern ich suchte hinter ihr etwas von einer anderen. Ich würde sie bitten, vor mir all die kleinen Gesten auszuführen, die in der lebendigen Erinnerung an einen Menschen bleiben: sich eine Zigarette anzünden, die Zähne putzen, den Telefonhörer abnehmen, sich auf ein Bett fallen lassen. Dank ihrer Hilfe würde ich mir all die winzig kleinen Schönheiten vergegenwärtigen. Dieser Plan schien mir, kaum hatte ich ihn ins Auge gefasst, außerordentlich vernünftig und schlüssig (eigentlich war er dies nicht mehr – und auch nicht weniger – als zum Beispiel der Plan, ein Buch zu schreiben). Ich hatte keinerlei Vorstellung von seiner Ausführung, aber das kümmerte mich wenig: Mich beflügelte die Kraft des Besessenen. Und außerdem war es tatsächlich nicht sehr schwer.

In der linken unteren Ecke des Plakats entdeckte ich den Namen Enola Gay. Komisch, sagte ich mir, der Name einer Atombombe. Ich erinnerte mich, dass Jok, der Sohn eines Freundes aus alten Zeiten, Fotograf war und in der Werbung arbeitete. Ich rief ihn an, und er war so freundlich, mir nicht nur zu verraten, dass hinter diesem explosiven Namen eine Model-Agentur steckte, sondern er war auch bereit, mich dort einzuführen, falls ich dies wünschte. Wir verabredeten uns zum Mittagessen, ich erklärte ihm meine Geschichte, wobei ich, zu seinem Glück, eine ganze Reihe an Details ausließ, allerdings ohne zu lügen. Er muss geglaubt haben, es mit einem armen Irren zu tun zu haben, vielleicht auch mit einem Schwindler oder Mythomanen, aber er war so höflich, sich nichts anmerken zu lassen und sich gar an meinen wilden Geschichten interessiert zu zeigen. Heutzutage, da der Schriftsteller ein deplatziertes Wesen ist, gehört, freilich in gewissen Grenzen, das Recht auf Absonderlichkeit zu den letzten seiner aus einer glorreichen Vergangenheit überkommenen Privilegien. Er half mir beim Ausfeilen einer Seifenoper (die meine, so wahrhaft sie auch war, schien ihm unannehmbar): Das Prinzip, das letztlich völlig uninteressant war, bliebe das Gleiche; nur wäre ich jetzt gerade dabei, ein Szenario über das Thema zu schreiben (ein Buch, das hätte nun doch zu altbacken gewirkt), eine Auftragsarbeit für einen Produzenten, darauf beharrte er, und ich kümmerte mich jetzt schon ums Casting; der Rest wäre eine Frage der Kohle, das wäre mein Problem. Ich hielt dagegen, dass es mir schon ein wenig unangenehm wäre, einem unschuldigen Ding Hoffnung auf eine Kinokarriere zu machen. Er sah mich mitleidig nett an und gab zurück, dass Illusionen diese Welt regierten.

Zwei Tage später begab ich mich in seiner Begleitung zum Sitz der Enola Gay Prod. in eine luxuriöse Wohnung an der Avenue Montaigne, die so einheitlich weiß tapeziert, bemalt, bespannt war, dass man beim Eintreten mit den Augen blinzeln musste, als sei man plötzlich auf eine Skipiste befördert worden. Ich begann, meine Geschichte vor einem Typen herunterzuspulen, der mir gegenüber den Vorteil hatte, eine schwarze Sonnenbrille zu tragen; außerdem steckte ein glitzernder Ring an seinem rechten Nasenflügel. Das machte es einigermaßen schwierig, ihm in die Augen zu schauen. Aus Verlegenheit steckte ich eine Zigarette an. Mit einer lebhaften Bewegung fuhr er dazwischen: »Hier wird nicht geraucht.« Ich war versucht, aufzustehen und ihn zum Teufel zu jagen, ihn und seinen ganzen Kunstschnee. Aber ich hielt mich zurück, ich hatte Wichtigeres zu tun. Er war so lieb, mir zuzuhören, wobei er von Zeit zu Zeit heimlich einen Blick auf die formlosen Bilder des Bildschirms richtete, wo Kung-Fu-Cracks sich fürchterlich vermöbelten. Der Kerl schien ein langes Studium der Rüpelhaftigkeit in einer hoch spezialisierten und sehr teuren Einrichtung absolviert zu haben, wahrscheinlich irgendwo in den Vereinigten Staaten. Ich war sicher, dass er sein Diplom mit größter Leichtigkeit erworben hatte. Sich nur nicht aufregen. Ich hatte es bald hinter mir. Schwarze Sonnenbrille rief eine Sekretärin, die aussah wie irgendeine Prinzessin von Monaco. Kurz darauf kam sie mit einem dicken Aktenordner zurück. Schwarze Sonnenbrille blätterte ihn durch. Aufgeschlagen hielt er ihn mir entgegen. »Das ist sie«, sagte er.

Ihr seltsamer Vorname gefiel mir auf Anhieb: Dune. Als befände man sich in einem Roman von Le Clézio. Sie war dreiundzwanzig Jahre alt, ein wenig jünger als Alfa bei ihrem Auftritt im Jardin du Luxembourg (seit ihrem Weggang hatte sie für mich kein Alter mehr, und schon gar nicht jenes, welches ich durch die abstrakte Addition der Jahre, die ich weit entfernt von ihr verbracht hatte, hätte errechnen können). Ein unentschiedenes Literaturstudium, schnell abgebrochen. Sehr gut, ich würde ihr was von Flaubert erzählen … Ihr Press-Book war schmal, die orientalischen Wochen waren ihre erste große Kampagne. Ansonsten ein paar Badeanzüge im Versandhauskatalog der Trois Suisses und solche Sachen. Sie war schön und hatte tatsächlich etwas leicht Extravagantes, etwas von einer Zigeunerin. Ich schwor mir, mich nicht in sie zu verlieben: Das wäre zu einfach, zu voraussehbar gewesen. Auf den meisten Fotos war die Ähnlichkeit mit Alfa viel weniger verblüffend als auf dem Plakat, aber das würde mich nicht mehr aufhalten, jetzt, da ich den scheinbar schwierigsten Teil hinter mir hatte. Außerdem suchte ich nicht nach einer Doppelgängerin, sondern ich brauchte ein Medium. Wir vereinbarten ein Treffen in Joks Studio. »Ihr Booking ist für nächsten Mittwoch, fünfzehn Uhr«, sagte Schwarze Sonnenbrille und streckte mir, ohne hinter seinem Schreibtisch aufzustehen, schlaff die

Hand entgegen. Ich tat so, als hätte ich sie nicht gesehen. Im Treppenhaus steckte ich mir vor der Tür von Enola Gay eine Zigarette an und brach in krampfhaftes Gelächter aus. Wenn ich darüber nachdachte, dass ich einen Monat zuvor noch in Khartum gesessen hatte, Ramadans Suppe schlürfte, im Blue Nile in Gesellschaft eines Vogels Zitronensaft trank, dass ich bald, und für immer, wieder dort sein würde, und dass ich jetzt, als Regisseur verkleidet, gerade ein Mannequin engagiert hatte, das bei einem Werbefritzen debütierte … *Who shall limit the strangeness of the possibilities that lie in wait for sons of men?*

3

ZWISCHEN DEM TAG, da ich Dune in Joks Studio traf, und dem, da das endete, was nur in meinen Augen ein Abenteuer war, vergingen nicht einmal zwei Monate. Ich habe keine erwähnenswerten Erinnerungen an unsere erste Begegnung. Sie berührte mich nicht, denn für mich war sie nicht mehr als ein Instrument, ein Schlüssel oder eine Karte, die zu einem verlorenen Schatz führte. Ich fand sie schön, mehr nicht. Aber was soll das schon heißen, »mehr nicht«? Seither habe ich oft gedacht, dass ich sie ohne jede Einschränkung hätte schön finden sollen, was sie auch ohne Zweifel war: Denn so hätte ich mich, was auch immer geschehen wäre, der Vergangenheit entledigen können, dieses gewaltigen und dröhnenden Hohlraums. Aber mich trieben andere Gedanken um. Wahrscheinlich wollte ich diese Leere gar nicht füllen, die sich so tief in mich hineingefressen hatte, dass ich schließlich selbst diese Leere war, dass sie den kleinen Platz, der mir in dieser Welt zugedacht war, ganz und gar besetzte. Hatte sie Charme? Das wüsste ich jetzt nicht mehr zu sagen, obwohl ich mich, was für ein bitterer Widerspruch, besser (und genauer) an sie erinnern kann als an Alfa, deren Bild sie mir zurückgeben sollte. In Wahrheit (aber dieses Wort »Wahrheit« will nichts heißen …) hatte sie, glaube ich, nicht sehr viel Charme. Aber noch einmal: Was soll das bedeuten? Jeder weiß oder sollte wissen, dass jeder oder fast jeder Gegenstand bezaubern kann, und dass zum Beispiel gewisse

Albernheiten genauso köstlich sein können wie geistreiche Bemerkungen, oder etwas zu muskulöse Beine genauso hinreißend wie andere, die auf konventionellere Weise lang und schlank sind. Das »Fehlen von Charme« kann auch seinen Charme haben. Dune war, glaube ich, nicht sehr helle, aber unter anderen Umständen hätte ich gerade das sehr aufregend gefunden. Sie war von Sommersprossen übersät, ein Kuriosum, das mich in Zustände hätte versetzen können, hätte ich darin nicht einen Zug entdeckt, der sie von dem Original, nach dem ich suchte, entfernte. Natürlich war sie sehr unwissend, und sie wusste auch nicht, dass sie es war, aber gerade das hatte ich, so scheint mir, an Alfa geliebt: In meiner Blasiertheit (die auch meine Großherzigkeit war, man kann die Dinge immer von zwei entgegengesetzten Standpunkten aus betrachten, vom Standpunkt, wenn man so will, des Guten und des Bösen) gefiel ich mir darin, sie in die Museen zu schleppen, wo ich ihr beibrachte, dass es Dinge gegeben hat, die vielleicht genauso wichtig waren wie Comics oder Rap und die Neues Reich, Athen oder Quattrocento hießen. Bei ihr fand ich Gefallen (wahrscheinlich Selbstgefallen) an der Rolle des Meisters. Ich hielt das für platonisch, vielleicht aber war es nur ein Weg, meinen verunsicherten Stolz zu befriedigen, ich weiß es nicht; und das ist nicht nur so dahingesagt, ich weiß es wirklich nicht. Ich kann nur Hypothesen aufstellen über die Kräfte, die uns auseinandergebracht haben; dieses Ereignis bleibt für mich so unannehmbar, dass ich nichts dazu sagen kann, dass jede Erklärung gleichermaßen absurd und plausibel ist, wie noch jene, dass ich ein Ungeheuer, ein Mörder, ein krötenköpfiger Skorpion gewesen sei. Warum eigentlich nicht? Ich stelle mir vor, dass sie jetzt in einer Welt lebt, die sie für vernünftig hält (vielleicht sogar, wie ich hoffe, für allzu platt vernünftig): Was mich betrifft, so hat mich ihr Verschwinden in ein Leben gestürzt, zu dem ich schon vorher einen gewissen Hang verspürte, wo die Unvernunft die Regel ist und wo ich ganz allein Skylla und Charybdis spielen kann. Und da tue ich mir keinen Zwang an.

Ich erinnere mich, jetzt, auf meinem Zimmer im Hôtel des Solitaires, dass wir uns bei einem der letzten Male, vielleicht gar beim letzten Mal, in einem Hotel geliebt haben. Das war in einer kleinen Stadt, deren Name mir entfallen ist und die sich einen kreidigen Hügel entlang hochzieht, mit einer Kathedrale obendrauf und der öden und fruchtbaren, blutgetränkten Erde der Champagne drum herum. Wir verbrachten dort ein »week-end«, ein Wort, dessen Vorstellung allein meinen Sarkasmus provoziert, denn für mich hat es etwas lachhaft Bürgerliches, während Alfa vielleicht von dieser Form eines friedlichen, gewöhnlichen Lebens träumte, das sich im Rhythmus der Sonntagsausflüge abspielte (ich weiß nicht, ob sie derart konformistische Wünsche hegte, ich stelle es mir nur vor; aber selbst wenn es so gewesen sein sollte, hätte sie sich damit nicht idiotischer verhalten als ich: Sie beruhigte eben nur ihre Ängste auf andere Weise, indem sie anderen, banaleren und komfortableren Vorbildern nachzueifern trachtete. Das zumindest versuche ich mir jetzt einzureden, wo es nicht mehr viel hilft, Verständnis zu haben). Die Wände im Hotel schienen aus Pappe zu sein, von unserem Zimmer aus konnte man das Geschepper der Kochtöpfe in der Küche hören, wo man das Abendessen zubereitete, und die Schritte der Handelsreisenden im Treppenhaus; wir vögelten wie die Wilden, aber leise, unterdrückten unsere Schreie, als seien wir von tödlichen, auf der Lauer liegenden Feinden umzingelt. Und tatsächlich schaute der Tod uns dabei zu, diese Hunderttausende von Skeletten, die die Erde geschluckt hatte, die um unser Bett herum den Totentanz aufführten, diese Erschlagenen, die in Lehm und Kreide steckten mit den Augenhöhlen voller Würmer und Aussaat, diese ganze persische Armee, angeführt von Péguy und dem Grand Meaulnes, auch für uns beide war es ein *never more*, aber an jenem Abend wusste ich das noch nicht. Ich befürchtete es nur, aber ich klammerte mich an die Vorstellung, dass aus unseren noch quicklebendigen Körpern das Rettende erwachse. Dass diese anonymen Gräber, dass diese starren Mumien unter dem Weizen, unter den Reben uns nichts zu sagen hatten. An diesem Abend waren wir wohl vollkommen glücklich in unserer Angst vor den Beinhäusern. Am nächsten Morgen sind wir dann, vom Lärm im Hotel geweckt, früh aufgebrochen. Wir sind auf gut Glück losgefahren und plötzlich, am Ende einer kleinen Landstraße, auf einen riesigen Friedhof gestoßen, auf Tausende von weißen Kreuzen, die unter der Morgensonne im dunklen Gras glitzerten. Wir waren auf dem Chemin des Dames. Ich erklärte Alfa, dass sich hier etwas Entsetzliches abgespielt habe, das man hinterher den Ersten Weltkrieg genannt habe. So viel Bestialität, sie war ganz außer sich.

Als ich Dune einige Jahre später unter dem silbrigen Licht der Studioscheinwerfer begegnete, war sie schön, glatt, ungebildet und (sollte sie sich dessen bewusst gewesen sein) auch noch stolz darauf. Ich hätte sie genauso gut lieben können und müssen, aber ich liebte sie nicht: Vielleicht war dies die Folge einer sonderbaren Form von Treue. Wir haben fast sechs Wochen lang zusammengelebt, nicht weniger lang jedenfalls als viele andere Paare. Ich habe ihr ziemlich schnell klargemacht, dass es nicht um die Vorarbeiten zu einem Film ging, sondern um den Versuch, meine Erinnerungen zu rekonstruieren. Ich hatte befürchtet, dass sie das schlecht aufnehmen würde, aber sie zuckte nur mit ihren etwas eckigen Schultern, und ihre hübschen Lippen wölbten sich zu einem Schmollmund. »Wenn Sie's bezahlen«, sagte sie, wobei sie eine Strähne ihres kupferigen Haars um den Zeigefinger wickelte. Und plötzlich meldete sich etwas von sehr weit her bei mir zurück, etwas von den Schwierigkeiten, die sie, die sie so lebendig war, damit hätte, an meinem Leben teilzuhaben.

»Entschuldigen Sie, könnten Sie das noch einmal tun?«, bat ich sie.

»Was?«

»Das, diesen Schmollmund, diese Abwesenheit, mit der Sie Ihre Haare um den Finger wickeln.«

»Wenn Sie wollen, warum nicht?«

Da ich davon abgesehen hatte, meine Unternehmungen hinter einem Filmmärchen zu verbergen, beeilte ich mich auch, die Videokamera loszuwerden: Wahrscheinlich hatte ich mich nicht so sehr aus Gründen der Aufrichtigkeit dazu durchgerungen, Dune die Wahrheit zu sagen, als vielmehr deswegen, weil ich keine Lust mehr hatte, diese Prothese mit mir herumzuschleppen. Es war zu spät für mich, noch einmal, wie man so sagt, von vorn zu beginnen; mir blieben nur die Wörter, genauer gesagt: geschriebene Wörter, mit denen ich ein denkwürdiges Relief ins enorme Gestein der Welt meißeln konnte. Ich stammte aus der Zeit der Bücher und Duelle. Ich zog mein Notizheft aus der Tasche und versuchte, die richtigen Wörter zu finden: für diesen Schmollmund, für das um den Finger gewickelte Haar, für die Mischung aus Trotz und Schüchternheit, die aus diesen Gesten sprach. So viel Zartes, Schönes, Zweideutiges und dahinter andere Gesten, andere Haltungen, andere vergessene Empfindungen.

Nach und nach wurde mir klar, dass die »Offenheit«, die ich Dune gegenüber an den Tag gelegt hatte, als ich ihr gestand, was ich wirklich von ihr erwartete, sie überrumpelt und irgendwie feindselig gestimmt hatte. Mit einem Füllfederhalter brachte ich sie entschieden mehr aus der Fassung als mit einer Kamera. In einem durchaus radikaleren Sinn, als es Bilder, so indezent sie auch hätten sein mögen, geleistet hätten, fühlte sie sich von den Linien aus schwarzer Tinte, die meine Feder in einem Notizheft hinterließ, gefangen, betrogen und verraten. In dem Maße, in dem sie spürte und es deutlich machte, dass die Wörter ihr einen unbekannten, unkontrollierbaren Teil ihrer selbst entreißen könnten, bestätigte sie mich in dem Gedanken, dass, wenn es für mich eine Chance gäbe, etwas von Alfa zurückzugewinnen, dies nur vermittels der bohrenden Kraft ebendieser Wörter möglich wäre.

»Warum plagen Sie sich damit ab, nach Sätzen zu suchen, anstatt mich zu filmen?«, fragte sie mich schließlich verwirrt und noch stärker ihre Haare zwirbelnd (wir saßen hinter den Glasscheiben eines Cafés am Odéon).

»Damit ich dich besser fressen kann, mein Kind«, antwortete ich, fast ohne zu überlegen.

Und da ich sah, dass die Geschichte von Rotkäppchen und dem bösen Wolf ihr nichts sagte, lieferte ich gleich die Übersetzung: »Weil ich Sie mit Wörtern besser vergewaltigen kann, Dune.« Sie schien über diese Antwort fast ein bisschen erleichtert. Wenn es in unserer Beziehung so etwas wie Sadismus gab, so war das von mir nicht beabsichtigt. Nur konstatierte ich sehr schnell diese Art von Terror, den die Mysterien der Schrift auf sie ausübten, und es erschien mir angebracht, das auszunutzen, wenn ich ihr entwenden wollte, was weit von ihr entfernt war und wovon sie keine Ahnung hatte, denn es ging ja um eine andere.

Ehrlich gesagt fällt es mir heute schwer, begreiflich zu machen, warum ich damals glaubte, mit Wörtern, und nur mit Wörtern, gegen den Lauf der Zeit angehen zu können. Es ist dies wahrscheinlich nicht das Erste, und auch nicht das Letzte, was an dieser Erzählung befremdend erscheint. Aber so ist es nun einmal: Ich setzte ein fanatisches Vertrauen in die Macht der Wörter, genauer: der geschriebenen Wörter. Zwischen ihren Ameisenbeinen schleiften sie das Wissen mit sich herum, gaben es weiter. Das war nichts Neues. Außerdem glaubte ich, und das war schwieriger zu erklären, eine Sache nur dann wirklich zu sehen, etwa eine Landschaft, ein Bauwerk, ein Bild, wenn ich die Wörter fand, mit denen ich sie mehr oder weniger gut beschreiben konnte. Solange sie mir fehlten, konnte ich nur staunen. Durch sie erst wusste ich, sah ich. Und ich liebte in ihnen und wurde in ihnen geliebt. Als Alfa im Jardin du Luxembourg über mich hereingebrochen war, hatte ich zunächst versucht, sie mit meinen ungeordneten Wörtern an mich zu binden. Danach gelang es mir mittels einer Verschwörung der Wörter, des listigen, lustigen und gelehrten Gebrauchs, den ich von ihnen machte, sie lange Zeit zu umwickeln, zu umgarnen. Ja, ich hatte einen Käfig aus Wörtern um sie herumgebaut. Ich glaubte, nicht anders als mit Wörtern gefallen zu können, triumphierend oder mit wehenden Fahnen untergehend. Womöglich war ich am Ende nur deswegen so sehr in sie vernarrt, weil sie mir als das eigentliche Vehikel der Verführung erschienen. Nicht meine Augen, meine Hände, mein Glied. Oder doch meine Augen, wenn sich in ihnen ein Geschützhagel an Wörtern abzeichnete, meine Finger, wenn man wusste, dass sie dazu in der Lage waren, ein Gedicht zu schreiben, selbst mein Glied, wenn es sich wie ein mit Wörtern bemeißelter, ein mit Wörtern vollgestopfter Obelisk aufrichtete. Das mag alles ungeheuerlich sein (und so wird Alfa es auch gesehen haben), aber so ist es nun einmal.

Wir trafen uns ungefähr jeden zweiten Tag. Wir frühstückten zusammen in einem kleinen Café am Carrefour de l'Odéon, in das ich auch mit Alfa immer gegangen war. Mit dem Füller in der Hand, dem aufgeschlagenen Heft vor mir, schaute ich ihr zu, wenn sie ihr Croissant aß. Alfas unbändiger Heißhunger. Tunkte sie eigentlich nicht ihr Croissant in den Kaffee? Ich bat Dune, es zu tun. Sie fände das widerlich, antwortete sie mir. Ich blieb hartnäckig: »Das macht nichts.« Sie gehorchte widerwillig, und unser Tag hatte schlecht begonnen. Ein grimmiger Ausdruck lag in Dunes Gesicht.

»Schauen Sie etwas heiterer drein«, befahl ich ihr. »Oder nicht wirklich heiter, sondern ausgehungert, gierig, bulimisch.«

»Was heißt das?«

»Dasselbe. Die drei Wörter sind synonym.«

»Machen Sie das extra, oder was?«

»Was extra?«

»Dass Sie komplizierte Wörter benutzen. Wollen Sie mir imponieren?«

»Nein«, antwortete ich, »ich bin so. Sie finden das also kompliziert. Aber wie soll man sonst reden? Ich kann nichts dafür, ich rede wie ich schreibe, und ich bin eine Art Schriftsteller, nicht gerade einer von der minimalistischen Sorte.«

»Was für 'ne Sorte?«

»Die Sorte derer, die keinen Spaß an Wörtern hat. Die ihnen misstraut. Die Sorte, die nur sparsam damit umgeht, verstehen Sie das?«

»Mja. Sie sind auf jeden Fall ein komischer Typ.«

»Gefällt Ihnen das oder haben Sie was dagegen?«

Dune dachte nach. Gefallen konnte es ihr nicht, aber sie wusste nicht, wie sie es sagen sollte. Schließlich war ich so etwas wie ihr Arbeitgeber. Verunsichert kaute sie an ihren Nägeln. Dieser Tick erinnerte mich auch wieder an etwas tief Verborgenes. Alfa, wenn ich ihr auf die Nerven ging? …

»Ich denke, dass es mir nicht besonders gefällt. Oder eher, dass es mich ein bisschen beunruhigt.«

»Warten Sie, fangen Sie noch einmal von vorne an.«

»Womit?«

»Mit dem Nägelkauen.«

Sie kaute an ihren Nägeln, aber, wenn ich so sagen darf, auf eine stereotype Weise.

»Setzen Sie eine nachdenkliche Miene auf, wie eben. So, als ob Sie sich eine Schweinerei ausdächten.«

»Dazu wird es wohl auch kommen«, antwortete sie, »denn Sie gehen mir auf die Nerven.«

Ich lachte. Mir gefiel es, wenn sie etwas Witz zeigte, das kam nicht so oft vor.

»Eine Art Schriftsteller, sagten Sie. Was soll das heißen?«

»Ich weiß es nicht. Niemand kann sagen, dass er Schriftsteller ist: Das ist ein absolut lächerliches und absolut großartiges Geschäft, aber kein Beruf. An dem Tag, an dem Schreiben zum Beruf wird, wandelt sich die Literatur zu einer Kirche. Glauben Sie nicht? Nein? Für mich sind das ganz einfache Dinge; aber es gibt bestimmt auch ganz einfache Dinge für Sie, die ich nicht nachvollziehen kann. Könnte ich alles nachvollziehen, würde ich nicht schreiben. Ich bin kotzlangweilig, wie?«

»Ein bisschen schon, weil ich nicht richtig folgen kann; aber ich find's auch lustig. Ich bin so was nicht gewöhnt.«

»Dass Sie nicht folgen können?«

»Ja.«

»Und das gefällt Ihnen?«

»Das ist mal was anderes. Sie wirken auf mich … Sie wirken auf mich wie ein alter Vogel« (sie prustet los, dann, weil sie vielleicht fürchtet, zu weit gegangen zu sein, sieht sie mich an, mit leichtem Silberblick, beölt sich jetzt aber doch. Sie hat etwas von der Last, die ich für sie war, abgeschüttelt. Ich hingegen denke an Harald). »Aber was ist nun mit diesem Mädchen«, sagt sie dann, »wie war sie?«

»Wenn ich das wüsste, Dune, säßen wir beide nicht hier.«

»Aber ich weiß nichts über sie, war sie groß, klein, blond, braun?«

»Das zählt doch nicht, Dune, das steht auch im Personalausweis. Was einer wirklich ist, weswegen man jemanden liebt, das ist ein Gewirr kleinster, fast unsichtbarer Dinge. Ich glaube, sie ähnelte Ihnen ein wenig, aber allzu sehr auch wieder nicht. Das ist ja gerade das Komplizierte. Wie ich Ihnen schon gesagt habe: Ich möchte, dass Sie mir dabei helfen, Sie wiederzufinden.«

»Und was haben Sie davon?«

»Nichts. Sie haben recht.«

Ich hatte Alfa, wie sie sich die Nägel kaute, übrigens tatsächlich nicht wiedergefunden. Ich war nicht einmal mehr sicher, ob sie an den Nägeln gekaut hatte. Ich ließ einen Augenblick lang meinen Füller sinken, ließ meine unnützen Wörter Wörter sein. Jetzt war es an mir, schlechter Laune zu sein.

Ich erstellte für jeden Tag, an dem ich Dunes Dienste in Anspruch nahm, wie besessen ein Programm. Ich wühlte im Fundus meines Gedächtnisses, kramte zerlumpte Erinnerungen hervor, Fetzen von dem, was vor langer Zeit einmal mein Leben ausstattete. Eine verträumte Haltung mit den Händen auf dem Rücken, die Beine verschränkt, das eine leicht gebeugt hinter dem anderen, mit ausgestrecktem Fuß: Nun mach schon, das musste wiederbelebt werden. Nicht so sehr die Pose indes, dafür hätte ich Dune nicht wirklich gebraucht, sondern eher das wunderbar Kindliche, das für mich darin lag. Wie sie sich, glaube ich, ihre Zigaretten ansteckte, indem sie die Wangen höhlte und dann mit gerundetem Mund den Rauch weit ausstieß, als sei es jedes Mal der erste Zug ihres Lebens … Ihre Art loszurennen, wie war das noch, als sei sie außer sich, ihre schlenkernden Arme links und rechts, wenn sie mich von Weitem schon gesehen hatte, wie sie ihr Haar schüttelte, dann hinters Ohr strich, wobei sie mit dem Finger mehrmals nachprüfte, ob die Strähne auch schön glatt an Ort und Stelle festhielt. War es das? Ich bat Dune, sich mit den Händen auf dem Rücken hinzustellen, die Füße zu kreuzen, wie ein Schulmädchen zu rauchen, wie bescheuert loszurennen. Ich machte mir fieberhaft Notizen. Aber die Wörter, die mir kamen, waren abgenutzt, stumpf. Von Alfa lebte nichts in ihnen auf. Ich ärgerte mich über Dune und hätte mich über mich selbst ärgern müssen. Wenn ich sie zehn Mal um die gleichen Gesten bat, verhielt ich mich nicht despotischer als irgendwelche Fotografen oder Regisseure, bei denen sie alles oder fast alles akzeptiert hätte (Ohrfeigen, diverse Demütigungen, ins Bett gehen), weil sie die Spitze eines Systems, des Systems der Bilder, repräsentierten, dessen Gesetze sie angeblich kannte oder zumindest doch kennenlernte. Deren Tyrannei wäre also in ihren Augen legitim gewesen, während die meine, so viel höflicher sie auch sein mochte, wegen des rätselhaften Zweckes, dem sie diente, ständig infrage gestellt wurde: Diese Zeilen voller zögerlich aneinandergereihter Buchstaben, diese durch Streichungen verunstalteten Graffiti, mit denen ich die Seiten in meinen Notizheften schwärzte, was sollte das?

Es gab noch einen anderen Grund, warum Dune meine Strenge nur schwer ertrug: Alles, wozu ich sie zu zwingen suchte, geschah nicht in der Absicht, ihr Bild aufzuwerten (nicht einmal in kommerzieller Hinsicht), sondern galt der Suche nach den verwischten Spuren eines anderen Bildes, von dem sie nicht die leiseste Ahnung hatte. Und ich muss der Ehrlichkeit halber noch etwas hinzufügen – und wie sollte ich, so weit, wie ich jetzt nun einmal bin, nicht ehrlich sein wollen? Ich meine inzwischen verstanden zu haben, dass die einzige Chance, über Dune zu Alfa zurückzufinden, wahrscheinlich darin bestanden hätte, mich in Dune zu verlieben. Dazu kann man sich natürlich nicht zwingen, aber ich glaube, dass ich mich dagegen gewehrt habe. Und ich glaube auch, dass sie deswegen so hölzern und mithin so unfähig war, mich an Alfas unbedingte, erzgewöhnliche, großartige Lebhaftigkeit zu erinnern, weil sie im Grunde ihres Herzens, und auf ihre Weise, irgendwie verstanden hatte, wie idiotisch und paradox mein Vorgehen war. Ich wollte die Wörter finden, die mir einen verschwundenen Körper zurückgegeben hätten; aber diese konnten nur (ich stehe zu diesem Bild, so gewagt es auch sein mag) aus dem Geschlecht eines anderen Körpers hervorgehen. Ich glaube nicht, dass Dune zu irgendeinem Zeitpunkt in mich verliebt war oder mich auch nur begehrt hätte. Aber ich vermute, sie hatte besser als ich verstanden, wo es entlanggehen musste, wenn ich wirklich die überwucherten Pfade der Erinnerung zu durchforsten suchte. Der Weg hätte über sie geführt, oder zumindest über ihren Körper, den sie mir, dafür war sie aus einer Mischung von Mitleid und, sagen wir, Berufsethos heraus wie prädisponiert, angeboten hätte. So wäre sie denn, wahrscheinlich ohne mich zu lieben (aber doch hinreichend fasziniert von diesem ein wenig jämmerlichen Orpheus, den ich abgab), bereit und sogar geneigt gewesen, dieses Opfer zu bringen, das in ihren Augen nicht einmal eines war. Und ich unterdessen? Ich, der ich sie begehrte und vielleicht sogar angefangen hatte, sie heimlich zu lieben, ich hätte mir eingeredet, dass man sich dieser Anziehungskraft verschließen musste, um besser einem Gespenst nachjagen zu können? Ich hatte vergessen, dass die Wörter – und der Geist – aus dem Fleisch geboren sind, dass sie aus jener Höhle geboren sind, aus der ich das Fleisch (und das Fleisch mich), den Ursprung der Wörter und der Welt, herausbrüllen ließ. Ich fand meine Eurydike also nicht wieder. Dune hatte recht: Was hätte ich davon gehabt? Ich frage mich, ob ich sie, wenn ich sie denn wiedergefunden hätte, genauso geliebt hätte wie zuvor. Das Beste, was wir haben, sind vielleicht unsere großen Verluste. Die Schiffbrüche, die uns ein wenig zum Nachdenken bringen, die dafür sorgen, dass wir schreiben, Musik machen … die *Titanic* in unseren Bäuchen … Ozeandampfer in abyssalen Tiefen, mit dem fantastisch wallenden Haar der Ertrunkenen, um die sich in der Dunkelheit die Kraken zanken … Perlenhälse, Glibberbärte … Roben, Fracks und Rettungswesten … bleiches Schweben, verzaubertes Beben … was weiß ich? Versuchen Sie mal, das alles wieder flottzumachen, diese Schönheit, diesen Horror … diese Schlagartigkeit, diese Tiefen … das Leben, im Abendkleid überrumpelt, ertränkt, und doch immer noch das Leben. *Apparent rari nantes* … Mein schönes Schiff, o mein Gedenken … diese unermessliche Vergänglichkeit … Schluss jetzt.

Jeden Tag erledigten wir also einen Teil meines pedantischen Programms. Alfa hatte die Angewohnheit, sich eine Haarsträhne in den Mund zu stecken und darauf herumzukauen, ich bat Dune, das Gleiche zu tun. Murrend gehorchte sie. Eine halbe Stunde lang, eine Stunde lang beobachtete ich sie, machte ich mir Notizen, hoffte ich, dass sich irgendetwas zwischen den Wörtern tun werde. Vergebens. Manchmal vermeinte ich zu spüren, wie aus den verborgenen Tiefen eine Gestalt emporstieg, und diese Ahnung machte mich extrem nervös; angespannt lauernd, hoffte ich sie zu greifen, aber immer entglitt sie mir, tauchte sie wieder ab in die Finsternis, wie jene Traumgestalten, die man im Moment des Erwachens angestrengt wiederzufinden sucht. Wir widmeten uns einer weiteren unergiebigen Übung. Ich erinnere mich daran, sie ans Meer geschleppt zu haben, und das mitten im November. Ich wollte sehen, wie sie auf hochhackigen Schuhen durch die Dünen und dann über ein Bett aus Kieselsteinen lief. So wie das Alfa auch immer getan hatte. Ich wollte sehen, wie sie mit im Rücken verschränkten Händen dastand, vollkommen reglos nach Muscheln suchte, von der Welt nichts anderes wahrnahm als das tausendfache Glitzern auf der blanken Oberfläche des Sandes: die reine, plötzlich eingefrorene Bewegung. Dune wurde kalt, dann verstauchte sie sich auf den Kieselsteinen den Knöchel. Anstatt, wie ich es erwartet hatte, laut zu schimpfen, fing sie an zu weinen. Darüber war ich dann doch gerührt, ich drückte sie an mich und streichelte ihr übers Haar.

»Glauben Sie nicht, dass Sie etwas übertreiben?«, fragte sie mich schon fast schüchtern.

»Nein«, antwortete ich, »das muss so sein, aber es ist bald vorbei.«

»Sie haben etwas … wiedergefunden?«

»Ja«, log ich, »aber es ist nicht leicht.«

Das Meer, das sich weit zurückgezogen hatte, leuchtete wie Bronze unter einem dramatischen Himmel, Reiter galoppierten über die rasch vorbeiziehenden Schattenfelder der Wolken. In diesem Augenblick wurde mir bewusst, dass ich mich in Dune verlieben konnte, wenn ich mich nicht in Acht nahm. Aber ich nahm mich nun einmal in Acht.

Trotz allem kam es oft vor, dass mich unvorhergesehene Zwischenfälle, eine zufällige Geste, ein Gesichtsausdruck, von dem strengen Arbeitsplan abbrachten, den ich uns auferlegt hatte. Bei solchen Gelegenheiten hatte ich denn auch den – flüchtigen – Eindruck, mich dem zu nähern, was ich suchte. Eines Tages (es war bei einem unserer Frühstücke am Carrefour de l'Odéon) bemerkte ich plötzlich, dass ein Mann sie anschaute. Sofort spürte ich, wie mir dieses Band aus Stolz und Hass, das man gemeinhin die Eifersucht nennt, die Brust einschnürte, ein Gefühl, wie ich es seit Alfas Weggang nicht mehr gekannt hatte (kurioserweise war es mir nicht in den Sinn gekommen, auf ihren Psychiater oder das mickrige und eher komische Bild, das ich mir von ihm machte, eifersüchtig zu sein). Wie oft aber hatte ich, wenn ich mit ihr durch die Straßen ging oder ein Restaurant betrat, dieses Gefühl verspürt … Wir sind eben doch immer nur Männchen … An jenem Morgen konnte ich mich wieder an eine Nacht erinnern, in der ich sie von einer Party abholte, die von ihren Freunden gegeben wurde. Als ich ankam, tanzte sie gerade, ohne dass sie mich zwischen all den Gästen schon hätte bemerkt haben können, mit einem Kerl. Sie konnten beide gut tanzen. Sie war außergewöhnlich schön. Viele Blicke folgten ihnen. Jemand sagte, dass sie gut zueinanderpassten. Reglos, unerkannt, an meiner Zigarette saugend, habe ich ihnen auch zugeschaut und wurde gleichzeitig von einem unmäßigen Stolz und einer unmäßigen Wut übermannt. Als der Tanz zu Ende war, hatte sie mich gesehen und war auf mich zugekommen. Ich war auf absurde Weise hässlich zu ihr.

So, wie sie dasaß, konnte Dune nicht sehen, dass man sie

anschaute. Dieses rasende Tier in mir, das seine Krallen zeigte, sagte mir einmal mehr, dass ich nahe daran war, sie zu lieben. Wollte ich mir das Gegenteil beweisen oder war es eher die passionierte Hingabe an mein befremdliches Experiment? Jedenfalls sagte ich ihr, dass man sie anschaute.

»Das kommt vor«, antwortete sie nachlässig.

»Aber können Sie ihn nicht auch anschauen?«

»Wollen Sie das wirklich?«

Sie zuckte mit den Schultern und drehte sich dann leicht in die Richtung, die ich ihr andeutete. Mir schien, als habe sie ihrem Bewunderer ein kleines Lächeln gesandt. Ich wurde immer zorniger.

»Sind Sie jetzt zufrieden?«

»Ja, aber das reicht noch nicht. Fangen Sie noch mal von vorn an.«

Sie stand abrupt auf, ging los, und zu meiner größten Verblüffung küsste sie den Kerl auf die Stirn. Dann kam sie zu mir zurück und setzte sich wieder hin. In aller Ruhe. Für den Bruchteil einer Sekunde war etwas von Alfas Heftigkeit aufgeblitzt. Und gleichzeitig erstickte ich vor Wut.

»Das, das war sie«, zischte es zwischen meinen Zähnen. »Danke. Aber ich kann Ihnen nicht verheimlichen, dass es für mich fast unerträglich war.«

»Ich glaube, Sie sind verrückt«, gab sie mir ruhig zurück und malte mit dem kleinen Finger in ihrem Kaffeeschaum herum.

»Was geht Sie das an, ich bezahle Sie schließlich«, antwortete ich mit einer Rohheit, für die ich mich umgehend schämte.

Der Spanner, der sich verarscht fühlen musste, zahlte hastig seine Rechnung und ging. Und ich fühlte mich auch nicht viel besser in meiner Haut.

Die Distanz, die ich gegenüber Dune wahren wollte, zu wahren glaubte (sehen wir von ein paar Episoden wie der gerade erzählten ab), bewirkte, dass ich keinerlei Hemmungen hatte, sie darum zu bitten, intimere Szenen für mich aufzuführen als die des Muschelsuchens am Strand, des Zigarettenanzündens oder des Herumkauens auf Haarsträhnen. Ich wollte sie auch in der Rolle einer aus dem Schlaf gerissenen Schönheit sehen. Mir schien, dass sich meine zartesten Toderinnerungen in diesen Gefilden aufhielten, dass sie etwa jene frühen Morgenstunden bewohnten, in denen Alfa aufstand, um zur Villa Bleue aufzubrechen, wo sie ihre Irren versorgte (Spritzen, Möhrenbrei, beschwichtigende Worte), die kaum schlimmer dran waren, als ich es jetzt bin – als ich es war, als ich Dune bat, in einem Hotelzimmer an der Place de l'Odéon zu schlafen, als ich dort neben ihr lag und mich um sieben Uhr wecken ließ, um, noch ganz umnächtigt, mit Heft und Füller in der Hand, dem Tagesanbruch auf ihrem Gesicht, ihrem zusammengekauerten Körper beizuwohnen: das Strecken und Ausschlagen der Beine, der wogende, mit den bleichen Bettlaken verwundene Körper, ein prächtiger, im Netz zappelnder Fisch, der Mund, der ins Kopfkissen beißt, es besabbert, all die kleinen Schreie des Tieres, das noch völlig unbekümmert um seine Menschwerdung durch die Traumwälder streift. Am nächsten Tag (nein, das ist falsch, falsch wie vielleicht alles, was ich schreibe? Es war letzten Dezember in Paris, und alles war noch dunkel; jetzt, in Khartum, schlägt jeden Morgen um sechs Uhr, begleitet vom Schrei der Hähne und Gebete, der Gong der Sonne hinter meinen Fensterläden), in der Dunkelheit, die schon von Motorenlärm durchdröhnt wurde (als seien alle Maschinen angeworfen, um den großen Vorhang zu heben), beobachtete ich hingebungsvoll, wie sich ihr Körper einer Wölfin oder einer Füchsin oder eines weiblichen Kraken langsam in den einer jungen Frau und, weiter, in das verwandelte, was sie zu sein träumte, ein Bild. Und mir war, als könnte ich an diesen mythischen Gestaden, wo die Füchsin oder die Schlange in die strahlende Langeweile eines Bildes hinüberglitten, wo sich ihre violetten Lider über Augen öffneten, in denen noch kein Blick lag, der gefallen oder missfallen wollte, mit einigem Glück das Spukbild jenes Wesens einfangen, das ich geliebt hatte. Aber die Erregung, die ich verspürte, wenn ich sah, wie Dune langsam zum Leben erwachte (diese unschuldigen, wortlosen Augenblicke waren so ungefähr die einzigen, in denen ich an ihr etwas Wahrhaftiges, etwas Ursprüngliches vermutete), versetzte mich nicht zurück in jene Morgenstunden, wenn Alfa das Laken über mich schlug und wie eine Wilde aus dem Bett sprang (vor dem fahlen Rechteck des Fensters zeichnete sich undeutlich ihr aufgezwirbeltes, zu Berge stehendes Haar ab, als sei sie eine von Henri Rousseau gemalte Hexe), um wenige Augenblicke später mit einer fluoreszierenden Zahnbürste im Mund zurückzukommen und mich mit Fußtritten zu traktieren, damit ich ihr einen Kaffee aufsetzte. All das war nunmehr vorbei, vorbei wie die Liebe oder der Chemin des Dames, all das waren jetzt nur noch Wörter, nichts als Wörter, aber keine blutigen, geilen, herumtollenden Wörter, Wörter, die einem eine Gänsehaut über den Rücken jagen oder zu Tränen rühren, nein, es waren brav aneinandergereihte Wörter wie in der *Enzyklopädie des 20. Jahrhunderts.* Als ob die Leidenschaft oder die Erinnerung lediglich Spalten in einem Wörterbuch seien.

Und es konnte auch gar nicht anders sein, denn zwischen mir und Dune gab es keinen Sex, das heißt keine Möglichkeit zur Wahrheit. Dagegen Alfa … Es konnte passieren, dass, wenn sie mit der Zahnbürste im Mund, die sie wie einen Dauerlutscher zwischen ihre Lippen klemmte, aus dem Bad zurückkam, ich mich auf sie stürzte und ihr die Kleider vom Leib riss, obwohl sie sich gerade erst angezogen hatte. Sie protestierte kreischend, dass sie zu spät in die Klinik käme, und ich, noch ganz steif, dumpf, verklebt, abstoßend, grob, brüllte, dass ich den Psychiater und die Irren und die Schwestern allesamt in den Arsch ficken würde, ich stank, war brunftig wie ein Hirsch, hatte den Kopf voll rasender nächtlicher Wörter. Ich war dabei, als Dune aufstand. Ich war dabei, als Dune unter die Dusche ging. Das Wasser rieselte über ihre Schultern, verteilte sich über ihre Brüste, floss auf ihr Geschlecht zu, lief kräuselnd an ihren Beinen herab; dieses reinigende Wasser sagte mir etwas und sagte mir nichts: Man hätte das eine wie das andere sagen können, beides stimmte. Mir entgingen die vielen diskreten und aufdringlichen, poetischen und widerwärtigen Einzelheiten des Lebens. Wie im beschlagenen Spiegel des Badezimmers ahnte ich die Dinge nur. Dune zog sich an. Ich beobachtete, wie wunderbar sich die Stoffe über ihre Haut schmiegten. Weit dahinter ein anderer Körper, auf dem ein gestreiftes T-Shirt sich fältelte, sich glättete, vielleicht auch ein Rock … Ich konnte nichts sehen, Dune nicht, Alfa erst recht nicht. Ich weiß nicht, ob in unserer Beziehung etwas Indezentes lag.

Wenn dem so war, dann lag es nicht an ihrer Nacktheit, sondern an meinem Blick, an dem Blick eines blinden Voyeurs.

Eines Morgens, als ich sie wieder einmal wie ein Besessener beobachtete (man erinnert sich: mit Heft und Füller in der Hand), habe ich ihr vielleicht zehn Mal hintereinander abverlangt, sich die Zähne zu putzen. Mir war so, als könnte ich hinter riesigen Nebelwänden, etwa wie in den farblosen Höllen der Antike, eine sehr vertraute Gestalt ausmachen. »Noch mal«, befahl ich ihr. Es war grotesk: Wir waren im Badezimmer, mit meinem Heft auf den Knien hockte ich auf der Kloschüssel. Zum zehnten Mal hielt sie ihr Glas unter den Wasserhahn, dann schüttete sie es mir mit aller Ruhe ins Gesicht. »Ich glaube, Sie sind ein Ungeheuer«, sagte sie und hielt mir ein Handtuch hin. Damit hatte sie, alles in allem, vielleicht nicht unrecht.

III

MEROE

I

VOR EINEM SCHWARZEN, im Eis feststeckenden Regenschirm hatte ich mich von Paris verabschiedet. Ich ging zurück nach Khartum. Dort begegnete ich, unter Umständen, von denen ich schon erzählt habe, an einem Februarabend des vergangenen Jahres Vollender. Ich hatte kaum Zeit, ihn kennenzulernen: Da er seine Expedition für dieses Jahr abgeschlossen hatte, flog er zwei Tage später zurück nach Berlin. Hier wird nur im Winter gegraben, in der übrigen Zeit tötet einen die Sonne, wie es in einem Chanson von Pierre Mac Orlan heißt, mit aufgesetztem Gewehrlauf. Die Monate vergingen, die stumpfsinnige Routine hatte mich wieder: mein albernes Lehramt, meine zweiwöchentlichen Bettgeschichten auf der *Equatoria*, die Zitronensäfte im Blue Nile, meine Monologe für Harald, die Suppe im Solitaires, die Lektüre (unter den Ventilatoren) in der aufs Geratewohl aufgeschlagenen *Enzyklopädie des 20. Jahrhunderts*. Meine fast dreimonatige Abwesenheit hatte für Unmut gesorgt, man hatte schon daran gedacht, mich rauszuschmeißen, sich dann aber eines anderen besonnen, wahrscheinlich, weil sich niemand gefunden hatte, der mich hätte ersetzen mögen. Man hatte mir sogar neue Schüler vor die Nase gesetzt, auf die ich gerne verzichtet hätte: ein ganzes Kontingent der Volkspolizei, das scheinbar unbedingt Französisch lernen wollte. Ich sah nicht recht ein, inwiefern ihnen die Sprache Molières bei der Jagd auf streunende Hunde und andere

Gegner der *Scharia* behilflich sein konnte, aber das war schließlich nicht mein Problem (es war, ehrlich gesagt, schon erschreckend zu sehen, was alles nicht mehr mein Problem war). Auf jeden Fall würde es nichts an den bestialischen Foltermethoden in Hai el-Mataar oder an der »Befriedung« des Südens ändern, wenn sie auf Französisch »Guten Tag, mein Fräulein, wo befindet sich, bitte schön, die nächste Métro-Station?« sagen konnten. Von Zeit zu Zeit, aber nur sehr selten, lud mich ein melancholischer Konsulatsangestellter zum Abendessen in seine Hütte. Der Spaß lag darin, etwa beim Kartenspiel oder während man sich zum zehnten Mal dieselbe Videokassette antat, flaschenweise Wein und Schnaps aus dem Diplomatengepäck in sich hineinzuschütten. Der Nil schwoll an, überflutete die flachen Ufer der Inseln und der Landzunge am Zusammenfluss, dann zog er sich wieder zurück und hinterließ unendlich weite, schlammige Ebenen, die sich nur über den Körpern toter Zebus buckelten.

In der Nacht im Februar aber, als ich Vollender zuhörte, war mir die Idee, wenn nicht für ein neues Lebensziel, so doch immerhin für ein Steckenpferd gekommen: das Studium der mittelalterlichen Königreiche des Sudans. Was sogleich meine krankhafte Fantasie angestachelt hatte, waren die Verwerfungen der Zeit, die an der Geschichte dieser Kultur deutlich wurden: Das war kein einheitlicher Block, die Sache steckte voll unausgeloteter Katakomben und Luftkammern. Abgeschnitten von aller Welt und völlig unerkannt lebte es da weiter, als ob die Verschüttungen der Zeit das Leben nicht nur unter sich begraben, sondern paradoxerweise auch schützend konserviert hätten. Byzantinisierte

Schwarze, von denen man in Rom nichts ahnte, hatten den Untergang von Byzanz überlebt; eines Tages waren sie endgültig vom Erdboden verschwunden, selbst die Erinnerung an sie schien mit dem Letzten von ihnen verloren, und dann, Jahrhunderte später, wurden sie doch entdeckt, stieß man auf Spuren ihrer verborgenen Geschichte. All das passte mir in den Kram, passte zu meiner Mythologie. Ein von Vollender vor seiner Abreise nach Berlin für mich aufgesetztes Empfehlungsschreiben verschaffte mir Zugang zur Bibliothek des archäologischen Museums. Ich glaube, ich war nach Jahrzehnten der erste Besucher. Selbst Vollender hatte, abgeschreckt vom Verfallszustand der Bibliothek, nie einen Fuß in sie gesetzt. Ich besuchte sie mehrmals in der Woche. Ein glücklicher Zufall wollte, dass sich das Museum genau oberhalb des Blue Nile befand. Ein zerlumpter Beamter erhob sich bei meiner Ankunft von seiner Matte, auf der er mit anderen förmlich grinsenden Bartträgern, die sich im Halbdunkel verloren, Tee trank. In laut scheppernden Metallschubladen kramte er lange nach dem Schlüssel, der die bizarre und fast schon magische Eigenschaft hatte, sich niemals dort zu befinden, wo er ihn beim letzten Mal gelassen zu haben glaubte. Nachdem er ihn schließlich doch aufgestöbert hatte, schlurfte er, indem er wie beiläufig seinen Sack unter der Galabiya zurechtrückte, Richtung Bibliothekseingang. »*Welcome, doctor*«, sagte er und gab dann die Tür frei. Er selbst betrat nie den Lesesaal, als ob sich dort noch etwas Gottloses aufhielte, die Erinnerung an Götzenbilder und falsche Gottheiten vielleicht.

Ich blieb allein. Ich war hier zu Hause. Genauso wenig wie es für die Museumsdienste Öffnungszeiten im eigentlichen Sinne gab, konnte man von Schließung sprechen. Tags wie nachts herrschte dort stets ein gleichmäßig nonchalantes Treiben, das nur wenige Schwankungen kannte. Schwerlich hätte man beispielsweise nach Mittag noch das Klappern einer Schreibmaschine hören können. Aber sonst hielten sich das Palaver, die Gebete, die Knabbereien, das zaghafte Staubwedeln, das Zuschlagen der Türen, die schlurfenden Schritte weder an astronomische noch an menschengemachte Zeiteinteilungen: Das ist der Sudan (und vielleicht ganz Afrika) – eine Mischung aus Terror und gemütlicher Anarchie. Wie die von ihm beherbergte Sammlung an Überresten war das Museum selbst eine fröhliche Rumpelkammer, die verschiedenen Bräuchen, kleinen Gewohnheiten und Freiräumen ein Dach bot, unter dem, ob meiner wiederholten Anwesenheit, bald auch ich einen festen Platz fand (weswegen ich, als Vollender vor vier Monaten zurückkehrte und ich meine pädagogischen Aktivitäten einstellte, keinerlei Schwierigkeiten hatte, in die sehr subalternen Dienste der Antikenabteilung zu treten: Allein die Gewohnheit und der Staub hatten mir schon diesen Angestelltenstatus verliehen). Das einzige Hindernis bei meinen nächtlichen Studien waren die Stromausfälle. Aber auch diese störten eigentlich die zahllosen, um die Neonröhren herumschwirrenden Insekten mehr als mich, wenn sie sich dann plötzlich zu einem äußerst unkomfortablen Gedränge rund um meine Taschenlampe genötigt sahen.

Vollender hatte nicht gelogen: Für einen deutschen Gelehrten war der einzige Lesesaal der Bibliothek gewiss ein Ort der Verzweiflung. Eine Schicht aus sehr feinem Sand hatte sich auf alle Regale gelegt, überpuderte Rücken und

Schnitt der Bücher wie alte Adelszöpfe und brachte die Einbände zum Bersten. Keine Reihe war komplett, und das ist noch harmlos ausgedrückt, denn manchmal waren gerade einmal drei oder vier Bände geblieben, wo man deren zwanzig erwartete. Alle Epochen, alle Sprachen standen durcheinander, und so musste ich im Labyrinth der ägyptischen Dynastien und meroitischen Königreiche nach meinen armen Afro-Byzantinern suchen, ein italienisches Werk aus den großen englischen oder deutschen Trümmerhaufen bergen, in die sich Reisners *Archeological Surveys* beziehungsweise Lepsius' *Denkmäler aus Aegypten und Aethiopien* verwandelt hatten. Zwischen solch gelehrten Schriften konnte man auch auf einen »Guide bleu« oder einen Fundus an Kriminalromanen stoßen, und deren sympathisch verqueres Vorkommen bewies, dass es hier früher einmal Leben gegeben haben musste. Jetzt gab es außer mir und den Insekten nur noch ein paar dicke, phlegmatische Eidechsen, die ich beim Verdauungsschlaf störte, wenn ich einen Band aus dem Regal zog. Mit den Augen zwinkernd, den runzligen Kropf blähend und laut zischelnd, verzogen sie sich dann flink hinter andere Bücher, überquerten sie bauchlings ein paar Dutzend durcheinandergewürfelte Jahrhunderte. Ich fühlte mich wohl in diesem friedlichen Chaos. Inmitten dieser Ruine des Wissens, die ihrerseits mitten in diesem riesigen Saustall von einem Museum stand, hatte ich nicht das Gefühl, fehl am Platze zu sein. Mir gefiel es, dass die Bücher versandeten und zerfielen wie die Monumente, die sie beschrieben, dass sie deren Gestalt annahmen: Fasziniert erkannte ich darin den unwillkürlichen Mimetismus des Geistes in Bezug auf die Materie. Darüber hinaus begeisterte mich die Vorstellung, dass ein Gutteil des in dieser verfallenden Bibliothek seit Jahrhunderten aufgehäuften Wissens über die mittelalterlichen Königreiche, eines Wissens, das, wenn man so will, diese Reiche von den Toten wieder hatte auferstehen lassen, nunmehr selbst dem Untergang geweiht war. Diese Bücher, diese Inschriftensammlungen, diese Zeichnungen und diese Karten bildeten, indem sie allesamt wieder zu Staub wurden, einen neuen, einen anderen Kreislauf des Erinnerns und Vergessens, der sich vor meinen Augen schloss. Ähnlich, dachte ich, wie bei dem langsamen Tod von Vollenders Tochter.

Ich durchstöberte die Schriften eines Monneret de Villard, eines Michalowski, Kirwan, Adams oder Shinnie, die *Liverpool University Annals* und die Zeitschrift *Kush* – oder vielmehr das, was von ihnen übrig geblieben war und was ich bei meinen unsystematischen, keiner Chronologie gehorchenden Ausgrabungen zutage förderte – und erwarb mir damit im Laufe der Monate ein zwar lückenhaftes, bunt zusammengewürfeltes, aber doch unbestreitbares Wissen über das sudanesische Mittelalter. Bedachte man die kleine Anzahl an Wissenschaftlern, die sich für diesen Zeitabschnitt interessierten, dann gab es auf der ganzen Welt wahrscheinlich keine zwanzig Personen, die sich besser darin auskannten als ich. Amüsiert musste ich manchmal darüber nachdenken, wie weit es in meinem Leben hatte kommen müssen, dass es erst dieses Exils bedurft hatte, damit ich es auf einem Gebiet wenn schon nicht zum Spezialisten, dann doch immerhin zum Kenner brachte. In melancholischen Momenten meines früheren Lebens (und solche waren vorgekommen) hatte ich es bedauert, niemals auf irgendeinem Gebiet, so lächerlich es auch hatte sein mögen, besonders geglänzt zu haben (ich wäre zum Beispiel gerne französischer Meister im Domino gewesen oder zum besten Amateur-Barkeeper des Jahres gewählt worden). Und nun hatte ich es endlich, noch dazu vollkommen unerwartet, geschafft. Man sollte eben nie verzweifeln, oder doch erst im allerletzten Augenblick. Ich will nicht so weit gehen, die acht Monate zwischen Vollenders Abreise nach Deutschland im vergangenen Februar und seiner Rückkunft im November als eine glückliche Zeit zu bezeichnen, aber es waren Monate der Ruhe. Ich hatte Alfa nicht vergessen, doch glaubte ich, mich von der Vorstellung, die Erinnerung an sie wiederbeleben zu können, verabschiedet zu haben: Auf den Gedanken, dass das, was ich in meinen wunderlichen Büchern suchte, immer noch Alfa war, jetzt gewandelt zu einer sudanesischen Basilissa, kam ich nicht. Dachte ich an das Abenteuer mit Dune zurück, empfand ich keinerlei Wehmut, nicht einmal so etwas wie Schuld, dieses Gefühl, mit dem ich mein ganzes Leben lang vergeblich ringen werde, sondern eher eine Art ironischer Verwunderung. Unter den Rotorblättern der Ventilatoren im Solitaires zogen andere, wenig gesicherte Geschichten ihre langsame Bahn durch das Vakuum meines Gehirns, Geschichten, die ich mit einer verschwindend kleinen, obskuren Elite teilte: dynastische Querelen in Makuria, Entwicklung des Kirchenbaus und der Farbgebung auf den Fresken zwischen dem 7. und dem 13. Jahrhundert, Auseinandersetzungen mit dem mameluckischen Ägypten, Gesandtschaften nach Damaskus und Bagdad, Jagd auf Sklaven zur Errichtung des Tributs an die Kalifen, wechselweiser Gebrauch des Koptischen und des Griechischen, nilotische Navigationstechniken, Karawanen.

Die Wüsten, die die nördliche Hälfte des Sudans bedecken und in die sich der kurvige Lauf des Nils wie ein umgekipptes S einschreibt, übten auf mich seit jeher die Anziehungskraft jener Weiten aus, in denen der Mensch nicht ins Bild passt. Ich liebte es, dort meine Benommenheit abzuschütteln, indem ich meine Augen darauf trainierte, die Unterschiede im endlosen Flickwerk des gemarterten Erdbodens auszumachen: schwarze Kiesflächen, rosige Dünen mit den ähnlich vollkommenen, zarten Linien wie beim Fuß einer Tänzerin, Sandbänke, so gelb und nachgiebig und glatt, dass man das etwas unangenehme Gefühl hatte, über Butter zu fahren, gleißende Salzkrusten, Zacken aus Basalt, die den aschigen Boden zerrissen, blaue Spiegelungen von Hügeln, die wie Inseln über dem Horizont schwebten, rote Krallen, Erosionen – ein Resümee der Erdgeschichte. Erstarrte Schönheit jede Menge. Manchmal verschlangen sich plötzlich, nach hundert Kilometern Marslandschaft aus den Tiefen des Horizonts kommend, die Spurrillen sämtlicher Lastwagen, die in den Norden fuhren oder von dort zurückkamen, zu einem chaotischen, sich steil aufwerfenden Knoten: einer Art Rangierbahnhof der Trugbilder. Oder man stieß auf einen Kamelfriedhof: Manche lagen, die eingeknickten Läufe unter sich und bis auf die blanken Knochen abgenagt, in der Haltung lebender Tiere da (sodass man sich mit einem Mal in ein Universum versetzt glauben konnte, in dem Röntgenstrahlen anstelle des Lichts gerückt wären; aber das lange, auf dem Boden ausgebreitete Collier der Wirbel mit dem sardonisch grinsenden Schädel zwischen den anhängenden Rippen bewies, dass sie tot waren), andere waren noch ganz frisch: Aus ihrem After stülpten sich zwei Meter rotvioletten, bis zum Platzen geblähten Gedärms. Ich liebte es, dass jeder Schritt in der hellen Glut des Tages eine Anstrengung bedeutete, bei der einem das Blut in den Schläfen pochte: So bereitete man sich mit geringem Aufwand die Illusion, große Dinge zu vollbringen. Die imaginären Wasser, die man jenseits des Sandes aufflimmern sah, erinnerten mich an die Strände meiner Kindheit, das Meer bei Ebbe, die stete Brise in der Nähe des Spülsaums und die Gänsehaut, die sie einem über den Körper jagte, die kleinen Krebse mit ihren bronzefarbenen Panzern, wenn sie, die Zangen voraus, durch den Lichtregen flitzten, die Schokoladenriegel (wir sagten, ich weiß nicht warum, »Tiegel«), die wir bibbernd nach dem Schwimmen verzehrten, das halbjährliche Ritual der Tagundnachtgleiche, die Aufregung, wenn wir nach Sandaalen fischten, und ihr silbrig glänzendes Gewimmel im Mondlicht. Spätere Strände, an denen ich mit Alfa spazieren gegangen war, Alfa, die ich mit Dune nicht wiedergefunden hatte. Ich liebte die Backsteindörfer, die um einen Brunnen inmitten der Ödnis entstanden waren, die Kamele, die unter Gebrüll an den hundert Metern Hanfseil zogen, an deren Ende ein wenig schlammiges Wasser in der Beulung einer Ziegenhaut emportauchte, die schattigen Hütten, in denen man auf Matten schlief, betete, *foul* aß und Tee trank, ich liebte (ohne es selbst dahin zu bringen) die karge Eleganz, die die gemeinsame Aussteuer dieser Enterbten zu sein scheint und die sich in meinen Augen nirgends deutlicher zeigte als auf diesen philosophischen Friedhöfen, die inmitten der armseligsten Behausungen lagen und wo in den Boden gerammte Felsbrocken die einzig materielle Form der Erinnerung an die Toten waren. Kein Denkmal, kein Bildnis, keines jener Artefakte, die eigens erfunden sind, um einen schwächelnden Glauben zu stützen. Man brauchte sich nach den Körpern der Verblichenen nicht umzudrehen, und was die Seelen anging, so waren sie, sofern man an sie glaubte, in dem Wind, der um diese rustikalen Stelen herum, die genauso gut fünf wie fünftausend Jahre alt sein konnten, den Staub aufwirbelte.

Diese endlosen Weiten, in denen ich früher aus Langeweile und ziellos wie ein von plötzlichem Gedächtnisverlust befallener Tourist herumgeirrt war, der nicht mehr nach Hause zurückfindet, durchkämmte ich jetzt auf der Suche nach Überresten meiner untergegangenen Königreiche. Im Nirgendwo und außerhalb jeder Zeit lebend, wurde ich zum Untertan jener Phantomstaaten. Ich weiß nicht, was der Mercedes fahrende Psychiater, mit dem Alfa vielleicht immer noch zusammenlebt, dazu sagen würde (wenn er dazu etwas zu sagen hätte), aber ich glaube, dass es nur wenige Spielarten des Wahnsinns gibt, die so radikal und utopisch sind, dass sie auf jederlei Ort verzichten können; ich jedenfalls glaubte meinen Ort in dieser versunkenen Welt gefunden zu haben: Ich sah mich nicht nur als deren Nachlassverwalter, sondern auch als einen ihrer Würdenträger. Ich liebte immer schon die Grenzen, diese abstrakten Linien, an denen alles möglich ist, das gegenseitige Kennenlernen wie der Krieg, welcher letztlich auch eine Form des Kennenlernens ist. Wenn ich mich im Blue Nile mit einem Vogel unterhielt, wenn ich die mit einer Sandschicht bedeckten Regale in der Bibliothek durchforstete, wenn ich durch die düsteren Straßen von Khartum spazierte oder unter den Propellern in meinem Zimmer vor mich hin träumte, war ich mithin der

Eparch, jener Vizekönig mit griechischem Titel, der die Grenzregion zum Islam verwaltete, von dessen gleichzeitig negroidem und hellenischem, von ägyptischen Hörnern oder byzantinischen Federn geschmücktem Antlitz mir die Fresken von Faras eine Vorstellung gaben (Fresken, die ich im nächtlichen Museum mit meiner Taschenlampe abtastete und wie ein Entdecker aus dem Dunkel hervorleuchten ließ) und den die Araber Sahib el-Dschebel nannten, den Herrn vom Berge. Möglicherweise rührte das noch, ohne dass es mir bewusst war, vom *Ufer der Syrten* her.

Ich verwaltete meine Grenzen und meine Ruinen. Ich lief sie ab. Ein imaginärer Stierschädel mit Adlerschwingen zierte meinen lächerlichen Leinenhut (Winterfield hatte auch so einen!). Ich inspizierte und rubrizierte die verfallenen Zitadellen. Ich war das Bewusstsein des Vergangenen, ich sprach zu den toten Bogenschützen: Ihre aus dem Sandgrab abgeschossenen Pfeile triumphierten abermals, triumphierten immer noch über die Zeit. Als Soba zu Anfang des 16. Jahrhunderts von den vereinten Streitkräften des arabischen Bandenführers Abdullah Jamma und des schwarzen Sultans Amara Dunkas erobert und zerstört wurde, hat sich, glaubt man der *Funj-Chronik*, der christliche General Hassaballah mit den Überlebenden des Königreichs von Aloa auf die Höhen der Ortschaft El-Kerri oberhalb des sechsten Katarakts zurückgezogen. Danach verliert sich ihre Spur (und das gefiel mir natürlich besonders daran). Meinen Schimären nachjagend, begab ich mich also nach El-Kerri, das auf halbem Weg zwischen Khartum und dem antiken Meroe, am Eingang des Durchbruchs von Sabaluka liegt. Wenn man die Stadt verließ, kam man zuerst an der alten, in eine Kaserne verwandelten Bierbrauerei vorbei (die Armee war der neue Alkohol des Volkes), dann am Gefängnis. Danach bewegte man sich in einer wie von Weltraumsonden fotografierten Landschaft. Eine grob aufgeschichtete Mauer umgab den Hügel von Dschebel Irau, auf dessen Gipfel ein paar kümmerliche Bauten aus schwarzem Stein, ähnlich wie die der Schäfer auf Korsika oder in der Lozère, die letzten Zeugen jenes unmöglichen Wiederbelebungsversuchs des Römischen Reichs waren, den im 6. Jahrhundert Justinian, der »Kaiser, der niemals schlief«, unternommen hatte (war es die Größe seines Vorhabens, die ihn am Schlaf hinderte, oder die Tatsache, dass er die Tochter des Bärenhüters geehelicht hatte?). In diesen Hütten oberhalb der Wüsten, oberhalb des Nils, der wie in einem Dampfkessel kochte, waren Menschen gestorben, die sich vielleicht nur vage, aber doch hartnäckig an das Konzil von Chalkedon, an Konstantinopel und an die schöne Theodora erinnerten. Und an eine Rom genannte Stadt, die sie wohl mit Jerusalem verwechselten, vielleicht gar mit der Hölle. Diese unbehauenen Steine, um die ein brennend heißer Wind pfiff, waren der letzte Vorsprung einer Welt, von der absolut nichts bleiben würde und die einmal groß gewesen war. Ich erinnerte mich wieder an eine Erzählung von Borges mit dem Titel »Der Augenzeuge«: »Er wird vor Anbruch des Morgens sterben, und mit ihm gehen unwiederbringlich die letzten Zeugnisse der heidnischen Rituale dahin.«

In Old Dongola spielte ich den kleinen Chateaubriand zwischen den Säulen ehemaliger Kathedralen, die aus Dünen hervorstachen, auf denen mit griechischen Lettern behauene Sarkophage Schlitten fuhren, ich spielte Chateaubriand in den Geschossen der Burg, die riesige rotäugige Fledermäuse bevölkerten, und auf den Wachttürmen, von denen aus makurische Bogenschützen die alexandrinischen Eroberer zurückgeschlagen hatten. Ein Geier schwebte an einem Himmel aus Kohlepapier, aus einem goldbraunen Palmwald brach das Iahen eines Esels hervor, auf dem mandelgrünen Nil holten Männer langsam ihr Netz mit einem schweren, reglosen Fisch ein. Ich schätzte mich glücklich, endlich in der Vergangenheit zu leben. Dieser Fisch, der sich in seine Niederlage zu schicken schien, der sich nicht wand, nicht ausschlug, der keine unnützen Finten mehr unternahm – ich hätte mich gern in ihm wiedererkannt. War am Ende nicht auch Gordon freiwillig ins tödliche Netz des Mahdi gegangen? Seine Tatenlosigkeit während der dreihundertzweiundzwanzig Tage der Belagerung erschien, auch wenn man den kläglichen Zustand seiner Truppen berücksichtigte, unbegreiflich. Ganz zu Anfang hatte er noch einen Ausfallversuch unternommen, der indes mit einem Debakel endete. Dann kam nichts mehr. Er hatte sich damit begnügt, ohne großen Erfolg, Tag für Tag seine kleinen Dampfboote auszuschicken, auf dass sie die Mahdisten unter Beschuss nähmen. Mit dem Auge dicht am Teleskop, beobachtete er von der Dachterrasse seines Palastes aus ihr Kommen und Gehen, sah, wie sie fleißig Wasser schaufelten, blindlings den Sand bombardierten und sich Geschosse einfingen, war dabei genauso fasziniert, der Welt entrückt und knabenhaft wie das Kind, das seine Boote auf dem Bassin im Luxembourg zu Wasser lässt. Ein altes und tragisches Kind, denn es wird bald sterben, und sein abgeschlagener Kopf, genauso übel zugerichtet wie der des Lar Wang, wird, verpackt in ein

Stück Stoff, an dem die Fliegen sich vollsaugen, demnächst dem Mahdi dargebracht werden; aber auch ein drolliges Kind mit seinem Wasserspielzeug, das es an seine Jugend erinnert, an die Kanonenboote, mit denen es südlich des Jangtse in einem Krieg aus einer anderen Zeit über die T'ai-ping gesiegt hatte, an die kleinen Segelschiffchen, die es auf der Themse ausgesetzt hatte, um den Kindern der Armen von Gravesend eine Freude zu machen. Er ist abwesend, das wäre das richtige Wort: abwesend von sich selbst, seiner Geschichte, der großen Geschichte, die sehr weit entfernte Leute zu schreiben glauben: so dieser Mohammed Ahmed genannte Abenteurer, der sich selbst als Abgesandter Gottes bezeichnet und mit seinen Truppen den Knotenpunkt der Nilströme einkreist, oder Lord Wolseley, sein alter Waffenbruder aus der Schlacht von Sewastopol, der nicht müde wird, die Wüsten zu durchqueren, um einen Menschen zu retten, der selbst nicht einmal sicher ist, ob er noch gerettet werden will, und Baring, die graue Eminenz aus Kairo, William Gladstone, der Premierminister Ihrer Majestät, Ihre Majestät die Königin Victoria selbst. All diese wichtigen Hampelmänner bilden sich ein, dass sie eine Rolle zu spielen haben, während er, der Umzingelte, dessen nicht mehr gewiss ist: Im Grunde verspürt er gegen den Mahdi auf der anderen Seite des Flusses keinerlei Hass und er hält ihm, passiv, eingeschlossen von Wällen aus getrocknetem Schlamm, nur deswegen stand, weil der andere ihn schlagen will, ihn zwingen will, seinem Glauben abzuschwören. Das verbietet ihm sein Stolz. »Während der Belagerung«, schreibt er unter dem Datum des 12. September 1884 in sein Tagebuch, »setzten wir uns immer wieder mit der Frage der Angst auseinander, eine Frage, die in den Augen der Welt unzulässig ist. Ich für mein Teil habe oft Angst, *and very much so* – ›und das ganz gehörig‹: nicht Angst vor dem Tod, damit ist es, Gott sei Dank, vorbei, aber Angst vor der Niederlage und ihren Konsequenzen.« Er will nicht wie Slatin enden, der österreichische *Mudir* von Darfur, der konvertierte, um seine Haut zu retten, und den der Mahdi in seinem Gefolge mit sich schleift, den einen Tag als Hofnarren und Vertrauten, den anderen als angeketteten Gefangenen, als jämmerlichen Beleg für seinen Triumph. Gleichzeitig aber fragt er sich, ob sein Stolz nicht satanischer Natur ist: Wäre es nicht besser, die Demütigung und das Martyrium auf sich zu nehmen? Unfähig, den tödlichen Reif zu lösen, versucht er nicht einmal, ihn zu durchbrechen, fügt er sich insgeheim vielleicht schon in sein Schicksal, beobachtet er, grotesk und tragisch, ängstlich, ernüchtert und deplatziert, wie er ist, das Kommen und Gehen seiner Schaufelraddampfer. Er, Hikimdar, Generalgouverneur des Sudans, das heißt: der Abwesenheit.

2

ALS VOLLENDER VOR nunmehr fünf Monaten aus Berlin zurückkam, lebte ich schon lange nicht mehr in der Gegenwart. Meine Zeit unter den Menschen war, wenn ich so sagen darf, abgelaufen. Ich war der Herr vom Berge, der Hikimdar im Fischernetz, und ich war das lebendig begrabene Streitpferd oder die hinter den Büchern nach Fliegen schnappende Eidechse. Ich spazierte über die Strände meiner Kindheit, flanierte unter den Bäumen des Luxembourg, verlustierte mich auf den Seiten der *Enzyklopädie.* Ich war ein Kartenhaus, und jede Karte eine Fata Morgana. Diese zugleich ausgedünnte und vielseitige Form des Daseins war mir nicht unangenehm. In meinem Zimmer liegend, die Augen auf die sonderbare Flugapparatur der Ventilatoren geheftet, navigierte ich schwerelos durch die Zeit. Ich hatte, was man gemeinhin den Realitätssinn nennt, so gründlich eingebüßt, dass ich selbst Vollender vergessen hatte. So war es für mich eine Überraschung, als er im vergangenen November eines Abends im Speisesaal des Hotels wiederauftauchte. Er setzte sich wie selbstverständlich an meinen Tisch. Er erklärte mir, dass er, so seine eigenen Worte, »eine Erbin geerbt habe«: Else Sutter, eine junge Archäologin aus Berlin, die in zwei Wochen zu ihm stoßen sollte und die er in die Antiken des Mittelalters einweihen wolle, damit sie eines Tages seine Nachfolge antrete.

»Dann dürften Sie ja zufrieden sein«, sagte ich einigermaßen unbedacht.

»Zufrieden?«, antwortete er, während mich sein zweifarbiger Blick fixierte. »Und warum das?«

»Nun ja, damit werden Ihre Notizhefte weder zum Mäusefraß noch zum Klopapier für die Museumsangestellten.«

»Ach so, ja«, gab er nach kurzem Zögern zurück. »Wenn Sie so wollen. Aber sie ist nicht von meinem Fleisch und Blut.«

Ich erinnere mich daran, dass dieser Satz mich schockierte. Es ist vielleicht ungerecht, aber es stürzt einen immer in Verlegenheit, wenn man einen Deutschen vom Blut reden hört, selbst wenn er Englisch spricht: *She isn't from my blood.*

Ich ging nicht weiter darauf ein. Vollender schien außerdem schon in Gedanken ganz woanders zu sein. Er sagte mir, dass er nicht länger als nötig in Khartum bleiben wolle, just die Zeit, um ein paar unumgängliche Formalitäten zu erledigen, ein paar Hände zu schütteln und die richtigen Leute zu schmieren. Er würde in zwei Tagen nach Meroe aufbrechen. Ich gab mich überrascht: Jedermann wusste, dass er seit Jahren in Soba grub. Meroe hatte nichts mit dem Mittelalter und auch nichts mit den christlichen Königreichen zu tun. Meroe war die berühmteste archäologische Stätte des Sudans, die Hauptstadt jenes Volkes, das die Ägypter »Kusch« und die Griechen so wie nach ihnen die Römer »Aithiopen« nannten, was so viel heißt wie »verbrannte Gesichter«. Herodot, der sich nach eigener Aussage nur aufs Hörensagen beruft, meint im zweiten Buch seiner *Historien*, dass es per Schiff sechzehn Tagesreisen nilaufwärts bedürfe und dann, von der Assuan gegenübergelegenen Insel Elephantine aus, noch weiterer vierzig Tagesmärsche, um dorthin zu gelangen. Er erwähnt in etwas schwammiger Form die »Sonnentafeln«, an denen sich jeder mit gekochtem Fleisch bedienen konnte. Die Toten, glaubt er zu wissen, werden dort mumifiziert, dann eingegipst, wobei die Gipsschale mit ihrem Konterfei bemalt und schließlich aufrecht »in eine Scheide aus transparentem Stein geführt wird, den man hier im Überfluss aus dem Boden schürft«: So funkelt rund um Meroe ein ganzes Heer von Kadavern mit den offenen Augen der Lebenden unter den Feuern der Sonne. Diodoros spricht von Meroe wie von einer Insel, »deren Ufer, nach Libyen hin, sehr hohen Dünen und, nach Arabien hin, steilen und eingebrochenen Felswänden gegenüberliegen«. Man findet dort, wie er versichert, Gold und Silber, Eisen, Kupfer und Ebenholz in rohen Mengen. Wie späterhin Plinius, berichtet er des Weiteren, dass die Einwohner den Nil »Astapus« nennen, was so viel heißt wie »Wasser aus der Finsternis«, und diese Vorstellung habe ich immer für eindeutig schöner und treffender gehalten als die christliche, die den Vater der Flüsse im Paradies entspringen lässt. Es gab keine Quelle, nur den diffusen Schoß der Finsternis. Der Fluss (das Wasser, mithin das Leben), das war die Anstrengung, die die physische, die menschliche Welt unternahm, um aus dem Ununterscheidbaren herauszutreten und sich in Form eines Laufes, einer Bahn zu individualisieren. Um sich in eine Zeichnung zu bannen, um sich zu schreiben. Das war *meine* Mythologie.

Die Einzigen unter den Alten, die diese Stadt, die aufgrund ihrer Lage weit hinter den großen Sandwüsten so gut wie unerreichbar blieb, je gesehen haben, waren, wie schon gesagt, jene Legionäre, die Nero im Jahre 61 nach Christus auf die Suche nach den Nilquellen geschickt hatte. Sie stießen dort auf Papageien und Affen und entdeckten Spuren von Elefanten und Nashörnern in der Umgebung. Sie fanden grüne Gräser vor, was bei den Kamelen und Ziegen von heute eine verbitterte Form von Verwunderung auslösen dürfte. Man stellte ihnen eine Eskorte zur Verfügung, damit sie bis zu den Sümpfen des Sudd vorstoßen konnten. Dort angelangt, machten sie angesichts der schwimmenden Wälder kehrt. Nach ihrem Besuch ist Meroe mit seinen glitzernden Totenwällen wieder zur Fata Morgana geworden: eine Stadt an den Grenzen der großen Teufelsreiche, in der sich, so vermutete man, jenseits der Armeen vertilgenden Wüsten, der unbezwingbaren Mauern der Katarakte, der siedenden Luft, in die die Dämonen, um sie in die Irre zu führen, die Traumbilder der Menschen malten, noch etwas von der mittelmeerischen Vernunft zeigte. Eine Legende, die sich ein paar Dutzend Zeilen in den Bibliotheken sowie dem Bericht einer Bande von Haudegen verdankte, der einem Philosophen hinterbracht worden war. Als zu Anfang des 4. Jahrhunderts die Armeen des Königreichs von Axum, und hier handelte es sich um echte Äthiopier, der verschlafenen und märchenhaften Existenz der Stadt ein Ende bereiteten, hat niemand etwas davon erfahren. Gewiss, Rom hatte zu dieser Zeit ganz andere Sorgen. Doch von Meroe hat man nie wieder etwas gehört – bis im Jahre 1772 der Schotte James Bruce bei seiner Reise durch das Dorf Bagrawiya im Sand die Bruchstücke eines Obelisken entdeckte: »Die Vermutung, dass es sich hier um die antike Stadt Meroe handelt, drängt sich geradezu auf«, notierte er in seinem Tagebuch. Aber Bruce, der große Schimärenjäger, suchte nach den Nilquellen. Er zog weiter nach Süden und fand sie natürlich nicht. Wäre er hingegen in Bagrawiya geblieben, dann hätte er in nur wenigen Kilometern Entfernung unweigerlich die vergessenen, von opulenten Dünen umhüllten Pyramiden entdeckt, in denen die Könige der »verbrannten Gesichter« ruhten. Es musste noch ein weiteres gutes halbes Jahrhundert vergehen, bevor der französische Forschungsreisende und Archäologe Frédéric Cailliaud, der sich im Gefolge der Armeen des Mohammed Ali, des Khedifen von Ägypten, bewegte, die Nekropole von Meroe als solche erkannte und zeichnete. Kurze Zeit nach ihm überführte Giuseppe Ferlini, ein italienischer Abenteurer, diese Stätte des Ungefähren in die handfeste Welt der Hehler und Plünderer: Mithilfe von Brecheisen und Dynamit weidete er im Jahre 1834 einige der Pyramiden gründlich aus und verschob den Goldschmuck der schwarzen Könige an die großen Sammler in Europa. Vielleicht ist diese Geschichte, die von der Legende über einen kurzen Zwischenhalt bei der Wissenschaft bis zur Geschäftemacherei führt, emblematisch für die abendländische Vernunft. Jedenfalls kaufte der geisteskranke König Friedrich Wilhelm IV. im Jahre 1844 einen Teil der Beute aus diesem Raubzug, der vorderhin der Antikensammlung in Berlin zur Zierde gereichte. Und in diesem düsteren Schlachtschiff auf der Spree, das wie durch ein Wunder unversehrt geblieben war inmitten eines Ozeans aus Ruinen, hatte (wie er mir vor fünf Monaten am Abend seiner Rückkehr erklärte) der junge Vollender in der Nachkriegszeit anhand dieser so raffinierten wie barbarischen, gleichzeitig afrikanischen, ägyptischen und griechisch-römischen Schmuckstücke von der Existenz des Sudans erfahren, das heißt einer Weltgegend, wo die Geschichte sich unter den unmöglichsten Verrenkungen zusammenballte: »Als ob mitten in der Schlussszene des *Don Giovanni* plötzlich das wildeste Tamtam ausbrechen würde, verstehen Sie?«

Vollender fürchtete, ich verstünde solche Dinge nicht, wenn er mir davon erzählte. Und ich, der ich diese Unterhaltungen wiedergebe, weil sie ja ein Teil jenes finsteren Schoßes sind, dem diese meine kleine Geschichte, die zu erzählen ich unternommen habe, entspringt, fürchte ebenfalls, nicht verstanden zu werden. Er unterstellte mir einen Mangel an historischem Wissen, ich hingegen frage mich, ob diejenigen, die sich auf das Abenteuer einlassen, mich zu lesen (wenn mich denn überhaupt jemand liest), wissen, was das ist: die Zeit. Ich weiß es natürlich auch nicht, aber mir ist zumindest klar, dass sie nicht nur diese Linie ist, dieser Pfeil, der uns durchbohrt, uns, Männer und Frauen, uns, Städte, Sprachen, Königreiche. Selbst wenn sie uns wirklich aufspießt, wie mit der Kavallerie des Amr Ibn el-As vor den Festungsmauern von Dongola geschehen. Und mir scheint auch, dass sie als Gegner durchtriebener ist, als man denkt, ein Gegner, der sich, nur um sein Werk besser zu vollenden, sogar generös zeigen kann, sich wieder zurückziehen kann; sie kann die Form eines Labyrinths annehmen, eines Traumes oder der aleatorischen Bewegung einer Rauchschwade. Oder doch zumindest die Illusion von alldem vermitteln. Nur davon spreche ich. Möglicherweise kann mir nur der Vogel Harald folgen. Und Vollender, der mir das alles beigebracht hat. Aber Vollender ist genauso wahnsinnig wie Friedrich Wilhelm von Preußen.

Als junger Student hatte er also unmittelbar nach dem

Krieg anhand der auf der Museumsinsel ausgestellten Beutekunst von Meroe die sudanesische Uchronie entdeckt. »Das müssen Sie sich einmal vorstellen«, sagte er, »denn sonst haben Sie keinen Begriff, oder doch nur einen sehr technischen Begriff von dem, was ich tue. Ich möchte aber«, setzte er kurz hinzu, als sei dies die einfachste und selbstverständlichste Sache der Welt, »dass Sie mit mir zusammenarbeiten.« Er sagte nicht: »Ich möchte Ihnen vorschlagen, mit mir zusammenzuarbeiten.« Seine schweren purpurfarbenen Augenlider senkten sich für eine kurze Sekunde wie Vorhänge über seinen irritierenden Blick, und das war alles: als habe er mir einen Befehl erteilt, dem ich dann tatsächlich auch Folge leistete. Es war ein Auftrag: auch im zwielichtigen Sinne des Wortes. »Ich arbeite natürlich nicht über Sandhaufen oder Lehmwände«, fuhr er fort, »das tue ich zwar auch, aber nur nach außen hin. In Wahrheit grabe ich nach der Zeit. Das ist sicherlich ein Satz, den jeder x-beliebige Archäologe unterschreiben könnte. Aber bei mir ist es etwas anderes: Ich betreibe die Autopsie der Zeit, verstehen Sie? Ich erforsche ihr Feingewebe, das unendlich verschlungene Geknäuel ihrer Eingeweide. Ich weiß nicht, was von meiner Lehre bleiben wird, jetzt, wo meine Tochter nicht mehr lebt. Aber ich kann nachweisen, dass die Zeit keine abstrakte Größe oder Kraft ist, sondern etwas genauso Komplexes und Vergängliches wie ein Körper. Können Sie mir folgen? Nein, bestimmt nicht. Sei's drum, ich fahre fort.« Mir wurde in diesem Augenblick klar, dass Vollender wahnsinnig war. Ein bedeutender Wahnsinniger, gewiss, aber eben doch ein Verrückter. Das Wort »Lehre« hatte bei mir den Groschen fallen lassen: So spricht niemand über seine Arbeit, erst recht nicht, wenn man den Beruf des Archäologen ausübt, der zwar am Geistigen teilhat, aber eben auch an den bescheideneren Mühen des Erdarbeiters, des Totengräbers oder gar des Straßenkehrers. Dieser Kerl, sagte ich mir, hält sich für einen Meister, er ist vollkommen durchgedreht. Diese Einschätzung hielt mich aber keineswegs davon ab, ihm zu folgen. Im Gegenteil.

Unterdessen fuhr er fort: »Ja, die Zeit ist ein Körper, genauso vielschichtig und extravagant wie ein Körper. Und genauso blutig, versteht sich. Im Inneren der Zeit gibt es knochige Zeiten, zerebrale Zeiten, intestinale Zeiten. Dicke Muskeln in ihrem Fett. Höhlen, Membranen, Alveolen, Krankheiten und Rekonvaleszenzen der Zeit. Aber all das ändert schließlich nichts am Tod. Natürlich nicht. Das können Sie vielleicht nicht verstehen, aber das macht nichts. Sie werden schon sehen. Kommen wir auf Berlin zurück, auf die Nachkriegszeit. Sie wurden gerade geboren, vermute ich, Sie waren gerade erst auf der Welt. Was war das für eine Stadt? Die Hauptstadt des Bösen und einer furchterregenden Vergangenheit. Das immense Verbrechen hing und lastete wie bleierne Wolken über uns und über den verkohlten Schafottgerüsten, die alles waren, was von der Stadt übrig geblieben war, und das war recht so. Sie war ein Wald aus feuergeschwärzten Galgenbäumen, ja, und ich bedauerte, dass das Feuer erloschen war, dass es nicht mehr vom Himmel fiel. Jetzt fiel nur noch entsetzlicher Regen auf die aschigen Steine. Ich hätte lieber zur Generation des Feuers gehört, nicht zu der des Regens. Sie müssen verstehen, was ich meine. Berlin war auch die Hauptstadt des Guten und einer strahlenden Zukunft. Ost und West führten dort ihre allerdings schon verwässerten Tugenden gegeneinander ins Feld. Ganze Heere von rasierten Helden, rote Fahnen, *stars and stripes*. Wodka und Lucky Strikes. American Dream und Oktober-(und nicht nur auf den Oktober begrenzte) Revolution. Die die Welt befreiten und wieder aufbauen wollten, starrten sich dort, bis an die Zähne bewaffnet, wie Wachsfiguren in die Augen. Und mittendrin, inmitten dieser Ruinen, die mit unvereinbaren Sinnvorstellungen vollgestopft waren, nicht weit vom Brandenburger Tor, durch das der Weltgeist zu Pferde geritten war, nicht weit vom Gerippe des Reichstags, denn man wusste nicht mehr, wer ihn in Brand gesteckt hatte, dümpelte schwarz und unberührt zwischen den Nebeln und Eisschollen der Spree die Museumsinsel: ein Raumschiff, von der Lichtgestalt Nofretete durch die Zeiten gesteuert, ein mythologischer Drachen mit den Akroterien des Pergamonaltars als Panzerschuppen, die sich über dem modernen Geröll aufrichteten, ein Fliegender Holländer über den Wassern der Spree, die, wie der Nil, aus der Finsternis kamen. Verstehen Sie mich jetzt? Ich hoffe, denn irgendwann müssen Sie es wohl oder übel. Und aus den weiten Fernen eines finster umschatteten Nils, finsterer noch als der, den die schmalen Augen der Nofretete geschaut hatten, kam das Totenschiff der Museumsinsel auf mich zu, beladen mit dem Schmuck der Königin Amanishakheto: Geier, die die Leiber von Gefangenen zerfleischten, Götter mit Löwenköpfen, Prozessionen von skarabäischen Buchstaben, Ibisse und Paviane, Krokodile, ein Bogen, ein von Gold wimmelnder Dschungel, aus dem Glasperlenaugen, zu Ketten aufgereiht, mich anstierten. Und ich beschloss, dass dieses Ägypten der Phantome und Mestizen, dieses afrikanische und verspätete, anachronistische Ägypten, dass diese Bastardenschönheit meine Heimat sein sollte.«

Unsere Unterhaltung setzte sich an jenem Abend noch bis spät in die Nacht hinein fort, und es lief alles genauso ab wie bei unserer ersten Begegnung: Ramadans Suppe, ein paar Worte mit Winterfield, dem nur noch drei Wochen blieben, bevor er endgültig abtauchte, *»How are you?«* – *»Huff, not so bad«*, zuvor die leichte Enttäuschung, vor dem Hoteleingang auf das Lächeln der Unbekannten verzichten zu müssen, die zerstreute Lektüre von – zeitlich – nicht weniger zerstreuten Zeitungen, danach die staubige Terrasse über der Sharia Zubayr, das Geschabe der blauen Plastikstühle und draußen, in der erdrückenden Nacht, das Gebell der Hunde, das Knallen der Schüsse. »Wie Sie wissen«, sagte Vollender dann, »habe ich mich dann doch nicht mit der meroitischen Kultur befasst. Aber schauen Sie nur, wie sonderbar, wie sonderbar vollkommen das ist: Am Anfang des Weges, der mich in den Sudan führen sollte, war der von einem Italiener geraubte und an den preußischen König verscherbelte Goldschmuck einer Königin von Meroe. Dann habe ich mich von ihr entfernt, und jetzt sorgt der Zufall einer Entdeckung dafür, dass mein Weg dort enden wird, wo er begonnen hat. Er zeichnet die Figur des *ankh* nach, jene Art Schleife oder Knoten, der in Ägypten der Schlüssel zum Leben ist. Der Schlüssel zum Leben, dass ich nicht lache …«

Aus dem, was mir Vollender an jenem Abend erklärte, ging hervor, dass sich zu Anfang des 16. Jahrhunderts, nach dem Untergang des Königreichs von Aloa, jede Spur dieser nubischen Christenheit verliert, die fast ein Jahrtausend lang mehr schlecht als recht überlebt hatte. Das einzige bekannte

Überbleibsel war die kümmerliche Akropolis von Dschebel Irau, jene Fluchtburg oberhalb des sechsten Katarakts, die ich besichtigt hatte. Doch wiesen einige wenige und zudem extrem lückenhafte Dokumente – Wandbeschriftungen in einer Grotte, Inschriften auf Tonscherben und insbesondere Kupferrollen, die man in Kasr Ibrim gefunden hatte – für einen späteren Zeitraum auf die Existenz eines »Königreichs von Dotawo« hin, von dem man, abgesehen vom Namen des letzten Herrschers, eines gewissen Joël I., so gut wie nichts wusste. Dieser allerletzte Spross einer absterbenden Geschichte schmückte sich mit dem Titel eines »Königs der Könige«, was schon einigermaßen komisch war (oder rührend, ganz wie man will), denn sein Herrschaftsgebiet dürfte sich, alles in allem, auf kaum mehr als ein paar sandige Kantone erstreckt haben. Man wusste nicht einmal, wo diese genau lagen. »Dotawo« schien so viel zu bedeuten wie »das Land unterhalb von Do«, was aber auch nicht viel weiter half, denn man wusste genauso wenig, was es mit diesem Do auf sich hatte. Nun hatte Vollender aber in Soba Inschriften entdeckt, die ihn zu der Vermutung führten, dass Dotawo in der Gegend des alten Meroe zu lokalisieren sei. Und unmittelbar darauf half ihm das Glück, als er bei Grabungen unweit des Dorfes Bagrawiya, entlang der Eisenbahnlinie Khartum–Atbara, zwischen eingefriedeten Ziegenweiden und den ersten Säulen des Amon-Tempels das freilegte, was er für die Hauptstadt des geisterhaften »Königs der Könige« hielt: Das war vor zwei Jahren, und genau zu diesem Zeitpunkt starb seine Tochter.

Sonderbarerweise weiß ich immer noch nicht, unter welchen Umständen sie starb: Das einzige Mal, dass ich es gewagt hatte, ihn danach zu fragen, gab er mir eine Antwort, die ausweichend genug war, um einerseits allen möglichen Spekulationen Raum zu bieten und mich andererseits davon abzuhalten, meine Neugierde noch weiter zu treiben. Was die diesbezüglichen Gerüchte angeht, so sind sie, wie alles, was mit Vollender zu tun hat, nicht nur widersprüchlich, sondern auch übertrieben romanhaft: Hatte man mir gegenüber nicht steif und fest behauptet, sie sei die Geliebte jenes berühmten Terroristen gewesen, dem ich eines Tages im Friseursalon New Life begegnet war, und dass dieser sie habe umbringen lassen, weil sie zu viel wusste, insbesondere über seine Orgien mit dem Diktator, dass sie ihm deswegen Vorhaltungen gemacht habe und sogar so weit gegangen sei, ihm damit zu drohen, das Ganze, sollte er damit nicht aufhören, öffentlich zu machen?

3

DA VOLLENDER MICH gebeten hatte (oder muss ich sagen: mir befohlen hatte?), mit ihm zusammenzuarbeiten, quittierte ich unverzüglich meinen Dienst im Kulturinstitut. Ich war, wie man sich leicht vorstellen kann, keineswegs darüber betrübt, meine lächerliche Lehrtätigkeit einzustellen. Die Polizisten würden schon jemand anderen finden, der ihnen Französisch beibrächte; noch wahrscheinlicher aber war, dass sie auf diesen Luxus verzichteten. Ich brauchte zwei Wochen, um meine Beurlaubung durchzubringen. Danach musste ich noch auf einen Sprung nach Kerma, wo mein Freund Beauchêne mich erwartete. Da seine frisch eingeflogene Assistentin sich auch dorthin begeben musste, hatte Vollender mich gebeten, in Dongola auf sie zu warten. So machte ich also am Fähranleger Bekanntschaft mit Else Sutter. Sie kam aus Meroe und hatte die alte Karawanenpiste genommen, die von Schendi kommend über Korti bis Dongola die beiden großen Nilschleifen schneidet. Dieser Weg, wenn man die vage Spur über Sand und Geröll denn so nennen will, die die Stromschnellen des fünften und sechsten Katarakts aussparte, hatte früher den Warentransport nilaufwärts erleichtert. Es war der gleiche Weg, den in den ersten Tagen des Jahres 1885 auch das Expeditionskorps genommen hatte, dessen Vorhut zwei Tage zu spät vor Khartum eingetroffen war.

In dieser Geschichte lag etwas von der verhängnisvollen Unausweichlichkeit einer antiken Tragödie. Es schien so, als ob alles sich gegen den christushaften Branntweintrinker verschworen habe: der Widerwille des Premierministers Ihrer Majestät, Mister Gladstone, Truppen in den Sudan zu entsenden; die legendäre Trägheit des Kriegsministers Lord Hartington; die pedantische Behutsamkeit des Oberbefehlshabers Lord Wolseley; und schließlich Gordons umnachtete Unentschlossenheit selbst. Aber als ob es mit dieser unglaublichen Allianz von bösem Willen und Ineffizienz nicht genug gewesen sei, kam es auch noch, nachdem die kleine Armee unter Mühen die große Westschleife durchquert und Korti erreicht hatte, zu einer Folge von Verwechslungen und unseligen Zufällen, die die wenigen und hauchdünnen Chancen für ein *happy end* vollends zunichtemachte. Wolseley hatte es geschafft, eine Stafette zu finden, die sich bis zu Gordon durchschlug. Zurück in Korti, meldete der Bote, dass der belagerte Tabakraucher immer noch – was stark zur Beruhigung des Oberbefehlshabers beitrug – über einen Vorrat an Zigaretten verfügte, und überbrachte außerdem die lakonische, auf einen briefmarkengroßen Schnipsel Papier gekritzelte Nachricht: *Khartum, all right. 14. 12. 84.* Der wesentliche Teil seines Berichts aber fiel mündlich aus: Man solle sich Zeit lassen, seine Rückfallpositionen sichern, nichts dem Zufall überlassen. Wolseley, der nicht gerade über ein impulsives Temperament verfügte, sah sich darin bestärkt, seine ohnehin gemächliche Gangart noch zu verlangsamen. An diesem selben 14. Dezember 1884 aber, an dem Gordon Wolseleys Emissär diese beruhigenden Nachrichten übergeben hatte, schrieb er die letzten uns überlieferten Zeilen in sein Tagebuch: »Halten wir nun Folgendes fest: Wenn der Expeditionstrupp, und ich verlange nicht mehr als zweihundert Mann, nicht innert der nächsten zehn Tage eintrifft, kann die Stadt fallen. Ich tue mein Bestes zu Ehren unseres Landes. *Goodbye.*« Und in einem auf denselben Tag datierten Brief, dem zweihundertsiebenundsiebzigsten unter der Belagerung, steht zu lesen: *I think the game is up*, »ich glaube, das Spiel ist aus«. Möglicherweise klang die schriftliche Botschaft mit Absicht so optimistisch, weil er den Mahdi täuschen wollte, falls die Stafette auf ihrem Rückweg durch die feindlichen Linien in Gefangenschaft geraten wäre. Aber dann hätte die mündlich überbrachte Botschaft gegenteilig lauten müssen. Möglicherweise war die Stafette ja auch ein Agent des Mahdi. Möglich ist aber auch, dass seine Zyklothymie, dass der heftige Widerstreit der Gefühle, der unablässig in seiner kranken Seele wütete, Gordon dazu veranlasst hatte, innerhalb weniger Stunden solch unterschiedliche Dinge zu schreiben und zu sagen, und das, obwohl sein Leben davon abhing – oder vielleicht gerade deswegen.

Wolseley ließ sich also weiterhin Zeit. Er dirigierte das Gros seiner Truppen Richtung Berber, einer Hochburg der Mahdisten, die dreihundert Kilometer nördlich von Khartum lag, dort, wo die vom Roten Meer kommende Wüstenroute auf den Nil stieß. Und nach der Rückkehr der Stafette wartete er noch länger als eine Woche ab, bevor er am 8. Januar 1885 eintausendsechshundert Mann Richtung Schendi und Khartum in Marsch setzte, wo die Festung von Omdurman schon gefallen war. Die Durchquerung der von der östlichen Nilschleife umschlossenen Wüste von Bayuda dauerte elf Tage. Nur wenige Männer wurden unterwegs bei Scharmützeln getötet, aber das Schicksal wollte, dass sich unter ihnen der Kolonnenführer und sein Adjutant befanden. Das Kommando entfiel auf Sir Charles Wilson, einen braven Pionier-Offizier, der noch nie im Gefecht befehligt hatte und der ob seines bürokratischen Gemüts den Spitznamen »der Sekretär« trug. Er brauchte ein wenig Zeit, um sich an seine unangenehme Verantwortung zu gewöhnen. Am Nil angelangt, hielt er es für vordringlich, nichts zu überstürzen, und verbrachte zwei Tage damit, seinen Brückenkopf zu befestigen und die Panzerung der *Bordein* und der *Tell el-Howein* zu verstärken, der Kanonenboote, die Gordon ihm entgegengeschickt hatte. Genau zwei Tage, als ob ein hartnäckig den Untergang des »Chinesen« betreibender Gott ihn zu diesem Aufschub inspiriert hätte. In den frühen Morgenstunden des 24. Januar, als über Khartum der dreihundertzwanzigste Tag einer Belagerung heraufdämmerte, die dreihundertzweiundzwanzig Tage dauern sollte, beschloss er in Metemma, von wo aus vier Navigationstage Richtung Süden nötig waren, abzulegen. *The game was up*, diesmal endgültig.

Am Endpunkt dieser Piste also, die keine Rettung gebracht hatte, wartete ich vor viereinhalb Monaten auf Else Sutter. Mir hat die Geschäftigkeit auf dem Wasser schon immer gefallen, das ist etwas, das bis in meine Kindheit zurückreicht, als ich sehr zum Unwillen meines Vaters so manche Schulstunde schwänzte, um fasziniert zuzuschauen, wie die großen Frachtschiffe in die Flussmündung einliefen, oder einfach nur das Anlegemanöver der Fähre von Paimbœuf zu beobachten. Ich begab mich also zum Anleger, um nach Vollenders Assistentin Ausschau zu halten. Ich werde die Umstände unserer ersten Begegnung genau wiedergeben, denn sie waren entscheidend für den weiteren Verlauf unserer Geschichte. Es dürfte acht Uhr abends gewesen sein, man konnte das gegenüberliegende Ufer nicht mehr erkennen. Man hörte irgendwo im Dunkeln das Getucker des Dieselmotors. Von Zeit zu Zeit huschten flüchtige Blitze über die windgekräuselten Wellen. Plötzlich flammte das weiße Rund eines Scheinwerfers auf, und ein langer Lichtzeiger fuhr zögerlich und tastend herum, bevor er schließlich am Ufer zur Ruhe kam. Mit einem Mal war die Fähre aus der Nacht aufgetaucht und hatte sich knirschend auf die schlammige Böschung geschoben. Es erhob sich Geschrei, Motoren sprangen an, eine kleine Menschenmenge sprang auf die Rampe, drängelte sich zwischen den schlierigen Seitenwänden, weiß wie Phosphor erstrahlten Galabiyas und Turbane in der Dunkelheit und zogen das gleißende Licht des Scheinwerfers auf sich, unter dem sich alle Leiber entblößten. Ich erinnerte mich an den Februarabend, als ich mit Winterfield ins Hotel zurückkehrte und die von den indiskreten Scheinwerfern eines Pick-ups enthüllte Silhouette einer Frau in mir das Hohlbild von Alfas Körper heraufbeschworen hatte: Es war die gleiche Szene, das gleiche Aufblitzen von Nacktheit. Die ersten Lastwagen rollten unter blechernem Geschepper auf die Rampe, ließen ihre Motoren aufheulen. Die gespenstische Menge beeilte sich, ihnen aus dem Weg zu gehen, trieb laut schimpfend ihre Esel an, machte sich fluchend davon. Staubböen stiegen verdreht wie Rauchwolken auf. Oben auf der Plattform, wo ich stand, raste eine ganze Meute von dicken Land Cruisern der Regierung mit Vollgas auf das aufgeschüttete Gelände und bremste in der Manier von Abfahrtsläufern: im Halbkreis ausbrechend, Sand aufspritzend. Die Fensterscheiben senkten sich elektrisch und gaben den Blick auf ein Völkchen von fülligen Weibern mitsamt ihrer Brut frei, das zu irgendwelchen religiös-militärischen Mafiosi gehörte, und auf die Gangstervisagen der in Fliegerjacken steckenden Fahrer. Es lag eine brutale Schönheit in diesem Schauspiel, und das die Nacht zerstochernde Strahlengewirr, die Schreie, die Stoffe, die wie Fahnen im Wind knatterten, das Gedröhne der Maschinen hatte etwas von der Szenerie eines plötzlichen Überfalls. Ein Geländewagen fuhr die Rampe hoch und blieb auf meiner Höhe stehen. Eine weibliche Gestalt stieg aus und kam auf mich zu. In den ersten Augenblicken unserer Bekanntschaft war Else nichts als ein Schatten, ein schwarzer Scherenschnitt im gleißenden Gegenlicht der Autoscheinwerfer und des Leuchtstrahlers der Fähre. Kein Körper, nur ein Umriss ohne Gesicht, eine abstrakte Frau, die mich ansprach. Sie war eine Stimme, die aus der Finsternis kam, wie der Nil.

Ich weiß, was ich jetzt sagen werde, muss unglaublich klingen. Aber was soll ich machen? So war es nun einmal. Ich darf auch daran erinnern, dass ich die Geschichte eines Wahns erzähle. In dieser körperlosen Stimme, die mich auf Englisch fragte, ob ich wohl der Freund sei, den Vollender geschickt habe, glaubte ich sofort etwas von Alfas Stimme wiederzuerkennen, und damit war unser Schicksal, Elses und meines, besiegelt. Ich weiß, dass im Prinzip nichts einzigartiger ist als eine Stimme, dass man auf der Welt zwei Münder, zwei Blicke, zwei Gesichter finden kann, die sich ähneln, aber nicht zwei Stimmen. Das sind aber – und das ist alles, was ich dagegen einwenden könnte – Betrachtungen von vernünftigen Leuten. Tatsache ist, dass ich dort in Dongola, am nächtlichen Fähranleger, dem Zauber einer Stimme verfiel, die mich so sehr an eine andere erinnerte, die ich nie wieder hören sollte, dass ich eine Gänsehaut davon bekam. Das lag übrigens nicht so sehr an einer exakten Übereinstimmung, sondern eher daran, dass Elses Stimme mir die Richtung andeutete, in der, unerreichbar und doch nah, die Erinnerung an Alfa lag. Else reden zu hören versetzte mich in die Nähe einer entschwundenen Stimme – etwa so, als vernähme ich ein verzerrtes, von den anderen Alltagsgeräuschen deformiertes Echo. Lange Zeit nachdem Alfa mich verlassen hatte, klingelte manchmal das Telefon, ohne dass sich jemand meldete, wenn ich abhob: Und ich war verrückt genug, mir einzubilden, dass sie es sei, die mich anrief und stumm blieb, um mich zu hören. Dieser Glaube tröstete mich insofern, als er auf der Annahme beruhte, ihr sei noch an mir gelegen (so konnte ich mir zum Beispiel ausmalen, und da hielt ich mich wirklich nicht zurück, dass sie sich auf diese Weise nach mir erkundigte, dass sie aus dem Tonfall und dem Rhythmus meiner Stimme ableitete, wie es mir fern von ihr erging). Und auch wenn ich vergeblich (und immer sanfter, fast schon zärtlich) nachgefragt hatte, blieb ich am Hörer, bis schließlich ein Klicken die Verbindung unterbrach: nicht in der Hoffnung, dass sich, wer immer sie auch sein mochte, die Person, die am anderen Ende ihr Schweigen bewahrte, doch noch dazu durchringen würde zu reden, sondern weil mir, es stimmt, selbst noch dieses Schweigen kostbar war, denn es war ja, so dachte ich mir, ihr Schweigen. Es war nicht irgendein Nichts, sondern ein Nichts, das mit ihrer Stimme, nur dass diese ausgesetzt war, zusammenhing. Durch dieses Schweigen hindurch, das ich ihr in meiner Einbildung (und wohl absurderweise) unterstellte, hörte ich sie auf eine seltsame Weise, die einzige, die mir blieb, aus den Tiefen jener Welt sprechen, in der sich unsere Wege getrennt hatten und nie wieder kreuzen sollten. Nun also war auf eine andere, nicht weniger aberwitzige Weise Elses Stimme für mich wie ein Zeichen, wie eine unleserliche, aber unzweifelhafte Spur.

Und hier nähere ich mich wahrscheinlich dem Punkt, wo die Wörter sich am weitesten von den Empfindungen entfernen, die ich in ihnen wiederzufinden suchte. Alfas Stimme, das, was ich an jenem Abend am Ufer eines unsichtbaren Nils und an ein paar anderen, späteren Abenden von ihr wiederzubeleben hoffte, war ein zum Zerreißen gespanntes Seil, ein Klang, der jederzeit kippen konnte, der etwas von einem Gebet hatte, von Qual und Flehen, von Stärke und Mitleid, von all den großen und unbegreiflichen Geschichten, an die die Kunst sich nur unter Preisgabe des Intellekts heranwagt. Auch wenn ich blind gewesen wäre, hätte ich mich in Alfa verliebt, in diese stumme Stimme, in diese Stimme, die nicht mehr in mir widerhallt und zu der ich nichts mehr sagen kann. Denn die Worte, die ich finde, werden sie mir nicht zurückgeben: Sie sind wirklich nichts als klingelnder Nippes. Sie klang ein wenig erstickt oder ängstlich, als ob unsichtbare Hände sich andauernd um ihren Hals legten, es war eine Stimme, die überhaupt nicht zum Ungestüm ihres Charakters passte. Etwas Unsicheres lag in ihr, das stets zwischen Lachen und Weinen schwankte und mich deswegen so stark berührte. Ich erinnere mich, dass sie in meinen Ohren damals ein wenig wie die zugleich flittchenhafte und tragische Görenstimme der Lotte Lenya klang, und möglicherweise rührt der aberwitzige Kurzschluss in meinem Hirn daher, denn der deutsche Akzent, den Else im Englischen hatte, brachte mich auf die Figur der Jenny Smith, die in *Aufstieg und Fall der Stadt Mahagonny* »O Mond von Alabama« singt (*For if we don't find the next whisky bar / I tell you we must die* … Wie oft haben wir das nicht beschwipst auf unseren Spaziergängen durch Paris vor uns hin geträllert. Sie glaubte, das sei ein Lied der Doors. Auch das, Brecht, Kurt Weill – und die nächtlichen Saufereien … –, gehörte zu einer Kultur und zu einer Zeit, die beide die meinen waren und die ich ihr in meiner tödlichen Liebe aufzwingen wollte).

Genauso wenig wie in der Sekunde, als ich sie zum ersten Mal sah, hatte Else für mich in den wenigen Tagen, zwei Wochen vielleicht, in denen ich mich in sie verliebt glaubte, einen Körper. Sie hatte nicht einmal ein Gesicht. Ich schäme mich ein wenig, das zu sagen, aber sie war nur eine Schall-Illusion, ebenjener *flatus vocis*. Ich hatte mich umgehend und kurzfristig in eine Stimme verliebt, die sich hinter der ihren verbarg: die Stimme im Fummel und den zerschlissenen Unterröcken einer Hafengöre, eines Grenzstadtmädchens. Ich vögelte mit den Ohren. Was den Rest angeht, wenn wir vögelten, denn auch das kam trotz der unangenehmen Örtlichkeiten vor, so waren unsere Begegnungen genauso lustvoll wie der Zusammenprall zweier Autoskooter. Sobald sie sich in meinen Augen in ein Wesen aus Fleisch und Blut zurückverwandelte, ließ ich von ihr ab. Ich, das heißt die Illusion, zu der ich selbst geworden war. *The game was up*.

4

AUF DEM RÜCKWEG von Kerma, wo ich mir einen Spaß daraus gemacht hatte, Beauchêne mit der Behauptung, wir seien allesamt Mörder, aus der Fassung zu bringen (ich gebe zu, dass ich auch deswegen den Provokateur spielte, weil ich Else gefallen wollte), nahmen wir nicht die Wüstenroute, sondern fuhren das Niltal entlang Richtung Süden. Dort hatten wir den utopischen Zwischenhalt im Schatten der Burg von El-Khandaq gemacht. Zum ersten Mal seit langer Zeit fühlte ich mich unternehmungslustig. Wir wollten uns trödelnd wie Schüler auf den Heimweg machen. Else schien es nicht sehr eilig damit zu haben, Vollender wiederzusehen. »Ich bin mir nicht sicher, ob er über meine Anwesenheit besonders glücklich ist«, vertraute sie mir an; und auf meine Frage, warum, sagte sie: »Ich weiß nicht … Wissen Sie, ich soll seine Tochter ersetzen. Das ist nicht so einfach, weder für ihn noch für mich. Und er ist zudem kein einfacher Mann.« Welche Männer sind schon einfach, fragte ich mich, aber ich verkniff mir diese triviale Bemerkung. Dem Drang, sie zu fragen, was sie von Vollender wusste, konnte ich allerdings nicht widerstehen. »Nichts Besonderes«, antwortete sie, wobei sie mich, wie ich glaube, leicht verwundert anschaute, »jedenfalls nichts, was Sie nicht schon wüssten. Er ist ein großer Gelehrter und ein unglücklicher Mensch« (ihre Bemerkung erinnerte mich an Gordons Satz über Renan: »ein großer Arabist und offensichtlich ein sehr unglücklicher und ängstlicher Mensch«). »Mag sein, dass der Fall der Berliner Mauer für ihn eine Art Befreiung war. Politisch gesehen. Ich weiß es nicht, und es geht mich auch nichts an. In beruflicher Hinsicht aber war er für ihn, wie für viele andere, eine Katastrophe. Seine Titel und seine Arbeiten wurden nicht anerkannt. Zudem hatte er nur wenig publiziert. Daraus hat man ihm einen Strick gedreht. Er musste fast wieder bei null anfangen, völlig unnütze Prüfungen ablegen. Es fehlte nicht viel und Leute aus dem Westen – Leute wie ich – hätten ihm seine Stelle weggenommen. Zu seinem Glück konnte niemand auch nur annähernd die erforderlichen Qualifikationen nachweisen. Und kaum hatte er dann seine akademische Stelle wieder eingenommen und diese Entdeckung in Meroe gemacht, die ihn in seiner Position bestätigte, starb seine Tochter.« Ich fragte sie, ob sie etwas über die näheren Umstände wisse. »Nein, nichts Genaues«, sagte sie und schien abermals überrascht, »ein Unfall bei den Grabungsarbeiten, glaube ich.«

Nach El-Khandaq sind wir weiter der großen westlichen Schleife gefolgt, ohne uns zu beeilen. Wir durchquerten hinreißend friedliche Landschaften, die an einen alten und idealischen Orient erinnerten, wie er beispielsweise auf den Stichen und Zeichnungen von Napoleons Feldzug in Ägypten erscheint. Am Flussufer zogen sich Dörfer entlang mit ihren wasserblau, grün, ocker, perlweiß oder aschgrau getünchten Mauern, in die nubische Portale mit durchbrochenen Frontispizen und ultramarin oder violett umrandete quadratische Fenster eingelassen waren. Ich war begeistert von diesem kühnen und zugleich sicheren Sinn für Farben, der mir in El-Khandaq schon an der Kleidung der Frauen aufgefallen war.

Turban tragende Greise, auf ihren Eseln dahintrottend, dürre Minarette, *qubbas* über heiligen Stätten, geduldig über den Himmel streichende Palmen – aus allem atmete eine wunderbare Langsamkeit. Und alles ähnelte allzu sehr einer naiven, pastoralen Vorstellung vom Paradies, um nicht gleich meinen natürlichen Pessimismus zu wecken, der mich eine prompte Revanche der Hölle befürchten ließ. Verbargen sich nicht insgeheim unter der gestundeten Zeit konvulsivische Zuckungen? Und doch: Es war ein glücklicher, falscher und ein wenig alberner Tag. Bei Sonnenuntergang trafen wir unterhalb von Dschebel Barkal ein, einer Art Gibraltar-Felsen, der sich hinter den im Abendlicht fast schon violetten Pyramiden und Tempeln aufwirft.

In der Nacht brausten wir mit Vollgas durch die Wüste von Bayuda. Ich liebe den Kitzel der ungezügelten, durch nichts gebremsten Geschwindigkeit, das Vibrieren der sandgepeitschten Bleche, die sonore Apoplexie der Vergaser, den halsbrecherischen Schwindel – man hält den Horizont für eine plötzliche Mauer im Scheinwerferlicht – der unter freiem Sternenhimmel durchrasten Ebenen. Ich erzählte Else die Geschichte von Abu Lamba, »Väterchen Licht« genannt: Diese arglistige Kreatur, ob Mensch, ob Dämon, das weiß man nicht, amüsiert sich damit, den nächtlichen Reisenden mit Lichtsignalen anzulocken, um ihn dann, im Morgengrauen, fernab von jeder Piste, allein zurückzulassen. Anschließend legten wir in ohrenbetäubender Lautstärke den quälenden Singsang von Guilani al-Wasir und anderen ein, deren Namen ich vergessen habe. Dann hörte ich ihr zu, wie sie in die Dunkelheit hineinsprach. Dazu das schwache Licht auf dem Anzeigenfeld der Armaturen. *O Mond von Alaba-*

ma … O Ihr alten Hüte, Ihr Schlösser und Jahreszeiten … Gegen ein Uhr morgens waren wir in Atbara. Wir schliefen in einem *lakonda*, einer dieser mit gut zwanzig Feldbetten möblierten Baracken, die man hier Hotels nennt. Die Anwesenheit eines Weißen in diesen schmierigen Etablissements gibt stets Anlass zu verdutztem Geschwätz. Aus Gründen, die mir schleierhaft bleiben, kennen die bei Tageslicht so herrlich gleichgültigen Sudanesen nach Einbruch der Nacht keinerlei Form von Zurückhaltung mehr. In einem Meter Entfernung von der Trennwand, hinter der man den Herrn der Mücken um ein wenig Schlaf anfleht, geben sie sich in den *lakondas* ihrem lauten Palaver hin, rotzen sie über einen hinweg, halten sie einem, während man sich, die Wut in sich hineinfressend, schlafend stellt, die Petroleumlampe übers Gesicht und brüllen begeistert *Fransawi, Fransawi*, der Wächter hat also recht gehabt, hier liegt einer von diesen dicken weißen Würmern. Und immer wieder losprustend, kommentieren sie diese Angelegenheit, gewiss auf die liebenswürdigste Weise der Welt, aber in einer Sprache, die man nicht versteht und von der man nur allzu deutlich den rauen Akzent wahrnimmt.

Else und ich verbrachten also, jeder auf seinem Feldbett, die Nacht inmitten von Schnarchern, Rotzern, Kernespuckern, Lampenhaltern und Erzählern, die allesamt von der Anwesenheit nicht nur eines Weißen, sondern – ein Ereignis, das der endlosen Kommentare sehr viel würdiger war – einer Weißen in hellste Aufregung versetzt worden waren. Der Wächter, ein ziemlich grantiger, einäugiger Greis, psalmodierte ganze Koransuren herunter. Der Morgen ließ auf sich warten, aber nichts, kein einziges dieser Geräusche störte mich: Es war eine unhörbare Stimme, die durch meinen Kopf schwirrte. Sobald Else aufgewacht war, sind wir abgehauen. Ich zeigte ihr Dutzende von himmelblauen Dampflokomotiven der Nile Valley Railway, die in einem ehemaligen Verschiebebahnhof gestrandet waren: das verrostete Azur der Kessel, hinter deren schweren, weit offen stehenden Klappen man ein Fledermausversteck erahnen konnte, das im Sand erlahmte Gestänge, die Haufen von Achsen für gewichthebende Riesen. Zur großen Zeit des Empire, Else, sagte ich ihr, hätten wir hinter einer dieser Eisenwolken in einem mahagonigetäfelten Waggon von Alexandria bis Khartum reisen und dabei die ganze Zeit Portwein trinken können. Ich redete wie im Rausch, der arme Winterfield hatte meine Liebe zu den Wörtern nicht stillen können. Am Vorabend, aber das konnte ich natürlich noch nicht wissen, war er über das Geländer der Nilbrücke gestiegen. Ich schwadronierte weiter, um zu hören, wie sie lachte, mir antwortete, aber es war nicht sie, die ich hörte.

Am frühen Nachmittag kamen wir in Meroe an. Zu dieser Zeit war noch Mittagspause. Ein verdüsterter Vollender schlabberte seinen Napf *foul* herunter in seiner nahezu direkt am Bahngleis gebauten Backsteinhütte, wo unsere »Geschlossene Gesellschaft« aufgeführt werden sollte. Er empfing uns ein wenig steif. »Ich hatte Sie gestern Abend erwartet«, sagte er, während er in seinem Püree aus roten Bohnen herumstocherte, fast ohne uns anzusehen, »hier gibt es jede Menge Arbeit … Die Zeit wird niemals ausreichen.« Die Besichtigung unseres Schuppens dauerte nicht lange; er bestand aus zwei Zimmern: In seinem, das rundum mit Regalen voller wild durcheinanderliegender Tonscherben ausgestattet war, standen ein Feldbett und ein Tisch auf Stellböcken mit einer Petroleumlampe und einem Gaskocher obendrauf; das unsere, Elses und mein Zimmer, war größer, seine Einrichtung bestand aus zwei *angarebs*, zwei Truhen, zwei Lampen. Der Boden war aus gestampfter Erde. Durch kleine quadratische, mit Fliegengittern versehene Öffnungen drang ein wenig von dem lodernden Tageslicht nach innen. Der einzige Luxus an dieser Behausung, neben der sich das Hôtel des Solitaires wie ein Palast ausnahm, war draußen ein Vordach aus geflochtenen Palmenblättern. Dort aßen wir immer zu Abend. Auf der anderen Seite eines quadratischen Sandplatzes diente eine weitere, diesmal fensterlose Hütte mit verriegelter Metalltür als Magazin, wo wichtigere Fundstücke gelagert wurden. Außerdem stand da noch, nicht weit entfernt, ein Backsteinkubus, den eine Trennwand unterteilte: Auf der einen Seite diente eine umgedrehte, mit einem Loch versehene Kiste als Klosett; auf der anderen versorgte ein auf einen Lattenrost aus dicken Holzbohlen gehievtes Eisenfass die tröpfelnde Dusche mit teebraunem Wasser. Das war, von einem Stacheldraht umsäumt, die Einrichtung, wie man sie im Wörterbuch der Archäologie unter dem Eintrag *rest house* findet und die eher an das Straflager Biribi gemahnte als an einen der Erholung geweihten Ort. Aber das störte mich nicht im Mindesten. Ich war nicht hergekommen, weder hierhin noch überhaupt in den Sudan, um es mir gut gehen zu lassen.

Unmittelbar östlich von unserem Lager verlief also die Eisenbahnlinie. Auf einem Markierungsstein stand zu lesen: Km 214. Uns galt das als Bezeichnung für das *rest house*. Manchmal, aber eben doch nur selten und angekündigt von langen und vibrierenden Signaltönen, zog, wie sein Name ihm gebietet, ein Zug vorbei. Wenn das Ereignis in der Nacht stattfand, entbehrte das Schauspiel nicht einer finsteren Schönheit. Im großen weißen Zyklopenauge krümmte sich eine Windhose von Insekten. Geblöke, Iahen, Gescheppper, die Lok fuhr durch und zog halbschattige Rechtecke hinter sich her wie eine Folge von Zeichnungen voll ausdrucksloser Gesichter in Tusche und Bleistift. »Wie sehen Sie das?«, fragte mich eines Tages Vollender mit sardonischem Grinsen. »Man könnte sagen: die eisenbahnerische Version von Charons Seelenbarke, nicht wahr?« Jenseits der Gleise zeugten von Lastwagen aufgewirbelte Staubwolken von der Existenz der Landstraße Khartum–Atbara. Und noch ein Stück weiter entfernt ließen sich im flachen Licht des frühen Morgens oder der Abenddämmerung über einem Dünenkamm, dicht gedrängt wie die Pflöcke einer gigantischen Palisade, die Pyramiden der Nekropole ausmachen. Im Westen floss der Nil hinter einem fernen grünen Band vorbei. Im Süden lag das Dorf Bagrawiya, und unmittelbar nördlich das Ruinenfeld des sagenumwobenen Meroe. Ehrlich gesagt, war es nicht mehr als ein Haufen verglühter Steine, die königliche Bäder und Tempel als vagen Abdruck auf dem Boden hinterlassen hatten und zwischen denen, aufgerichtet auf ihren Hinterläufen, die Ziegen angestrengt am spärlichen Blattwerk der Mimosengewächse rupften. Das war unsere Welt, das sollte sie sein. Hier steckten wir im Sand, genau an der Stelle, wo sich, Herodot zufolge, das kristalline Totenheer aufhalten sollte.

Das Ausgrabungsgebiet lag ungefähr zweihundert Meter weiter westlich in Richtung Niltal. Man stieß zunächst auf ein Labyrinth von mannshohen Mauern aus Lehmziegeln, die sich zwischen Abfällen aus der vertrockneten Erde erhoben: Die Hauptstadt des »Königs der Könige« lag verschüttet unter der langjährigen Müllhalde des Dorfes Bagrawiya. Manche dieser vollständig erodierten Mauern, an denen sich aber immerhin noch die Ziegelung wie ein Schuppenpanzer abzeichnete, ähnelten eher der blasigen, mit Pusteln übersäten Faltenhaut eines monströsen Reptils denn menschengemachtem Bauwerk. Der ausgegrabene Kadaver der delphischen Pythonschlange oder der Hydra von Lerna. An anderen Mauern hingegen, die noch Ansätze zu eingestürzten Gewölbekonstruktionen trugen, ließen sich ganz deutlich die Fugen zwischen den einzelnen Backsteinen erkennen. In diesem Wohnviertel hatte Vollender vor zwei Jahren mit seinen Grabungen begonnen. Damals dienten die oberen Mauerränder, die an der Oberfläche ein unregelmäßiges Rasterwerk bildeten, gelegentlich noch als Gehegemarkierungen für ein ausgemergeltes, Papier und alte Stofflappen kauendes Hausvieh. Vollender hatte sich damit begnügt, dieses Ensemble nur ganz grob freizulegen, um seinen Grundriss aufzeichnen zu können. Denn in der Zwischenzeit hatte er einen anderen, weitaus aufregenderen Fund gemacht.

Gut hundert Meter weiter westlich nämlich ragten unterhalb eines kleinen Dünenhangs inmitten von Abfällen die Reste eines aus massiven Sandsteinblöcken gemauerten Gebäudes aus der Sohle einer Trichtermulde. Richtung Westen formte eine lange, bis zu einer Höhe von etwa zwei Metern frei liegende Mauer mit einer anderen, weniger gut erhaltenen und zum Teil verschütteten Mauer einen rechten Winkel. Im Zentrum dieser früher wohl einmal quadratischen

Konstruktion mit einer Seitenlänge von gut zwanzig Metern lugten die Spitzen von fünf grauen Granitsäulen hervor. Anhand von hier und da aus dem Boden ragenden Mauerstümpfen und Absätzen aus Backstein ließ sich die Lage der Innenwände nachzeichnen. Eine davon, die sich parallel zum Sandwall und leicht versetzt gegenüber der verfallenen Außenmauer auf einer Länge von ungefähr fünf Metern erstreckte, war von Planen überdeckt. Das war das Bild, das sich mir bei der ersten Besichtigung der Kathedrale von »Sankt-Georg-im-Müll« bot, wie Vollender in Anlehnung an sein erstes freigelegtes Fresko und in Anspielung auf die wenig beneidenswerte Lage unter einer ehemaligen Abfalldeponie seinen Besitz nannte, wenn er denn einmal zum Scherzen aufgelegt war. »Und doch ein ganz außergewöhnliches Bauwerk«, erklärte er mir, nun wieder redselig. »Zum einen belegt es die Existenz dieses Dotawo, von dem wir bislang nicht mehr wussten, als uns ein paar Dutzend bruchstückhaft erhaltener Zeilen sagen. Hier ist es nun, dieses Fürstentum der lebenden Toten, dieser Irrtum der Geschichte, dazu noch fest gemauert in der Erden, alles solider Stein. Denn eines müssen Sie bedenken: Alle mittelalterlichen Bauwerke sind hier aus Ziegeln, aus gebrannten Ziegeln oder aus Lehmziegeln, je nachdem, aber eben immer aus Ziegeln. Mit anderen Worten: Sie sind einigermaßen hin. Unsere Lemuren aber sind losgezogen und haben sich die Steine und Säulen aus den meroitischen Tempeln geklaut. Sie lagen in Reichweite herum, ein ganzes Trümmerfeld. Sie brauchten sich nur zu bedienen. Damit ist die letzte Kirche des Sudans aus rein heidnischen Steinquadern erbaut. Hahaha! Schauen Sie nur!« Er schleppte mich zu der langen, im rechten Winkel auf die Düne stoßenden Mauer und zeigte mir, in den Stein gemeißelt, ein gekröntes Löwenhaupt. »Der Gott Apedemak. Und das hier, dieses Wasserspeiermaul, ist Mandulis. Das ganze meroitische Bestiarium zieht auf dem Gemäuer der letzten sudanesischen Heimstatt des Gottes von Byzanz seine Fratze. Die Geschichte, das wissen Sie, schreitet maskiert voran, selbst die Gegen-Geschichte. Denn was wir hier vor uns haben, ist doch die Trägheit im Reinzustand, ist Schlafwandlerei. Dieser Joël I., das ist dieser japanische Soldat auf seiner verlassenen Insel, der glaubt, dass immer noch Krieg herrscht. Das ist übrigens der Grund, warum er mir so gefällt. Er ist ein lebendig Begrabener, jemand, den man von der Karte gestrichen hat, aber er lässt sich als König der Könige anreden und bastelt aus den Visagen von Götzenbildern eine lächerliche Trutzburg gegen den auftrumpfenden Gott aus Mekka. Können Sie sich das vorstellen? Er ist wie Gordon, das auch, der sich, umzingelt und ausgehungert, keine Illusionen mehr macht, was sein fatales Ende angeht, aber dennoch, Nacht für Nacht, die Bahn des Kometen befragt und die Zukunft des Sudans organisiert, indem er sich in seinem unnützen Monument von Tagebuch eine Konföderation von nur in seinem Geiste existierenden Sultanaten ausdenkt. Ich aber, hören Sie mir jetzt gut zu«, er packte mich am Arm, fixierte mich mit seinem unausgeglichenen Blick, »ich eile ihm zu Hilfe, ich habe die Leinen losgemacht und fahre auf dem schwarzen Schiff der Museumsinsel von der Spree aus den Nil flussaufwärts. Ich komme natürlich zu spät. Aber ich rette ihn trotzdem, ich grabe ihn aus, ich lasse ihn auferstehen.« Der Kerl hat nicht mehr alle Tassen im Schrank, sagte ich mir abermals. Er brach in lautes Gelächter aus. »Sie halten mich für verrückt, nicht wahr? Genau wie dieses … Fräulein.« Er sagte, ich weiß nicht warum, tatsächlich: »*This … Fräulein.*« Das deutsche Wort schien, obwohl wir doch Englisch sprachen, für ihn ein Mittel zu sein, sie auf Distanz zu halten, als ob er sie bestrafen wollte. So zumindest habe ich es verstanden. Jedenfalls hielt er nur ihr, und das auf eine beleidigende Weise, den Fehler vor, den er uns beiden ankreidete. Diesen Ausdruck von Verachtung und Grausamkeit, der in seiner Stimme aufflackerte, schien er dann gleich zurücknehmen zu wollen, denn in väterlichem Tonfall fuhr er fort: »Das macht nichts. Die Verrückten sind das Salz dieser Erde. Und Sie wissen noch lange nicht alles. Was ich Ihnen jetzt zeigen werde, kennt Else schon.« Und während er seinen Arm um ihre Schultern legte, eine Geste, die mir, unter den gegebenen Umständen, wie verlogen und allzu dick aufgetragen wirkte, zog er uns zu dem unter den Planen verborgenen Backsteinmäuerchen.

Auf der ganzen Länge, also auf ungefähr fünf Metern, schauten gemalte Gesichter aus dem Sand, ähnlich wie die der vom *haboob* verschluckten persischen Armee. Oder besser gesagt: Es waren abwesende Gesichter, denn an der Stelle der Gesichter war der Gipsverputz jeweils abgeschabt worden. Ihre leeren, milchigen Ovale flackerten auf wie Laternen in einer stürmischen Nacht: drum herum nur gewellter Schatten, matt schimmernde Schwärze. Die ausgehöhlten Köpfe gehörten ganz zweifellos Jesus Christus und dem Gefolge seiner himmlischen Heerscharen: Im Zentrum rahmten ein Alpha und ein Omega eine dunkle bronzefarbene Aureole, auf der sich, mit dem ausgekratzten Gesicht in der Mitte, ein Kreuz aus getrocknetem Blut spreizte. Der

Scheitelpunkt eines rußigen Regenbogens rundete sich über dem menschgewordenen und defigurierten Gott, der seine bleiernen Leichenhände hob. Links und rechts von ihm schlugen nächtliche Flügel an ein tintenschwarzes Firmament. Die Kleidung, der Faltenwurf über den Schultern wirkte wie Gewitterhimmel, wie Klumpen feuchter Erde. Alle Farbtöne erschienen in ihren dunkelsten Nuancierungen, über die hinaus sie ein unterschiedsloses Schwarz geschluckt hätte. Nichts ließ sich zunächst in diesem großen Gedränge der Schatten erkennen, nichts außer vagen Farbregungen, die genauso gut ein nahes Erlöschen wie ein zaghaftes Aufkeimen des Lichts hinter diesen versehrten Antlitzen bedeuten konnten. Die Autoren dieser Profanation, die die Gesichter wahrscheinlich im Namen des islamischen Bilderverbots ausradiert hatten, hatten ihnen neben der Strahlkraft des Mysteriums auch jene verführerische Klarheit und Helle verliehen, die diesen Reigen der Finsternis durchbrach. Ich blieb völlig sprachlos vor diesem Fresko stehen, das seine ganze paradoxe Kraft daraus bezog, dass es so gut wie vernichtet war, dass es am Rande des Abgrunds aus Farben und Formen gemacht war, die sich auf der Kippe zur Welt des Unsichtbaren, des Gestaltlosen bewegten.

»Hier handelt es sich ganz offensichtlich um ein Jüngstes Gericht«, erklärte Vollender (in diesem Moment hasste ich den gelehrten Tonfall seiner Stimme, die den Zauber brach). »Wir werden bald mehr darüber wissen, aber es steht jetzt schon fest, dass wir es hier mit einem ganz außergewöhnlichen Werk zu tun haben. Und das nicht aus Gründen, die Ihnen ins Auge fallen. Mir geht's nicht um Gefühle, auch nicht um Ästhetik, sondern um Wissen – *bei meiner Arbeit geht's um Wissenschaft*«, sagte er, an Else gewandt, auf Deutsch, und das völlig unangebracht in einem fast schon aggressiven Ton, bevor er, plötzlich wieder milder gestimmt, fortfuhr: »Wie Sie wissen, unterschied man bislang in der sakralen Kunst der Nubier zwischen einer violetten Phase, das ist die älteste, dann einer weißen, einer roten, einer gelben, die alle vor dem Jahr 1000 liegen, und schließlich einer polychromen Phase. Und nun wissen wir, wie diese Geschichte der Farben endet: Sie endet mit ihrer Übersteigerung in der Aufhebung. Hahaha, das ist ganz schön hegelianisch, was? Das Violette geht aus dem Schwarzen hervor und stößt auf dessen Antithese, das Weiße, und danach kommt die ganze Palette; und all das endet wieder, nachdem wir mit dem Kreislauf durch sind, im Schwarzen. Aber diesmal haben wir es mit einem bewohnten, einem schillernden und widersprüchlichen Schwarz zu tun. Einer lebendigen – und historischen – Schwärze. Und diese Entwicklung, merken Sie sich das, deckt sich exakt, von der Geburt bis zum Tode, mit dem Lebenslauf der Kultur, auf der sie beruhte: Hätte es nämlich nicht diesen Schlafwandler, diesen König der Könige aus Dotawo gegeben, wäre das nubische Mittelalter in der Polychromie ausgeklungen. Es hätte die Farbe Schwarz nicht neu erfunden, mit anderen Worten: Es hätte dem Tod kein Leben eingehaucht. Können Sie mir folgen? Was hält unser Schriftsteller davon? Diese Leute machen aus ihrem Ende eine Erfindung. Glauben Sie nicht, dass das eine großartige Lektion in Sachen Wiederauferstehung ist? Denn wenn es sich um ein Jüngstes Gericht handelt, dann muss hier in ein paar Metern Tiefe die eine oder andere Leiche liegen, die sich beim ersten Posaunenstoß aus dem Grab zwängt. Und was Ihnen das Amen, das gesichtslose Lamm der Apokalypse von Meroe sagt, ist: ›Freuet Euch! Ihr seid zwar ein für alle Male tot, aber Euer Leben hat den Tod überwunden! Ihr habt das Nichts mit der ganzen Schwäche des Seins ausgefüllt! Ihr habt ein Werk daraus gemacht! Das Nichts, das Schwarze – alles halb so schlimm: Ihr habt daraus, wunderbare menschliche Rasse, eine dicht bewohnte Heimstatt für das Leben gemacht, für den Leib und die Seele, für das Denken, das Träumen und die Erinnerung. Das Nichts war zum Verzweifeln einfach, jetzt ist es, Euch sei Dank, bunter und vielfältiger als die Blätter eines Waldes. Schlaft ruhig weiter, ruhet in Frieden, Ihr Sünder, Ihr Gerechten. Ihr habt euch Meiner, der Ich das Leben bin, nicht unwürdig erwiesen. Wir werden Euch nie vergessen.‹«

Vollender schwieg. Als ob es ihm plötzlich unangenehm sei, seinen verqueren Gedanken freien Lauf gelassen zu haben. Sie sogar laut deklamiert zu haben, denn am Ende hatte seine Rede eine gehetzte, ja beschwörende Wendung genommen, und ich glaube, dass es ihn am meisten verstimmte, diese Exaltiertheit, die in den Augen eines Gelehrten nur als Schwäche gelten konnte, gezeigt zu haben. Vor sich herbrummelnd und Else anraunzend, die ihm doch nur helfen wollte, beschäftigte er sich einen Augenblick lang damit, die Plane über den leeren Gesichtern wieder zurechtzurücken. Dann, wieder beruhigt, lächelnd und aufs Neue sarkastisch, meinte er: »Und jetzt ans Werk, Herr Schriftsteller! Zücken Sie Ihre Posaune! Wir müssen noch diese Toten ausbuddeln, und die Zeit drängt!«

5

DAS WAR MITTE November. In den folgenden zwei Monaten haben wir gebaggert wie blöde, ohne uns auch nur im Geringsten um die langwierigen und skrupulösen Vorkehrungen zu scheren, die dem Ungeduldigen die Archäologie zur Hölle machen. Wir buddelten wild und hastig drauflos, glichen eher Hunden, die gierig nach ihren versteckten Knochen scharren, und weniger einem Team von Wissenschaftlern, die Schicht um Schicht das Gelände abtragen und auf der Suche nach kleinsten Splittern, die nicht weniger als das ganze freigelegte Bauwerk über die Geschichte einer Stätte Aufschluss geben, jeden Kubikzentimeter der Ablagerungen durchs Sieb streichen. Vollender hatte im benachbarten Dorf eine Truppe von Erdarbeitern angeheuert. Diese stand unter dem Kommando eines *raïs*, der mit seinem zahnlosen Maul, seinem dünnen Schnauzbart, seinen Falten und rituellen Hautritzungen im Gesicht dreinschaute wie ein alter, narbiger Kater. Zwischen dem Augenblick, in dem die Sonne unter dem kurzen Jubelgesang der Vögel wie eine dicke, aufgeschnittene Limone über den Pyramiden auftauchte, und der Stunde, in der sie die Ufer des Nils zu versengen begann, entwickelte sich ein fieberhaftes Hantieren mit Schaufeln, Hacken und sandgefüllten Gummiwannen, die ohne viel Federlesens über dem Rand des Kraters ausgekippt wurden, aus dem sich, Tag für Tag ein wenig mehr, Sankt-Georg-im-Müll herausschälte. Das Ganze erinnerte eher an Tagebau als an eine Ausgrabung. Diese, den einfachsten Regeln zuwiderlaufende Vorgehensweise schockierte Else stets aufs Neue, die es zwar nicht wagte, eine Bemerkung zu machen, aber nicht umhinkonnte, ihren Ärger deutlich zu zeigen. Und Vollender, der ihren stummen Widerwillen natürlich spürte, zeigte sich ihr gegenüber immer reizbarer. Selbst ich, der ich ein Neuling war, wunderte mich über diese Hast, die nicht nur jede Form von methodischer Untersuchung unterband, sondern uns am Ende gar ernsthaften Gefahren aussetzte: Niemand machte sich die Mühe, eine Mauer abzustützen oder den Hang zu stabilisieren, der sich wie eine Welle mit jedem weiteren Tag unserer unsystematischen Grabungen höher über uns auftürmte. Dabei erinnerte ich mich noch an das, was Vollender mir an jenem Abend, da wir uns im Hôtel des Solitaires begegnet waren, gesagt hatte: Er sei kein im Ungefähren werkelnder Archäologe, sondern ein Mann von Geduld und Disziplin.

Allein aufgrund meiner Unruhe hätte ich es wahrscheinlich nie gewagt, ihn um Erklärungen zu bitten. Wie ich schon gesagt habe, ich stand ganz in seinem Bann, und dies umso mehr an diesem Ort, den er gefunden hatte, den er zum Bollwerk gegen Tod und Vergessen aufrichtete, der die Erfüllung seines Lebens und wohl auch sein Grab war. Hier, in Meroe, war er der Herrscher. Er ließ sich als *Mudir* anreden – oder zumindest ließ er es, mit einer augenfälligen Genugtuung, zu, dass er mit diesem Titel eines Provinzgouverneurs im ägyptisch-osmanischen Reich angeredet wurde. Stets war er, wie ein Offizier aus dem Afrikakorps, tadellos in beigefarbenem Leinen gekleidet, seine Unterschenkel steckten in anachronistischen Gamaschen, dazu stützte er sich auf einen Stock, mit dem er, wie man in gewissen Momenten spüren konnte, am liebsten auf unsere Rücken eingeprügelt hätte. Er unterstellte uns alle, Else und mich eingeschlossen, einem militärischen Regiment. Wenn er sich abends nach dem frugalen Mahl, das wir unter dem Vordach aus Palmengeflecht einnahmen, zurückzog, überließ er es uns, den Tisch abzuräumen, als seien wir seine Ordonnanzen, und er hatte es uns untersagt, ihn in seinem Befehlsunterstand zu stören. Morgens weckte er uns vor Tagesanbruch, und es galt als ausgemacht, dass wir das Frühstück zu bereiten hatten, während er seine Brackwasserdusche nahm und sich dann mit einem billigen, in Khartum erworbenen Eau de Cologne oder etwas Ähnlichem einsprühte (eine Marke, die, was mich bei ihm überraschte, von schlechtem Geschmack zeugte: Er stank ganz eindeutig nach Osterglocken). Der *raïs* bezeugte ihm gegenüber eine Hochachtung, die fast schon an Unterwürfigkeit grenzte, was mir mit den stolzen Sitten des Sudans kaum in Einklang zu stehen schien. Es konnte vorkommen, dass er stehend, in respektvoll gebeugter Haltung, Bericht abstattete oder Instruktionen entgegennahm, während Vollender, die Hände auf den Knien, auf einem *angareb* saß: wie auf einem Stich aus dem 19. Jahrhundert, einen weißen Pascha darstellend und aufgelesen in irgendeinem *Tour du monde* oder *Journal des voyages*. »Schauen Sie nur«, sagte mir Else eines Tages, »wie Stanley, der einem Häuptling aus dem Kongo seine Befehle diktiert.« Was der *raïs* an Vollender so fürchtete, war übrigens nicht, wie ich aus seinem Munde erfahren konnte, sein Status als Chef oder Europäer, sondern sein zweifarbiger Blick, den er für den Ausweis einer übernatürlichen Macht hielt. Aber ich will auch keine Karikatur von Vollender zeichnen. Neben diesen Äußerungen, aus denen episodisch eine etwas beunruhigende Form von Eitelkeit sprach, gab er sich die meiste Zeit freundschaftlich, zumindest mir gegenüber. Und es waren eben sein gelehrter und verquerer Intellekt, die waghalsigen und verblüffenden Gedankengebäude, die sein Geist in großen Mengen hervorbrachte, mit denen er uns in Schach und Atem hielt.

Und doch erkühnte ich mich eines Tages, ihm gegenüber meine Verwunderung über die Art und Weise, wie er die Grabungen leitete, zu formulieren. Ich tat es, weil mich Else, die völlig angewidert war, darum gebeten hatte, einzuschreiten. Das geschah genau zu dem Zeitpunkt, da ich, ohne noch länger in sie verliebt zu sein, noch keine offen feindseligen Gefühle für sie hegte. Ich spürte, dass der schwelende Konflikt zwischen den beiden jederzeit explosionsartig ausbrechen konnte. »Dieser Kerl ist verrückt«, hatte sie mir gesagt. »Ich bin nicht hergekommen, und Sie ja wohl auch nicht, um Sandburgen zu bauen.«

»Ich weiß sehr wohl«, antwortete er mir, »dass Sie die ganze Zeit miteinander tuscheln und an mir herumkritteln. Anders als sie glaubt, bin ich weder blind noch verrückt. Und jemandem wie mir braucht man die Regeln der Kunst nicht mehr beizubringen. Ich bin ein Mann mit festen Regeln, das habe ich Ihnen, glaube ich, schon einmal gesagt, oder? Nun ist es aber einfach so, dass ich keine Zeit mehr habe. Ich bin ein alter Mann und ein einsamer Mann. Die deutsche Wiedervereinigung mag ein historisches Ereignis sein, mich aber hat sie sechs Jahre gekostet. Sechs Jahre, die ich damit verplempert habe, irgendwelchen Rotznasen im

Alter dieser jungen Frau zu beweisen, dass ich kein Scharlatan, kein als Archäologe verkleideter Geheimagent oder sonst was bin … Sechs Jahre, wissen Sie, was das in meinem Alter bedeutet? Und dann hat mir der Tod meiner Tochter die Zukunft genommen.«

»Ich habe Sie nie gefragt, wie das passiert ist«, wagte ich mich vor.

»Ein Unfall, gleich hier. Aber man wird mich niemals davon abbringen, dass sie sie umgebracht haben.«

»Sie? Wer?«

»Nun … sie eben. Sie werden schon verstehen. Sie sind ja, wir mir scheint, nicht gerade dumm.« (In dieser Hinsicht täuschte er sich.) »Aber lassen wir das. Vielleicht können Sie jetzt einsehen, dass ich einige Gründe habe, die Regeln nicht einzuhalten. Die Regeln … Glauben Sie etwa, dass ich drei oder vier Jahre damit zubringen will, diese Zwiebel hier *nach den Regeln der Kunst* zu häuten? Das da«, er zeigte auf die Kathedrale, »ist gegen die Regeln, gegen die Gesetze der Geschichte, wie es so schön heißt, erbaut worden. Eine Aberration, und zweifellos meine letzte Entdeckung. Und sie wird auch gegen die Regeln ausgegraben, aber das ist nicht mein Fehler. Wollen Sie vielleicht, dass ich da mit dem Pinsel rangehe, mit einem Rechenschaber, und jede Tonscherbe, jeden Knochensplitter herauspule? Dass ich ihnen auf diese Art den Sieg schenke? Es ist sehr gut möglich, ich habe das, wenn Sie es genau wissen wollen, sogar im Gefühl, dass dies meine letzte Etappe im Sudan ist. Ich will sehen, wie die Toten, wie meine Toten das Erdreich verlassen, ich will, bevor ich verschwinde, meine Wiederauferstehungsszene betrachten. Können Sie das verstehen? Die Wissenschaft mitsamt ihren Prozeduren überlasse ich jetzt gerne Leuten wie dieser Frau. Ich kann mir das nicht mehr leisten.«

»Aber ist Else nicht gerade deswegen hier, um … um Ihre Nachfolge anzutreten?«

Seine schweren roten Lider krampften sich zusammen, für einen kurzen Moment blickte eine Hyäne aus seinen Augen.

»*Niemals*«, fauchte er auf Deutsch.

Mir wurde mit einem Schlag klar, dass das, was Vollender Else gegenüber empfand, nicht einfach nur Verärgerung war, sondern wirklicher Hass, und ich war wie versteinert. Um es nicht bei diesem Ausbruch von Gewalt, nicht bei diesem Schweigen zu belassen, stammelte ich:

»Und was ist mit mir, warum haben Sie mich kommen lassen?«

Mit der ihm eigenen Schnelligkeit hatten sich Ausdruck und Tonfall bereits verändert.

»Aber, mein lieber guter Freund«, antwortete er heiter gelöst, »ich dachte, Sie würden sich in Khartum langweilen und meine unbedeutenden Arbeiten könnten Sie interessieren. Und außerdem, ich weiß nicht recht, hatte ich vielleicht auch die Vorstellung, dass Sie der Chronist dieser … Ereignisse sein könnten. Bereuen Sie es?«

Vieles bleibt mir ein Rätsel, so zum Beispiel die tieferen Gründe für diesen Hass. Der nächstliegende und wahrscheinlichste war wohl der, dass Else seine tote Tochter ersetzen sollte. Musste ihm diejenige, der er sein ganzes, im Laufe eines Lebens angehäuftes Wissen, von dem er nur wenig preisgegeben und publiziert hatte (»aus Mangel an Eitelkeit«, wie er mir am Abend unserer ersten Begegnung erklärt hatte; inzwischen aber glaubte ich davon kein Wort mehr, ich vermute eher, dass er seiner Tochter ein unberührtes Wissen hinterlassen wollte), musste ihm also diejenige, der er dies nun alles vermachen sollte, nicht zwangsläufig wie eine Usurpatorin erscheinen? Ich stellte mir, ohne die geringsten Anhaltspunkte dafür zu haben, die Beziehungen zwischen der Verstorbenen und ihrem Vater als nahezu inzestuös vor. Ich sah sie beide in ihrem »tête-à-tête« eingeschlossen, in dem Gefängnis der Einsamkeit, das die Wüste, die Marginalität ihrer Forschungen, die Spekulationen sowie die üble Nachrede, deren Gegenstand sie waren, und – wer weiß? – vielleicht gar ihre geheimen Unternehmungen für sie bedeuteten. Ich war wenig geneigt, all diesen Erzählungen Glauben zu schenken, aber wenn man es recht bedenkt … Was habe ich schon von Vollenders Persönlichkeit begriffen? Und was seine Tochter angeht, so kenne ich nicht einmal ihren Vornamen, ich habe lediglich ihr hübsches, ein wenig männliches Gesicht auf einer Fotografie gesehen, die der einzige Schmuck seiner Zelle am Kilometer 214 war. Aber wie auch immer ihr Leben und ihre Beziehungen ausgesehen haben mögen, eine junge Frau, die, selbst wenn dies nicht in ihrer Absicht lag, hergekommen war, um den frei gewordenen Platz der Toten einzunehmen, konnte er einfach nur unerträglich finden. Umso mehr, als dieser Platz nicht in der Gegenwart lag – das wäre noch annehmbar und vielleicht sogar beruhigend gewesen –, sondern in der Zukunft, in dieser unvorstellbaren, unkontrollierbaren Zeit, in der er nicht mehr sein würde und in der sich dennoch das Gedenken an ihre, seine und seiner Tochter, Mühen und Tage durchsetzen oder verflüchtigen würde. Und jetzt erwartete man von ihm, dass er einer Unbekannten, der erstbesten Dahergelaufenen oder Dahergekommenen, eine solche Macht über sie beide einräumte? Nein, da war es vielleicht besser, wenn alles mit ihm verschwände, und dann Schwamm drüber.

Gewiss kam zu alldem noch eine unbewusste, aus der Geschichte herrührende Feindseligkeit hinzu. Ich weiß nicht, welche »politische Einstellung«, so sagt man das wohl, Vollender hatte. Als »melancholischer Monophysit« hatte er sich, halb im Spaß, halb ernst, im Februar letzten Jahres auf der Terrasse über der Sharia Zubayr vorgestellt, aber das sagte nicht viel über seine heutige Einstellung aus. Wie auch immer: Selbst wenn er (was ich bezweifle) über die deutsche Wiedervereinigung begeistert war, so blieb er doch vor allem ein Mann aus dem Osten. Seine Studentenjahre hatte er an der alten, an der preußischen Humboldt-Universität verbracht, nicht an der Freien Universität der Amerikaner. Seine Heimat, die einzige Landschaft, die jeder seit der Kindheit in sich trägt (so legte sich in meinen Augen stets das verregnete Bild der Loiremündung über den Zusammenfluss der Nilströme), das waren das eisige Babylon der Karl-Marx-Allee, das nebelfeuchte Brachland des Potsdamer Platzes und nicht die Neonreklamen des Kurfürstendamms. Und diejenigen, die ihn gedemütigt hatten, indem sie ihn, den Herrn Doktor Vollender, den *Mudir* von Meroe, fast dazu gezwungen hätten, noch einmal alle seine Examina abzulegen, das waren diese prätentiösen Fatzken aus dem Westen, diese Bengel aus reichem Elternhaus, die man mit amerikanischem Popcorn großgezogen hatte, und zu denen auch Else gehörte. Diese falschen Brüder, die mit ihrer Kohle und ihrem frisch gebackenen guten Gewissen herumprotzten. Und die sich jetzt anmaßten, ihm (ja, ausgerechnet ihm!) Regeln und Methodik archäologischen Arbeitens vorhalten zu wollen! Ihn Geduld lehren wollten, nachdem sie sein Leben um sechs Jahre betrogen hatten!

Die Geschichte unserer Ausgrabungskampagne war die Geschichte dieses Hasses, der in dem Maße anschwoll, in dem das nachtumflorte Jüngste Gericht dem Sand entstieg. Vollender vermied es, Else auf Englisch anzusprechen, eine Sprache, die er seinen Unterhaltungen mit mir vorbehielt; und wenn sie darin auftauchte, dann stets in der dritten Person, als *this woman, Miss Sutter* oder eben einfach nur als Pronomen *she*. Und das natürlich in ihrer Anwesenheit. Anfangs ließ er es zuweilen noch so aussehen, als ob er diese verächtlichen Wendungen nur spaßeshalber einsetze, doch bald schon gab er sich keine Mühe mehr zu verbergen, was er wirklich damit bezweckte: sie aus unseren Gesprächen auszuschließen. Wenn sie sich aber trotzdem darin einmischte, tat er so, als habe er sie nicht gehört, oder er gab ihr so ausweichende, so brüske oder auch so unangebrachte Antworten, dass sie allemal wie Empfangsverweigerungen wirkten. Wenn er mit ihr sprach, dann nur mit ihr allein, und das auf Deutsch. Ich verstand also kaum, was er sagte, aber der Tonfall seiner Stimme, sein Gesichtsausdruck, das bösartige Funkeln in seinen Augen ließen genauso wenig wie Elses Haltung darauf schließen, dass es sich um einen Austausch von Liebenswürdigkeiten handelte. Er ließ auch keine Gelegenheit aus, sie vor dem *raïs* und seiner versammelten Mannschaft zu demütigen, wobei er wohl in ziemlich niederträchtiger Weise auf deren mutmaßliche Frauenfeindlichkeit setzte. Aber es war der alte, zahnlose Kater, der eines

Abends zu mir kam, um mit mir zu reden; an eine der Granitsäulen des ehemaligen Querschiffs gelehnt, schaute ich zu, wie die Sonne zu einem glühenden Plasma zerfließend über der dunklen Talsohle unterging, und ich dachte vage an die unzähligen Male, wenn mein Vater, der auf Naturschauspiele versessen war, mich als Kind zum Kap von Saint-Gildas mitgenommen hatte, um einen Blick auf den Grünen Strahl zu erhaschen: Es war immer umsonst (meine praktischer veranlagte Mutter hielt es mit den Sternschnuppen, die zu sehen man nach Maßgabe der Vernunft nicht nur mehr Chancen hatte, sondern die überdies noch Gelegenheit boten, Wünsche zu formulieren – die jedoch nie erfüllt wurden). Der *raïs* hockte sich vor mich hin und wies mit einer Bewegung seines Kinns auf die Sanddüne, über die die monolithischen Säulen ihre langen, zickzackförmigen Schatten warfen. Infolge unserer Grabungsarbeiten war die Düne höher und steiler geworden. An ihrem Fuße, vor der eingefallenen, nördlich verlaufenden Mauer und links von den Resten der Apsis, richtete sich die geziegelte, mit Gips beschichtete Wand auf, an der Else die Löcher der ausgemeißelten Gesichter mit Mörtel beiputzte. Unterhalb des Erlösers mit seinen geköpften Engeln, Heiligen und Aposteln lagen jetzt schon ganze zwei Reihen mit leeren Gesichtern frei. »*Da khatar*, ›das ist gefährlich‹«, sagte er mir in aller Einfachheit. Das war mir schon klar, aber was sollte man dagegen tun? Mir war die Sache schon seit Langem entglitten, und außerdem verspürte ich keinerlei Lust einzuschreiten. Ich machte eine Geste in diese Richtung. Der *raïs* spuckte auf den Boden – was im Sudan keine Beleidigung ist. Er ließ Sand von einer Hand in die andere rieseln. »Der *Mudir* mag

Else nicht«, sagte er dann. Das war keine Frage, und so bestand meine Antwort lediglich in einer abermaligen, immer noch vagen Geste. Der *raïs* schwieg, ließ den Sand zwischen seinen Fingern zu Boden gleiten. »Shaytan trommelt seine Karawane zusammen«, meinte er abschließend.

Ich verstand den Sinn seiner Formulierung nur allzu gut, war ich doch selbst ein Kamel des Satans. Denn ich hatte Else im Stich gelassen und sie damit Vollender ausgeliefert. Gäbe es ein Sammlerkabinett für monströse Liebschaften, wie es Kabinette gibt, in denen zum Vergnügen der Fürsten aus vergangenen Zeiten Zyklopen, Kinderleiber mit zwei Köpfen, Mädchen mit Sirenenbeinen und dergleichen mehr in Formalin aufbewahrt sind, dann hätte meine kurze Leidenschaft für Else einen festen Platz darin verdient. Ich habe sie zwar nicht blind geliebt, aber doch blindlings. Und das nicht einmal wegen ihrer Stimme, sondern wegen der Nahrung, die diese Stimme meinem Delirium gab. Natürlich hatte ich über meinen vergeblichen Wiederbelebungsversuchen an Alfa immer mehr vergessen, wie sich ihre Stimme, ihre lebendige Stimme, wirklich angehört hatte. Denn die Stimme ist der musikalische Ausdruck des belebten Körpers, und ihre Echos überleben das Verblassen der Bilder nicht lange. Was mir von Alfas Stimme geblieben war, waren mithin nur Vorstellungen und falsche Empfindungen, denen die Worte, die ich zu ihrer Benennung verwendete, einen Schein von Wirklichkeit verliehen, und auch einige Augenblicke wahren Erinnerns – jenes Erinnerns, das uns tief erschüttert –, die aber, kaum aufgeblitzt, so kurz nur waren, dass man mit ihnen genauso wenig den Klang einer menschlichen Stimme wiederherstellen konnte, wie es der modernen Physik gelingt, aus jenen flüchtigen Teilchen, denen sie nachstellt, eine klare, konsistente und fühlbare Materie zu formen. Und in diesen Vorstellungen herrschte eine irritierende Disharmonie: Versuchen Sie mal, damit etwas anzufangen … Was ich eine falsche Empfindung nenne, ist typenhaft diese Wortlarve, die ich benutzte, als ich von einer »erstickten Stimme« sprach oder von der »Stimme einer tragischen Göre« und dergleichen mehr: Was soll daraus schon entstehen und, wie Pessoa an einer Stelle sagt, »vom Herzen unter die Haut gehen«? Was das Aufblitzen von Erinnerungen angeht, so glich dies heftigen Entladungen, außerordentlich schnellen Wellen, bei denen sich urplötzlich ein elementarer Laut – ein Vokal, eine Silbe – mit wie grundlos aus dem Dunkel aufflackernden und gleich wieder darin versinkenden Bildern von Lippen, Zähnen oder Grübchen verbinden konnte. Das war's, was mir geblieben war, und auf diese Klangfetzen, diese Stimmabdrücke hatte mich Elses gesichtslose Stimme am Fähranleger von Dongola wieder zurückgeworfen. Das unmittelbar Verführerische an ihr rührte für mich daher, dass sie sich »auf der Seite« dieser Überreste verortete. Wie, auf welche Weise dies geschah, ich weiß es immer noch nicht zu sagen. Gewiss spielte es eine Rolle, dass sie in den ersten Augenblicken aus dem Dunkeln zu mir sprach, ohne dass sich ein Körper dazwischengestellt hätte. Und dann war da auch, ich habe es schon gesagt, dieser eigenartige Syllogismus, der auf der Stimme einer Berliner Sängerin aus den Dreißigerjahren beruhte. Ich versuche zu begreifen, wie ich so plötzlich zum Spielball, oder richtiger: zum Hersteller einer Täuschung werden konnte, denn gespielt wurde in dieser Geschichte mit Else. Aber ich weiß schon, dass keine intellektuelle Untersuchung mir den vernünftigen Grund für eine Sache liefern wird, die letztlich ohne Sinn und Verstand ist.

Hingegen weiß ich, dass diese Schimäre sich bald verflüchtigte – und mit ihr die unechten Gefühle, die ich für Else empfand. Nach und nach traten wie in einer Entwicklerlösung ihr Gesicht, ihr Körper, die in meinem Wahnsinn in jenem Dunkel belassen waren, in dem ich ihr zum ersten Mal begegnet war, immer deutlicher hervor. Ich war verrückt genug, ihre so einfachen Züge, ihr glattes blondes Haar, ihre großen und geschickten Hände, die ich langsam entdeckte, als Zeichen von Verrat anzusehen, als Bruch einer stillen Übereinkunft. Dieser Körper, der es sich herausnahm, so hoffnungslos unzweideutig und frei von jeder Art Perversion deutlich in Erscheinung zu treten, konnte unmöglich das Tor vor dem Geheimgang zu einem zerstörten Gedächtnis sein. Außerdem hatte ihr Akzent, der mich, wenn, leicht verfälscht, englische Wörter über ihre Lippen kamen, auf die provozierende und melancholische Stimme der Lotte Lenya gebracht hatte, nichts Verführerisches mehr in meinen Ohren, seit ich Else Deutsch hatte sprechen hören. Auch das hat zum Verschwinden des Mysteriums beigetragen. Und in der so entstandenen Leere keimte eine uneingestandene Form des Hasses auf. Ich nahm es dieser Unglücklichen übel, allein schon durch ihr gradliniges Dasein all jene Hirngespinste zu verscheuchen, die seit so langer Zeit bereits in mir lebten. Ich hasste sie, weil sie mir, natürlich ohne es zu wollen, deren Absurdität vor Augen führte. Nachdem ich mich einmal von ihr gelöst hatte, trug alles dazu bei, mich in meinen Ressentiments zu bestärken: ihre angestrengten Bemühungen zunächst, mich, dessen plötzliche

Kälte sie nicht verstehen konnte, zurückzuerobern, dann die angstvolle Traurigkeit, in die sie sich später verschloss und die ein Schuldgefühl reizte, dem ich mich hartnäckig verweigerte, ja sogar noch die Resignation, mit der sie die zahlreichen Kränkungen Vollenders hinnahm. Auch ich hielt mich schließlich nicht mehr zurück, indem ich das stille Bündnis gegen sie, das Vollender mir angeboten hatte, nicht länger ausschlug. Auch ich hielt sie auf Distanz, verbannte sie mit ihm in Furcht und Einsamkeit. Mir wäre lieber, ich könnte glauben, dass eigentlich er mich da mit hineingezogen hat, dass er mich dazu gebracht hat, die Sache auf die Spitze zu treiben, und der sonderbare Einfluss, den er vor einem Jahr im Hotel gleich am ersten Abend auf mich ausgeübt hat, dafür verantwortlich ist. Aber das wäre nur eine Feigheit mehr. Also kann ich auf sie verzichten.

6

DER 9. JANUAR war der erste Tag des Ramadan. Gegen Abend suchte der *raïs* Vollender auf, um ihm anzukündigen, dass seine Leute nicht länger gewillt seien, für ihn zu arbeiten: Das Fasten würde sie schwächen, und überhaupt sei die Baustelle viel zu gefährlich geworden. Vollender schlug vor, den Lohn zu erhöhen, versprach Sicherheitsvorkehrungen, steigerte sich in eine theatralische Wut – nichts half. Der *raïs* und seine Männer zogen ab, würdevoll und erzürnt. Das Bauwerk war inzwischen übrigens freigelegt, zwar nicht bis zum Boden, gewiss, aber doch so, dass man seinen Grundriss deutlich erkennen konnte. Innerhalb eines ungefähr zwanzig mal fünfzehn Meter großen Vierecks umrissen Backsteinmauern einen zweiten Bereich, der den eigentlichen Kirchenraum, das Naos, bildete. Der Freiraum zwischen diesen beiden Bereichen unterteilte sich im Norden, Osten und Süden in kleinere Räume, die als Sakristei, Baptisterium und aufs Dach führende Stiegenhäuser gedient haben mussten, von denen man einige zerbrochene Stufen gefunden hatte. Richtung Westen bildete er einen durchgehenden, langen Korridor, der über ein Mittelportal zum Naos führte und über ein Südportal in der Außenwand zum Narthex. Sechzehn Säulen aus grauem Granit, von denen nur fünf noch standen, punktierten den Innenraum des Sanktuariums und umrissen, von Flügelbauten umgeben, die Form eines griechisch-orthodoxen Kreuzes mit Schiff und

Querschiff. Am östlichen Rand zeichnete sich noch, in stark zerstörtem Zustand, das Halbrund einer Apsis ab. Das Ganze sah fast so aus wie eine verkleinerte Kopie der großen Kirche von Dongola. Zwei Unterschiede indes ließen sich feststellen: Zum einen bestanden die Außenmauern aus Sandsteinblöcken, die kurioserweise schlechter erhalten waren als die Innenwände aus Backstein, und dies wahrscheinlich deshalb, weil man sie nach dem Untergang von Dotawo in Teilen abgetragen hatte, um sie für andere Gebäude wiederzuverwenden. Und zum anderen war da, neben anderen, mehr oder weniger gut erhaltenen Wandfresken, das große Jüngste Gericht.

Genau an diesem Tag, dem ersten des Ramadan, waren wir mit den Freilegungsarbeiten fertig geworden. Ganz am unteren Rand der Nordostwand des Naos hatten wir die finsteren Wiederauferstandenen ans Tageslicht gebracht. Wie auf dem Altarbild des Rogier van der Weyden in Beaune entstiegen sie nicht dem geometrischen Raum eines Grabes, sondern gleich der Erde, die sich über ihnen auftat. Über ihre ausgehöhlten Gesichter, ihre Schultern und ihre verdreckten Oberkörper flitzten Eidechsen hin und her, dazu lösten sich ganze Stücke aus dem Putz. Es lag etwas Infernalisches in der Arbeit dieser menschlichen Maulwürfe. Beim Schall der Posaunen erwachten sie unter einem Licht, das nicht mehr war als eine leicht verblichene Finsternis. Das ewige Leben fing schlecht an, der Weltenrichter, umgeben von seinen düsteren Engeln und Heiligen, schien einen Ascheregen auf sie niederzuschicken. Andere Wiederauferstandene reckten sich, wie es in einem Satz aus der *Apokalypse* heißt, aus einer teerigen Kloake empor: »Und das Meer gab die Toten zurück, die sich in ihm befanden.« Wieder andere zwängten sich aus den Schatten der Mäuler von Ungeheuern. Oben stürzten Dämonen die Verdammten nach rechts, in eine schwarz züngelnde Feuerglut; Engel, die wie Fledermäuse aussahen, zogen die Auserwählten mit sich nach links, wo ein dämmeriges Abendlicht auf sie wartete, das wohl vom Paradies künden sollte. Und über diesem ganzen Tumult lag aufgeschlagen das Buch des Lebens, dessen Seiten sich unheilvoll wie die Flügel eines Geiers spreizten. Wie schon verglimmender Feuerschein in kalter Glut flackerten darauf noch ein paar Worte in koptischer Sprache auf, die Vollender uns übersetzte: »Ich bin die Auferstehung und das Leben.« *Und wie*, kommentierte er finster. Dieses Tableau, das fast die ganze Fläche zwischen Querschiff und Portalwand ausfüllte, war ein einziges dramatisches Nachtgeschiller, aus dem nur die weißlichen Lichthöfe der verschwundenen Gesichter hervorstachen. Nachdem wir ein letztes Mal mit Pinsel, Besen und *turia* darangegangen waren, lag es vollständig freigelegt vor uns. Vollender, weit entfernt davon, auch nur die geringste Anwandlung von Begeisterung zu zeigen, schien mit einem Mal vollkommen niedergeschlagen zu sein. »Tja«, hatte er einigermaßen zusammenhanglos gestammelt, »da wären wir nun. Die Zeit ist gekommen. Das hier ist der zweite Tod, der Feuersee. So steht's in der *Apokalypse*, Fräulein«, hatte er, mit nun wieder schneidendem Tonfall, gesagt, indem er sich an Else wandte, die sich wohl hütete, ihm Fragen zu stellen. »Wer nicht im Buch des Lebens steht, wird dort hineingeworfen.« In diesem Augenblick war der *raïs* an ihn herangetreten, um ihm das Fernbleiben seiner Leute anzukündigen.

Nachdem Vollender vergeblich versucht hatte, ihn umzustimmen, sind wir schweigend ins Lager zurückgekehrt. Die Stimmung war, gelinde gesagt, düster. Die Nacht brach über uns herein, wie sie über den Wiederauferstandenen hereingebrochen war. Ein Gedanke ging mir nicht aus dem Kopf: dass eigentlich das Gericht schon hinter uns lag und wir bereits auf Höllenpfaden wandelten. Nicht nur für uns, für Vollender, Else und mich, hatte sich die Eschatologie verkehrt, sondern für die gesamte Menschheit. Hinter der albtraumhaften Darstellung des ewigen Reichs steckte offenbar eine verschlüsselte Botschaft: Die Zeit verlief in gegenläufiger Richtung. Der Jüngste Tag war der unserer Geburt. Von da an stand alles geschrieben, es gab weder Himmel noch Hölle, nur die kalten Flammen oder das stürmische Licht des Lebens. Das wäre der ironische und profane Sinn des Jüngsten Gerichts von Meroe. Ein äußerst heftiger Streit zwischen Else und Vollender riss mich plötzlich aus diesen Hirngespinsten. Soviel ich verstehen konnte, hatte die Art und Weise, in der Else eines der ausgekratzten Gesichter beigeputzt hatte, den Anlass dazu gegeben, denn angeblich waren dabei die angrenzenden Farbschichten in Mitleidenschaft gezogen worden. Da sie sich seinen Vorwürfen offenbar widersetzte, geriet Vollender so sehr in Wut, dass es fast danach aussah, als wolle er sie schlagen. Sie rettete sich vor ihm und rannte geradezu bis zum Kilometer 214.

Wie üblich bereiteten Else und ich das Abendessen vor. Es war nicht weiter aufwendig: *foul*, kalter Zitronentee, dazu ein paar dicke, großporige Orangen mit faserigem Fruchtfleisch. Sie schaute mich mit einem zugleich verwunderten und hasserfüllten Gesichtsausdruck an, und sie hatte recht. Ich frage mich inzwischen, ob es nicht genau das war, was ich brauchte: gehasst zu werden. Das vereinfachte die Dinge. Der Beginn des Abendessens war eine absolute Katastrophe. Die Insekten attackierten uns in Scharen, verbrannten sich am Glas der Petroleumlampe oder blieben im Bohnenpüree kleben. Keiner von uns sagte ein Wort oder wagte es auch nur, die anderen anzuschauen. Verstohlen sah ich, ob des spärlichen Lichts wie unter einem Tintenschleier, Elses erschöpftes, resigniertes Gesicht und das eines alten, angriffslustigen Elefanten bei Vollender: riesige Tränensäcke unter den Augen, die Ohren aufgestellt, den Rüssel im Napf. Schreie und Gesänge schallten aus dem Dorf Bagrawiya herüber, über dem ein sehr fein ziselierter kupferner Halbmond wie ein Krummsäbel hing, und die Feindseligkeit, die unter uns herrschte und nunmehr auch unser Verhältnis zu den Leuten des *raïs* bestimmte, sorgte dafür, dass solche für den Ramadan normale Lärmentwicklungen auf uns den Eindruck von Kriegsvorbereitungen machen mussten. Und genau diesen Umstand nutzte Vollender, völlig unerwartet, um die Atmosphäre, die nicht weniger explosiv war als das Methangasgemisch, das einst über den verfaulten Pflanzungen des unglückseligen Winterfield gestanden hatte, ein wenig zu entspannen. Möglicherweise sah er ein, dass er zu weit gegangen war.

Was er uns erzählte, hatte zwar nicht gerade zur allgemeinen Heiterkeit beigetragen, aber jedes Wort, das stumme Feinde in Zuhörer verwandelte, konnte dazu beitragen, das Gefühl der Angst ein wenig zu vertreiben. »Nun gut«, meinte er nach einigem Räuspern, mit dem er den Fluch der Stille bannen wollte, »das ist hier fast so wie an einem Januarabend vor hundertzehn Jahren im Speisesaal des Palastes von Khartum, finden Sie nicht?« Das oder irgendwas anderes, sagte ich mir, Hauptsache, es passiert überhaupt etwas. Ich wollte schon in schallendes Gelächter ausbrechen, aber meine Nervosität bewirkte, dass sich diese unangebrachte Äußerung guter Laune in ein groteskes Gekrächze verwandelte, wofür ich mich gleich schämte. »Ich weiß nicht, ob Sie sich noch daran erinnern, aber Gordon berichtet in seinem Tagebuch, dass nach der Abreise seines unglücklichen Adjutanten Stewart eine Maus dessen Platz bei Tisch eingenommen hat und in aller Ruhe aus dessen Teller frisst. Und dann ist da noch sein bescheuerter Truthahn, den er jeden Abend in den Schlaf wiegt, nachdem er ihm den Kopf unters Gefieder gesteckt hat. Da haben Sie eine Vorstellung von seinem Dinner ... An einem Ende des riesigen Tischs der illuminierte Alte, der ahnt, was auf ihn zukommt, und ihm gegenüber sitzt die Adjutantenmaus auf ihrem Schwanz, stopft sich die Backen voll und schleckt sich das Maul ... Der Truthahn stolziert unterm Tisch hin und her, kreischt, verdreht seine Königin-Victoria-Augen und schüttelt seinen fleischigen Helmkamm wie ein Krieger aus der Ilias ... Und das alles unter den Augen eines sudanesischen Dieners in osmanischer Tracht, der ungerührt wie Pik Sieben dasteht und sich wahrscheinlich längst schon den Mahdisten angeschlossen hat, deren Lagerfeuer auf dem anderen Ufer zwischen den gespreizten Flügeln der Nachtfalter aufflackern, die sich auf dem Fliegengitter des rechteckigen Fensters festgesetzt haben ... Dazu der anhaltende Lärm der Trommeln, der Gebete, der Kriegsgesänge, der Kugeln, die von Zeit zu Zeit in der Mauer einschlagen ... Sie«, sagte er zu mir, »Sie nehmen es mir nicht übel, aber Sie wären der federhaltende Truthahn, Sie, Else, die Maus, und ich, fürchte ich, der Verrückte: Das ist nun einmal ein Privileg des Alters.« Wollte er uns einlullen, oder hatten die Spannungen an diesem Abend selbst ihn erschöpft? Jedenfalls versuchte er, ein wenig zu scherzen, zwischen uns wieder einen Anschein von zivilen Umgangsformen aufkommen zu lassen.

»Aber ich glaube, dass uns niemand den Kopf abschneiden wird. Sie müssen wissen«, fuhr er an Else gewandt fort, die, frisch aus Berlin eingetroffen, noch nicht in unsere Mythologie eingeweiht war, »dass die *Ansaren*, als sie am frühen Morgen des 25. Januar 1885 in Khartum einfielen – das war, vor hundertzehn Jahren, das Ende des Ramadans –, jeden töteten, der ihnen über den Weg lief, insbesondere Gordon, und das gegen den Befehl des Mahdi. Nicht dass Mohammed Ahmed zart besaitet gewesen wäre, ganz gewiss nicht. Es heißt, dass er bei der Einnahme von El-Obeid den Frauen Hände und Füße habe abschlagen lassen, um leichter an den Silberschmuck zu kommen, der an ihren Handgelenken und Fesseln klimperte. Auf welche Weise genau Gordon starb, weiß man nicht. Die Heiligenlegende will, dass er zu Beginn des Angriffs im Morgenmantel auf der Terrasse seines Palastes stand, wo er sich wahrscheinlich an seinem verflixten Teleskop zu schaffen machte. *Damned!* Immer noch nichts. Das Ding hätte eine Sichtweite von hundert Kilometern haben müssen, denn das war die Entfernung, die ihn nach so vielen Monaten der Angst vom Heil trennte: hundert Kilometer. Beachtlich war, wie sich der Mahdi bei dieser Gelegenheit einem Cäsar oder Napoleon in deren besten Momenten als durchaus ebenbürtig erwies: Er wusste nämlich, dass die Engländer vor Khartum standen, dass ihm noch achtundvierzig, das heißt eigentlich nur vierundzwanzig Stunden blieben, um endlich sein Glück zu versuchen oder zum Rückzug zu blasen. Er griff an, er siegte, und so war es an den Engländern, die nichts und niemanden mehr retten konnten, halblang zu machen. Als er den Tumult hörte, das Siegesgeheul und die Schreie derer, denen man die Kehle durchschnitt, blieb Gordon nur noch die Zeit, eine Uniform anzulegen und den Säbel umzuschnallen. Er erschien oben an der Treppe, die in den Hof hinunterführte. Die anderen standen schon unten, fuchtelten mit ihren eisenbewehrten, harpunenförmigen Lanzen und ihren Krummsäbeln herum, deren mit Kupfer und Samt beschlagene Scheiden an ihre Schenkel schlugen. Er schlug seinen Umhang zurück und schrie: *Strike hard!*, und so geschah es denn auch, wobei sie laut riefen: Sei verflucht, deine Stunde hat geschlagen. Dann hauten sie ihm den Kopf ab und packten ihn in ein Stück Tuch. Das ist die offizielle Version. Eigentlich wissen wir aber nichts über seine letzten Augenblicke. Er konnte sie ja nicht mehr seinem Tagebuch anvertrauen. Aber wir kennen den Rest aus Erzählungen eines Österreichers, Rudolf Slatin, den der Khedif zum *Mudir* des Darfur ernannt hatte, einer Region aus Wüstensteppen, die an der Grenze zum heutigen Tschad liegt. Das Ägypten jener Tage war einer der kosmopolitischsten Staaten, die es je gegeben hat. Es stimmt, dass diesem Staat nichts unterstand, nicht einmal Ägypten selbst … Es war gewissermaßen ein poetischer Staat, poetisch, grausam und korrupt. Eine orientalistische Fiktion … Dieser Slatin jedenfalls war kein Don Quichotte und auch kein Mystiker wie Gordon. Nicht nur ergab er sich den belagernden *Ansaren*, er konvertierte auch noch. Er wollte gern den Prater wiedersehen, der gute Mann. An dem Tag, da Khartum fiel, befand er sich am anderen Ufer, in Omdurman, im Lager des Mahdi. Angekettet, weil er versucht hatte zu fliehen.«

Vollender hielt einen Augenblick inne und schälte eine dicke, knotige Orange. »Ich langweile Sie vielleicht mit meinen sudanesischen Geschichten?«, fragte er Else fast schüchtern. Sie verneinte mit einer Kopfbewegung. Mir hatte er, möglicherweise nur der Form halber, ein Jahr zuvor die gleiche Frage gestellt, als wir die ganze Nacht auf der Terrasse des Hôtel des Solitaires verplaudert hatten – er, dachte ich jetzt, hatte damit Netze aufgestellt, und ich war ihm blindlings hineingegangen. Während ich mich wieder an den Tag der ersten Begegnung mit Vollender erinnert fühlte, kam es zu einem winzig kleinen Zwischenfall: Beim Zerlegen der Orange spritzte ihm ein beißender Strahl ins linke, in sein gelbes Auge. Und während er sich kräftig abtupfte, dachte ich an den befremdlichen Eindruck, den mir damals dieser Zweifarbenblick gemacht hatte, an den ich mich inzwischen gewöhnt hatte und den ich seither vage mit irgendeiner vergessenen Lektüre verband. Jetzt aber machte mir diese Geschichte einer Enthauptung urplötzlich klar, was seine Augen damals in mir wachgerufen hatten: Es waren die Augen des kopfjagenden Teufels aus *Der Meister und Margarita*. Ich empfand das wie einen Schock: Nicht weil ich in Vollender wirklich den Fürsten der Finsternis erblickt zu haben glaubte (ich glaubte nicht im Entferntesten an eine individuelle Existenzform dieser Gestalt), noch weil Bulgakows Roman zu denen gehörte, die ich mitgenommen hätte auf eine einsame Insel (beispielsweise in den Sudan), sondern weil ich aufgrund eines alten, sehr tief in mir verankerten Aberglaubens, auf den ich schon angespielt habe, als ich von Alfas lange Jahre zurückliegendem plötzlichem Auftauchen unter den Bäumen des Luxembourg sprach, davon überzeugt war, dass jedes Buch in sich eine verschlüsselte, für jeden Leser anders lautende, ihm auf gut Glück zugedachte, aber in den meisten Fällen von ihm überhörte Botschaft berge, und dass gerade darin, in dieser mit Prophezeiungen so großzügig umgehenden Macht, eine der möglichen (wiewohl natürlich nicht zu rechtfertigenden) Bestimmungen der Literatur liege.

»Dieser Slatin also«, fuhr Vollender fort, »befand sich in Omdurman in der Obhut von Abu Anga, einem der Emire des Mahdi. Anfangs hatte man ihn noch einigermaßen anständig behandelt, aber als Mohammed Ahmed davon erfuhr, dass er Gordon hinter seinem Rücken angeboten hatte, ihm in Khartum beizustehen, ließ er ihm Fußketten anlegen und ein eisernes Halsband schmieden – das war wohl das Mindeste. Wohlgemerkt hatte Gordon, aus einer für seinen verqueren Geist charakteristischen Bizarrheit heraus, die Dienste des Österreichers abgelehnt: Einsam, auf dramatische Weise einsam, wie er in der belagerten Stadt nun einmal war, *without any person to rely on*, ›mit niemandem, dem er hätte vertrauen können‹, wollte er Slatin nicht als Ersatz für seine Maus. Er hatte auf seinen Kassiber nicht einmal geantwortet. Einen Überläufer von solchem Kaliber abzulehnen war ein schweres berufliches Vergehen, fast schon ein Fall fürs Militärgericht: Der andere wusste alles über die Belagerer, sein Beistand hätte den Lauf der Dinge ändern können oder zumindest erlaubt, zwei Tage länger auszuhalten, eben genau die beiden verhängnisvollen Tage. In seinem Tagebuch schreibt Gordon, dass es, da Slatin beim Mahdi im Wort stand, eine große Niedertracht gewesen wäre, wenn er dessen Wortbruch hingenommen hätte. Mir scheint, dass er es da mit dem militärischen Ehrenkodex ein wenig übertreibt. Es kann auch sein, dass er aufgrund seiner Beharrlichkeit in religiösen Dingen in dem Österreicher den Abtrünnigen verachtete. Vor allem aber glaube ich, dass es der in seiner Seele angelegte Hang zum Märtyrertum war oder sogar blanker Masochismus (seine letzten Worte … *Strike hard*, ›stoßt kräftig zu‹: das muss man sich mal vorstellen!), der ihn darin bekräftigte, seine todbringende Einsamkeit einer unverhofften Hilfe und Gesellschaft vorzuziehen. Nun ja, am 26. Januar 1885, gegen Mittag, begreift Slatin angesichts des gewaltigen Tohuwabohus, das sich in Omdurman breitmacht, dass etwas geschehen sein muss. Und kurz darauf drängt auch schon eine ganze Menschenmenge vor zu dem Verschlag, in dem er angekettet ist. Ein *Ansar* namens Chetta schwenkt ein blutiges, in Leinen eingeschlagenes Paket vor sich her. Er schlägt es vor ihm auf und packt den Kopf des Hikimdars, dessen kindlich blaue Augen inmitten aschfahler Haut immer noch offen stehen, bei den Haaren. ›Ist das hier nicht dein Onkel, du Ungläubiger?‹, schreit Chetta. Dann spießen sie ihre Trophäe auf den Ast eines Baumes.«

Vollender versank einen Moment lang in Schweigen. Seine düstere Geschichte hatte die Spannungen unter uns abgebaut, fast so, als habe er uns Witze erzählt. Immer noch war von Bagrawiya her das Gejohle zu hören, ein paar Typen strichen um unser Lager herum, ohne, was ungewöhnlich war, unseren Gruß zu erwidern. Aber wir schenkten diesen Zeichen, die wenige Augenblicke zuvor noch bedrohlich auf uns gewirkt hätten, nicht mehr allzu viel Aufmerksamkeit. »Niemand liest heutzutage noch Schiller, habe ich den Eindruck«, fuhr Vollender jetzt fort, »haben Sie ihn gelesen, Else? Nein, das dachte ich mir. So etwas gehört zum Rüstzeug alter Böcke, wie ich einer bin und wie man sie an den Universitäten des Ostens ausgebildet hat. Man kennt jetzt nur noch das lächerliche *An die Freude*, wenn überhaupt ... Eher wohl die Musik. Pompöser geht's übrigens kaum noch. Aber nun schauen Sie: Gordon zitiert, glaube ich, in seinem Tagebuch nur ein einziges literarisches Werk, und das sind Schillers Balladen, unter anderem den *Ring des Polykrates*. Und wovon ist darin die Rede? Von einem Tyrannen, dem man den Kopf des befeindeten Königs bringt: *Und nimmt aus einem schwarzen Becken, / Noch blutig, zu der beiden Schrecken, / Ein wohlbekanntes Haupt hervor* ... Hahaha. Merkwürdig, oder? Glauben Sie daran«, fragte er mich, wobei er mich mit seinem teuflischen Blick fixierte, »dass die Bücher Botschaften für uns bereithalten, die wir nicht zu deuten wissen? Dass in jedem Buch, das wir lesen, versteckt hinter den vielen Wörtern, unleserlich inmitten wimmelnder Leserlichkeit, ein Ausdruck, ein Wort oder ein Satz enthalten ist, der uns, wenn wir ihn nur ausfindig machten, ein Teil dessen enthüllt, was wir Zukunft nennen?« Ich war nur verdutzt. Konnte der Kerl etwa in meinen Gedanken lesen?

Gegen elf zog er sich in sein Zimmer zurück. Else und ich legten uns auf unsere Feldbetten. Ohne ihr eine gute Nacht zu wünschen, blies ich die Petroleumlampe aus. Die Gesänge in Bagrawiya waren verstummt. Ich schlief rasch ein. Wie üblich wachten wir am nächsten Morgen zu einer Stunde auf, zu der noch die letzten Sterne leuchteten. Oberhalb der Pyramiden spielte der Himmel ins Grünliche, während sich die Spitzen vor einem dünnen mangofarbenen Streifen abhoben. Else brach als Erste zum Grabungsfeld auf. Sie sollte die am Vorabend von uns freigelegten Wiederauferstandenen mit einer schützenden Phenolharzlösung überstreichen. Mir übertrug Vollender die Aufgabe, die im Magazin aufbewahrten Töpfereien zu fotografieren. Er blieb noch einen Moment zurück, um mir bei den Vorbereitungen zu helfen. Er wirkte ausgeglichen. Ungefähr eine Viertelstunde später machte auch er sich auf den Weg. Der Tag war bereits angebrochen, noch war die Wärme erträglich. Ich hatte gerade zwei, drei Aufnahmen gemacht, da hörte ich seine Schreie. Ich wusste, was passiert war. Ich raste los zum Grabungsfeld. Der Steilhang der Düne war abgerutscht, hatte den Nordflügel der Kathedrale unter sich begraben und die Wand des Jüngsten Gerichts zu Staub zermalmt. Als ich am Ort des Geschehens eintraf, rannte Vollender schon weit voraus Richtung Bagrawiya, um Hilfe zu holen. Er war noch sehr schnell für sein Alter.

IV

KHARTUM

I

NOCH AM SELBEN Nachmittag hielt ich eine *Box* an, einen jener Pritschenwagen, deren Spuren kreuz und quer die Wüste durchziehen, und fuhr nach Khartum zurück. Ich war auf der Flucht. Ich hatte gar nicht erst versucht, irgendetwas aus Vollenders Mund zu erfahren. Er bekam ohnedies nicht die Zähne auseinander, während die Leute aus Bagrawiya sich erfolglos an ihre Bergungsarbeiten machten. Ich war aufgebrochen, ohne mich von ihm zu verabschieden, und am Abend befand ich mich wieder auf meinem Zimmer im Hôtel des Solitaires. Seit jenem Tag sind drei Monate vergangen, ohne dass ich ihn wiedergesehen oder von ihm gehört hätte. Nicht einmal mein Herbergsvater Odysseus, dem sonst nichts in Khartum verborgen bleibt, scheint Nachricht von ihm zu haben. Er will in den sudanesischen Zeitungen, die außer über streunende Hunde nicht viel zu berichten haben, keinen Hinweis auf Elses Tod gefunden haben (über Winterfields Tod hingegen, so erfuhr ich von ihm, hatten sie die abenteuerlichsten Spekulationen in die Welt gesetzt, dieser von den Revolutionsgardisten demaskierte »zionistische Spion« soll sein verdientes Ende gefunden haben, als er sich schwimmend auf ein von den Rebellen aus dem Süden gesteuertes Boot habe retten wollen).

Ich weiß nur, dass Else am Morgen des 10. Januar gegen sechs Uhr zehn gestorben ist: im Sand erstickt, zerquetscht von den Ziegeln und dem Gips des Jüngsten Gerichts. Hat

Vollender sie umgebracht? Ich kann es nicht beweisen, obwohl ich davon überzeugt bin. Die Viertelstunde, die er mit mir im Magazin am Kilometer 214 verbracht hat, hätte es ihm noch erlaubt, den oberen Dünenrand zu erreichen, während sie unten schon bei der Arbeit war. Ja, ich fragte mich, ob ihm der Abgang des *raïs* und seiner Leute nicht gelegen gekommen war, ob er ihn in Wahrheit nicht sogar mit ihm ausgehandelt hatte: Dadurch gab es keinen Zeugen, und er war mit seinem Opfer allein. Während ich wie eine an die Latten des Lastwagens geklammerte Statue aus verkrustetem Staub, an der schwarze Schweißbäche herunterrieselten, nach Khartum zurückfuhr, ging mir immer wieder ein Satz durch meinen benommenen Kopf, den er am Vorabend, nachdem wir die letzten Wiederauferstandenen freigelegt hatten, gesagt hatte: »Das ist nun der zweite Tod.« Ein Zitat aus der *Apokalypse*, das wusste ich wohl. Aber wollte er damit nicht vor allem sagen, dass die Zeit gekommen war, Else zu seiner Tochter ins Grab zu schicken? Allerdings muss ich zugeben, dass es sich natürlich auch um einen Unfall gehandelt haben kann. Schließlich dürfte es, selbst wenn dieser Sandberg vom einen auf den anderen Moment einstürzen konnte, kein Leichtes gewesen sein, genau dieses Resultat zu einem gewünschten Zeitpunkt mit absoluter Sicherheit zu erreichen.

Jemanden umzubringen, das ist, wie jeder wissen dürfte, keine Tat, die sich ohne Weiteres aus einfachen Ursachen herleiten ließe. Und doch ist es üblich, ihre Motive und Beweggründe zu rekonstruieren: dieser Zwang, zur Quelle vorzustoßen ... Seit jenem Morgen vor drei Monaten habe ich natürlich nicht aufgehört, darüber nachzudenken, und es ist eher schon die Überfülle an Hypothesen, der ich ratlos gegenüberstehe. Die unmittelbar einleuchtende Hypothese ist die, dass er Else getötet hat, weil er es nicht ertragen konnte, sie den Platz seiner Tochter einnehmen zu sehen. Eine etwas monströsere Variante wäre, dass er sich im Zweifelsfalle damit abfinden konnte, sein Wissen, das heißt seine Arbeiten und seine Entdeckungen, seiner Tochter anzuvertrauen, aber nicht einer illegitimen Erbin, von der ihn alles, vor allem aber seine Geschichte, trennte. Im ersten Fall wäre es ein Verbrechen aus verirrter väterlicher Liebe; im zweiten ein Verbrechen aus einem geradezu diabolisch eifersüchtigen Stolz auf seinen Nachruhm, der ihn so weit getrieben hätte, lieber ganz auf ein Nachleben zu verzichten, als eines zu haben, das nicht er sich ausgesucht hätte. Eine dritte, aus der zweiten abgeleitete und noch schwärzere Hypothese stellt ihn nicht nur als Elses Mörder hin, sondern auch als Mörder seiner Tochter: Ich habe schließlich nie in Erfahrung bringen können, wie sie umgekommen ist. »Ein Unfall, hier«, hatte er mir gesagt, und es war klar, dass er sich zu diesem Thema nicht weiter auslassen wollte. Und wenn er seine Tochter umgebracht haben sollte, warum hätte er es dann getan? Man kann sich vorstellen, dass ihm schon allein der Gedanke eines Lebens, eines Wissens, das aus ihm hervorgegangen war und das ihn überdauern, ihm entgleiten und ihn schließlich zum Verschwinden bringen würde, unerträglich war. Man kann auch sehr gut – ohne auch nur ansatzweise über einen Beweis zu verfügen, aber was lässt sich, außerhalb der Mathematik, schon beweisen? Ich weiß nicht einmal, ob Alfa mich geliebt hat –, man kann auch sehr gut sein ganzes Leben, oder doch zumindest den kurzen Ausschnitt, den ich davon kenne, im unheilschweren Lichte dieses seines Willens deuten, keine Spuren zu hinterlassen: die Wahl dieser unbekannten Kulturen des Mittelalters, die ohne Nachkommenschaft abgestorben waren; dann das Fehlen von Veröffentlichungen, worüber er angeblich bekümmert war und was sich in Wahrheit als absichtsvoll eingeschlagene Strategie herausstellen könnte, um der einzige Sachwalter, die Wiege und das Grab seiner Wissenschaft zu bleiben; oder diese vernunftwidrige »Fahrlässigkeit«, eine über den Ausgrabungen hängende Lawine anwachsen zu lassen: Diese wäre dann nicht, wie er mir gegenüber behauptet hatte, das Ergebnis seiner Hast gewesen, auch keine Falle, die er der Anwärterin auf seine Nachfolge als Grab zugedacht hätte, sondern ganz einfach eine Zeitbombe, die er so eingestellt hätte, dass sie seinen Fund, die große und finstere Wiederauferstehung von Meroe, genau dann zerstörte, nachdem er sie einmal hatte betrachten können. Und auch hinter dieser Hypothese steckten eigentlich zwei: Die eine, die man ganz einfach eine egoistische nennen könnte, liefe darauf hinaus, dass er niemandem den Genuss dessen gönnen wollte, was er zu Lebzeiten der Welt zugänglich gemacht hatte; damit wäre er, alles in allem, aber eben für die Ewigkeit, nicht anders verfahren als sämtliche Archäologen, die nach Abschluss der Ausgrabungen ihre Entdeckungen wieder mit Sand zuschütten, um sie vor Plünderern zu bewahren – und in seinem verqueren Sinn wären damit ausnahmslos alle Menschen, die Lebenden wie die noch Kommenden, Plünderer gewesen. Aber es gibt noch eine andere Interpretation. Sie ist, philosophisch gesehen, düsterer: Von Anfang an bis hin zu den Morden wäre es seit jeher seine geheime Absicht gewesen, am Ende einer Geschichte der Farben wieder auf Schwarz zu stoßen, das Nichts gewissermaßen dazu zu zwingen, sich wieder anzueignen, was ihm entrissen worden war, in das Nichts gewaltsam einzudringen, es zu schwängern und es letztlich zu überwinden, indem er ihm den Anschein des Sieges überließ. So jedenfalls konnte man die wenig orthodoxe Interpretation der Wiederauferstehung sehen, zu der er am Tag unserer Ankunft in Dongola ausgeholt hatte.

Die Erinnerung an diese kurze Reise hat mich noch auf eine andere Hypothese gebracht, an der ich aber nicht festhalten will, da sie mir entschieden zu barock erscheint. Wir hatten, wie schon gesagt, einem meiner Freunde einen Besuch abgestattet, Beauchêne, der auf dem Gräberfeld von Kerma arbeitete. Und dieser Archäologe fürchtete in seiner ganzen Naivität, dass ich zu viel über die Menschenopfer reden könnte, für die die Nekropole handfeste Beweise in Form von ganzen Hundertschaften an Skeletten lieferte, die über die großen königlichen Tumuli verstreut lagen und sich wie die Schleier eines galaktischen Spiralnebels um das stierfüßige Totenlager wanden. Die zusammengekauerte Stellung dieser sterblichen Reste – mit dem Gesicht auf dem Boden, die Fingerknochen zuweilen noch um den längst verwesten Hals gekrallt – ließ keinen Zweifel an der Todesart dieser Diener aufkommen, von denen einige erdrosselt worden, die meisten aber langsam in den zugemauerten Gräbern erstickt waren. Mir kam, wie ich gestehen muss, die Idee, dass Vollender seiner Tochter genau an der Stelle, wo sie aller Wahrscheinlichkeit nach ums Leben gekommen war, ein barbarisches, an die Rituale von Kerma gemahnendes Opfer dargebracht haben könnte. Was mich davon abhält, diese Möglichkeit ernsthaft in Betracht zu ziehen, mag befremdlich erscheinen – es ist nicht der dem Mörder in diesem Falle unterstellte Irrsinn, sondern vielmehr eine historische Inkongruenz: Die Dynastien, nach deren Grabstätten Beauchêne forschte, herrschten gut drei Jahrtausende vor dem »König der Könige« aus Dotawo. Nun war Vollender aber bei allem Wahnsinn ein überaus systematischer Kopf. Nichts hasste er mehr als die Unordnung. Ich kann mir einfach nicht vorstellen, nicht einmal für den extremen Fall eines Mordes, dass er die Rituale durcheinandergebracht haben könnte.

Ich schreibe diese Seiten unter den Ventilatoren des Hôtel des Solitaires. Die Schweißperlen, die mir von der Stirn tropfen, entzünden die Tinte zu zarten bläulichen Flammen, Irrlichtern, wie ich sie damals, in Äquatoria, über Winterfields verfaulten Feldern habe tänzeln sehen. In Diktaturen ist die Nacht immer still, ist sie immer eine Kristallnacht, jedes Geräusch verbreitet sich mit erschreckender Klarheit. Ein Hund bellt, und ich sehe, wenn ich so sagen darf, jedes räudige Haar, jeden sabberigen Reißzahn in diesem Laut. Ein Geländewagen, wahrscheinlich aus dem Innenministerium oder dem Palast kommend, rast mit voller Geschwindigkeit über die El-Kasr: Ich sehe, wie die dicken Reifen malvenfarbenen Staub aufwirbeln, sehe das Licht der Bordbeleuchtung auf schwarzen Brillengläsern hinter getönten Windschutzscheiben flackern. Das Klickern einer Klimaanlage, manchmal der Knall eines Schusses. Ich horche, ich sehe. Ich denke nach. Ich stecke mir eine Bringi-Filter nach der anderen an. Ich warte auf die Polizei oder Gott weiß was. Schließlich bin ich der Zeuge eines Mordes, oder doch zumindest eines tödlichen Unfalls. Ich fange wieder an zu schreiben. Ich denke an Gordon, wie einsam er war, allein mit seinen türkischen Zigaretten, seinem Tagebuch, der Nacht über Khartum. Mich hat an Belagerungen immer die Dramatik der Langsamkeit fasziniert. Die Erfahrung des eingeschränkten Lebens, der ablaufenden Zeit, der Tod, dem man lange Zeit über die Mauern hinweg ins Gesicht sieht, zwingen dem Geist Kühnheit und List ab, bringen ihn zur Philosophie. Ich bin natürlich aufseiten der Belagerten – eine schlechte Wahl. Als ich als Kind Homer entdeckte, war ich für Hektor. Meine Eltern haben mich einmal nach Nantes mitgenommen, um mit mir ins Kino, ins »Nouveau Théâtre«, zu gehen. Der Film hieß, glaube ich, *Alamo*, und John Wayne wurde darin von Mexikanern belagert. Eine tolle Rothaarige, die damals berühmt war, spielte, wenn ich mich recht erinnere, auch mit. Oder nein, das war in *Rio Bravo*. Jedenfalls hörte man die ganze Nacht über die nervtötende Trompete der Mexikaner, das heißt: des Todes. Gewiss, das war schwer symbolisch. Aber dieser Streifen war von einiger Bedeutung in meiner Entwicklung. Danach sind wir in eine Brasserie gegangen, und das war der Anfang meines Künstlerlebens.

Das Heft, in das ich diese Zeilen schreibe, vor mir, sitze ich auf meinem Hotelzimmer im Solitaires und komme auf Gordon zurück, Gordon, der auf seine Befreiung wartet, dabei nicht genau weiß, ob ihm der Tod oder das Hilfskorps sie bringen wird, ja, nicht einmal weiß, was ihm lieber wäre. Er sitzt und schreibt vor dem großen Fenster, an dem der Nil schwarz hinter einem Vorhang aus Schmetterlingsflügeln vorbeifließt. Die Mahdisten am andern Ufer haben natürlich schon seit Langem den schmächtigen Schatten im Visier, der sich auch in tiefster Nacht noch vor dem großen Lichtviereck abzeichnet, aber es ist ihnen niemals gelungen, ihn zu treffen, sodass sich bei ihnen schon eine leicht abergläubische Furcht zu regen beginnt. Er seinerseits weiß natürlich genau, was für eine Zielscheibe er abgibt, aber diese Großtuerei gibt ihm Rückhalt. Und auf jeden Fall fragt er sich, wie er die Sache wohl zu Ende bringen kann. Den Palast in die Luft jagen, wenn die *Ansaren* sich zum Angriff entscheiden, und mit ihnen untergehen? Aber wäre das nicht ein als heroische Tat verkleideter Selbstmord? Ein gut gezielter Schuss würde das Problem regeln. Er lässt sämtliche Kerzen auf dem hinter ihm stehenden Leuchter anzünden. Er schreibt. Fieberhaft schreibt er leere Formulare voll, Telegramme, mit denen er, wegen der gekappten Leitung nach Kairo, Sir Evelyn Baring nicht mehr zur Last fallen kann. Er berechnet den Vormarsch des Expeditionskorps, dirigiert eine imaginäre Armee, zeichnet Wüstenrouten auf, Wasserstellen, zählt die Meilen – und glaubt doch nicht daran: »Ich hege den starken Verdacht, dass diese Geschichten von Truppen in Dongola und Meroe nichts als leeres Geschwätz sind, *and that if you wanted to find Her Majesty's forces, you would have to go to the Shephard's Hotel at Cairo*, ›und dass, wer nach den Streitkräften Ihrer Majestät Ausschau hält, in Shephard's Hotel in Kairo mehr Glück hat …‹« Er erzählt und kommentiert seine armseligen Listen, mit denen er die Belagerer glauben machen will, woran er selbst verzweifelt: Wie zur Feier guter Nachrichten hat er am 23. November am Fort von Mogrein ein Feuerwerk von dreißig Leuchtraketen zünden lassen. »Mich würde das nachdenklich stimmen«, notiert er, »wenn ich einen Angriff vorhätte.« An dem vor Insektenflügeln knisternden Fenster, durch das er die Lagerfeuer der Mahdisten und die kurz aufzüngelnden Mündungsflammen der auf ihn gerichteten Gewehre sehen kann, schreibt er wie unter Zwang, stundenlang, in blaue Rauchvoluten wie in einen Mantel gehüllt, und vielleicht sind sie es, die ihn vor den Kugeln von der anderen Seite abschirmen, ähnlich wie die kleinen Wolken, in die die Götter in der *Ilias* bei Gefahr ihre Günstlinge hüllen. Was sollen all diese Seiten, die er während der ganzen Blockade auf einem Schaufelraddampfer Wolseleys Phantomarmee entgegen Richtung Norden, Richtung Zukunft schickt? Will er der Nachwelt etwas von sich hinterlassen? Aber was ist die Nachwelt? Ein frivoles Theater, Eitelkeit der Eitelkeiten. Wie passt das alles zusammen? Er hält der Ehre wegen die Stellung und um die nicht im Stich zu lassen, die an seiner Seite in Khartum ausharren, »obwohl ich in ihren Augen nichts weiter als ein christlicher Hund bin«. Zumindest versucht er, sich dazu durchzuringen, und vielleicht schreibt er deshalb Nacht für Nacht diese Telegramme, die keinen Empfänger haben: Nicht so sehr der Nachwelt wegen, sondern um sich über sich selbst Klarheit zu verschaffen, um seinen aufgewühlten Geist zu beruhigen. Aber in dem Maße, in dem sich die vollgeschriebenen Formulare mit ihren Verbesserungen und Unterstreichungen aufhäufen, stellt sich das Gegenteil ein: Er, der die Schrift stets wie eine uneinnehmbare Festung betrachtet hatte, er, der wie jene, die sich lediglich innerhalb ihrer Mauern ergehen, glaubte, dass sie ein sicherer und gedeihlicher Ort sei, muss feststellen, dass dort alle Gewissheiten zerrinnen, Zweifel schwindelerregend tiefe Schächte gräbt.

Steht er nicht einfach nur da mit all diesen vom Hunger

Aufgezehrten, die den Säbeln der *Ansaren* versprochen sind, und will seine morbide Lust an der Einsamkeit, am Untergang, welche der dunkle Teil seines Selbst wäre, befriedigen? Ist er nicht schon immer vor dem Leben geflohen, auch wenn es eine Gabe Gottes war? Und ist er damit nicht auf bestem Wege, gerade die Leute, die ihm vertrauen, die er zu schützen vorgibt, mit in das Grab zu nehmen, das er sich fern von England ausersehen hat, diesen großen Marktflecken, der im glühenden Geflimmer der Luft zerschmelzen wird, sobald die Sonne ihre Messingstrahlen über dem Zusammenfluss der beiden Nile ausschüttet? Gleicht er nicht diesen heidnischen Königen, die ihre Diener und Verwandten mit bestatten ließen? Gedanken, die ihn so sehr erschrecken, dass er sie nicht in Worte übersetzt. Denn er beginnt auch zu begreifen, undeutlich nur und zu spät, dass, mag die Schrift auch eine Zitadelle der Ungewissheit sein, die Wörter, aus denen sie gebaut ist, doch jene magische Kraft besitzen, dem, was sie sagen, Wirklichkeit zu verleihen. Also los … Er tut, was »jeder x-beliebige Ehrenmann aus Ihrer Majestät Armee« tun würde. Als sei er, wird er sich gedacht haben, wie jene Gentlemen, denen er sein ganzes Leben lang aus dem Weg gegangen ist … Aber nein, so darf man nicht denken. Zumindest soll man es nicht schreiben. Zweifel sind nicht vorgesehen. Aber kaum hat der Zweifel ihn einen Moment lang daran werkeln lassen, sich ein Bild von sich selbst zu machen, setzt er jetzt alles daran, das Bild, das er sich gerne von seinem Feinde machen würde, zu verkomplizieren. »Wer sind die Aufständischen?«, schreibt er am zweihundertsechsten Tag der Belagerung. »Wir – oder die Araber?« (So nennt er die Mahdisten.) Und unmittelbar darauf, als sei nichts geschehen: »Heute Morgen saß ein Skorpion auf meinem Handtuch. Er hat mich in den Finger gestochen, ich habe ihn getötet. Damit sind wir quitt.«

Er erinnert sich an einen Brief, den ihm, mit der Aufforderung, sich zu ergeben, der Emir Abderrahman en-Nejumi geschrieben hatte, einer der Leutnants des Mohammed Ahmed. »Der Mahdi, Friede sei ihm, dem Langersehnten«, dies war der Anfang, »hat uns erwählte und ergebene, unter seinen Gefährten auserlesene Männer zur Seite gestellt, die den Tod so sehr lieben wie das Leben und mit der Aussicht auf den obersten Lohn gegen Sie ins Feld ziehen. Der Tod ist ihnen kostbarer als ihre Frauen und ihr wertvollstes Gut.« Er fürchtet, an diesem finsteren Porträt etwas von sich selbst wiederzuerkennen und zu mögen. Er beneidet den Emir um diesen majestätischen Tonfall einer Predigt oder Fluchrede. Er, der er die Bibel auswendig kennt, schreibt wie ein Irrwisch, wie ein frenetischer Kasper: Wörter werden unterstrichen, in Majuskeln auseinandergelegt, Ausrufezeichen großzügig verteilt, er widerspricht sich, kommt vom Hölzchen aufs Stöckchen, vermischt philosophische Betrachtungen mit Ausfällen gegen Premierminister Gladstone oder Sir Evelyn Baring, Ägyptens graue Eminenz, die alles das ist, was er nicht ist: diplomatisch, politisch, berechnend, zynisch. Ein Aristokrat mit jener Selbstsicherheit und Anmaßung, die eine adlige Geburt verleiht. Seit ihrer ersten Begegnung in Kairo war er überzeugt davon, dass sie erst dann zueinanderfänden, »wenn Weihnachten und Ostern auf einen Tag fallen«. Er malt sich gerne aus, wie er, Baring, dazu gezwungen wäre, sich seinen Arsch, den Arsch eines künftigen Lord Cromer, auf einem Kamel wund zu reiten, um ihm, Gordon, zu Hilfe zu eilen. Das ist eine Vorstellung, die ihm gefällt; er kritzelt eine Karikatur von Baring mit Monokel ins Heft. Aber wie sagte er doch: ihm zu Hilfe eilen? Nie im Leben! Den Belagerten soll er ruhig helfen, aber bitte nicht ihm! Er schreibt: »*I will not allow that you came for* ME, ›ich untersage Ihnen, MEINETWEGEN zu kommen‹.« Dreifach unterstrichen. Damit das klar ist: Wenn es nur darum geht, ihn zu retten, bleibt er lieber in Khartum! Schau an, »der Truthahn hat einen seiner Gefährten umgebracht. Ursache unbekannt.« (Geheimes Einvernehmen mit dem Mahdi oder irgendwelche Haremseifersüchteleien?) Er liebt diesen Truthahn, der ihn in eine Kindheit versetzt, in die sich jeder Mensch, und er mehr als jeder andere, zurücksehnt. Er fragt sich, welche Aussichten auf das ewige Leben dieser Hühnervogel hat. Seines Erachtens liegen sie nicht schlecht. »Ich gehöre zu denen, die an ein künftiges Leben jener Geschöpfe glauben, die wir Tiere nennen.« Man kann sich das Gesicht von Lord Wolseley vorstellen, als ihm nach Gordons Tod solche Hirngespinste unter die Augen kamen. »In der Schlacht«, hatte ihm der Emir des Weiteren geschrieben, »wiegt ein einziger unserer Männer mehr als eine Tausendschaft der Ihrigen.« Das war leider nur zu wahr. »Nie hat es jämmerlichere Soldaten als die Ägypter gegeben«, notiert er, um sich gleich darauf zu korrigieren: »Was ich da schreibe, ist ungerecht, denn wo sollte schon ihr Interesse an einem Krieg im Sudan liegen? Zuerst werden sie von den Engländern in Ägypten geschlagen, und dann sollen sie sich hier zu Kleinholz verarbeiten lassen.« Friede also den armen ägyptischen Fellachen. Seiner Seele auch? Das ist noch nicht gesagt.

Ist er nicht ein Mörder? Schlimmer noch, ein Mörder in Pailletten? Je länger die Belagerung unter der ewigen Sonne dauert, die Blasen auf seine gerötete Haut treibt und sein Haar, an dem man bald schon seinen Kopf durch Omdurman schwenken wird, weiß färbt, desto mehr ist er davon überzeugt, dass seine Qualen die Buße für eine Verfehlung sind: Ganz zu Anfang, im März, war ein Ausfallversuch seiner Truppen fehlgeschlagen, und er hatte die beiden ägyptischen Paschas, die das Signal zum ungeordneten Rückzug gegeben hatten, exekutieren lassen. Seither hat er nichts mehr versucht; er ließ es zu, dass die unerbittliche Schlinge um die Stadt im gleichen Maße immer enger zugezogen wurde, wie ihn sein Schuldgefühl in dieser Angelegenheit immer mehr bedrückte. Als er aus einem Sendschreiben von Kitchener erfährt, dass sein Adjutant Stewart mitsamt der ganzen Mannschaft der *Abbas* in einen Hinterhalt geraten ist, ist er zutiefst erschüttert. Dann schreibt er: »Das ist sehr traurig, aber weil es nun einmal so bestimmt war, dürfen wir uns nicht beschweren. Ich sehe darin eine Art Nemesis für den Tod der beiden Paschas.« Und weiter: »Auch zehntausend Artikel in der *Times* werden mich nicht von der Überzeugung abbringen, dass ihre Exekution ein Justizmord war.« Aber warum hat er sie dann befohlen? »Ich fürchte, darauf keine Antwort zu haben.« Er erinnert sich an die weit zurückliegende Zeit, in der er mit seinen Freischärlern in China einen Guerillakrieg führte. Er erinnert sich an das abgeschlagene Haupt des Anführers der T'ai-ping, den man seinem Ehrenwort zum Trotz ermordet hatte. Dieses zerfetzte Stück Fleisch, das er auf einer durchtränkten Uferweide des Jangtse gefunden und mit militärischen Ehren hatte beisetzen lassen. Büßt er nicht auch für diese gegen seinen Willen, aber dank seiner Hilfe vollbrachte Niedertracht? Und warum musste er sich immer für ein Lager schlagen, das nicht wirklich das seine war? Er war ein Söldner des mandschurischen und jetzt des Osmanischen Reichs … Ein Galeerensklave auf alten, wurmstichigen und verrotteten Schiffen … Oh, lasset die Kleinen zu mir kommen … Die T'ai-ping immerhin waren Rebellen gewesen, und dazu noch leicht extravagante Christen. Er dagegen ist ein frustrierter Rebell, der es nicht wagt, Sachen zu Ende zu führen. Ein Asozialer, ein Einzelgänger, ein heimlicher Alkoholiker. Ein Erleuchteter, wie man ihn in den Amtsstuben und Salons nennt. Und die anderen da, die Armee der frommen und grausamen Männer, deren Lagerfeuer das gegenüberliegende Ufer zum Glimmen bringen und deren blinde Geschosse einen Funkenregen an den Himmel malen, das sind doch immerhin Patrioten … Wenn man denn überhaupt den Sudan ein Vaterland nennen kann.

Dieses ganze Hin und Her an Gedanken, Zweifeln, Launen, diesen ganzen Ramsch an Ideen und Einfältigkeiten, der ihm im Kopf umherschwirrt, schludert er auf die nunmehr überflüssigen Telegrammformulare. »10. Oktober. Heute Morgen haben die Araber sechs Krupp-Geschosse auf unsere Linien abgefeuert, die indes nicht gezündet haben. Cambyses, der Sohn des Cyrus, von dem Jesaias spricht, hat 525 vor Christus, das heißt vor 2049 Jahren, in diesen Wüsten sein Heer verloren.« Hinter den Spiralnebeln seiner Zigarette verdrehen sich für einen kurzen Augenblick entgeistert die Augen der persischen Pferde. Ihre Läufe stecken wie Palmschösslinge im Sand. Die unter der Haut vibrierende Kraft von Muskeln, die keine Bewegung mehr hervorbringen. Ihre Hälse, die die bleiche Agonie abzuschütteln suchen. Nein, das ist von mir. Es heißt, man könne in den Augen eines sterbenden Pferdes die Zukunft lesen. Frage mich, ob das stimmt. Auf der Krim, in China habe ich darin nur das blanke Entsetzen gesehen. Dieses berühmte Mosaik in Pompeji, das ich mit Alfa gesehen habe ... Issos' Keilerei ... Hatte noch Einfluss auf Uccello ... Die armen Tiere ... Er schreibt, der arme Hund, seine Feder zerkratzt wie wild Papier, er ist ein toter König, eingedeckelt in die innerste von hundert ineinandersteckenden Sargschachteln, er schreibt den Schlaf des Palastes, den Schrecken über der Stadt, die seidigen Arme des Nils, den Feuerkranz der Belagerer, die blauen Wellenlinien der Dünen, zwischen denen, irgendwo im Norden, jene Armee lagert, deren Staubwolken sein Teleskop niemals einfangen wird. »Das Gerät stammt aus Paris, von Chevalier, und ich habe es hier für fünf Pfund erstanden. Bei Weitem die beste Optik, die ich je gesehen habe.« Er wartet, aber worauf? »Vom heutigen Tag erhoffte ich mir die Ankunft von ...« Dann erwartet er nichts mehr. »Es steht offenbar fest, dass Khartum vor der Nase des Expeditionskorps fallen wird. Sie kommen *just too late*, ›knapp zu spät‹.« Er schreibt, dieser Schattenkopf, dem Kugeln zugedacht sind, die in der brightonschen Fassade seines Palastes einschlagen und die Geckos von ihrer Jagd auf die Mücken ablenken. Er schreibt.

2

UND AUCH ICH, der ich die Nacht durchwache, aufmerksam auf die wenigen Geräusche in Khartum lausche, auf ich weiß nicht was warte, mit tausendfach wiederholter Geste – die linke Hand überm Mund, den Glimmstängel zwischen Zeige- und Mittelfinger, den Füller in der Rechten – eine Bringi-Filter nach der anderen rauche, auch ich schreibe unter diesen Ventilatoren, die die Asche auffliegen und das Papier rascheln lassen. Bis zum Ziel folgen die Dinge und das Leben, ähnlich wie die Flüsse, gewundenen Bahnen. Mit einiger Ironie fällt mir ein, dass das bisschen Französisch, das ich den Polizisten beigebracht haben muss, ihnen vielleicht nützlich sein wird, falls sie mich zum Verhör abholen sollten. Immerhin könnten sie damit meine Identität feststellen und mich nach der nächstgelegenen Métro-Station fragen. Doch dürfte sie das sprachliche Niveau, auf dem ich sie verlassen habe, kaum instand setzen, diese Seiten zu lesen, und das ist schade, denn ich liefere darin die vollständigste und skrupulöseste Zeugenaussage zu den Ereignissen, die sich in den frühen Morgenstunden des zweiten Tags des Ramadan in Meroe zugetragen haben. Von all den Gründen, die Vollender dazu bewogen haben könnten, Else umzubringen, habe ich bislang nur die offensichtlichsten erwähnt. Bleiben noch diejenigen, die sich in den geheimen Winkeln seines Lebens, sollten denn solche bestehen, ergeben haben könnten. Ich habe bereits gesagt, dass ich alldem nicht viel Glauben schenke. Aber es ist schon, wie ich zugeben muss, einigermaßen verwirrend, dass die Presse, die hierzulande nicht mehr als ein Amtsblatt ist, die ganze Affäre totgeschwiegen hat. Zudem würde ein Mord – vorausgesetzt, es handelt sich, wie ich glaube, um einen solchen – diese Hypothese noch erhärten, eine Hypothese, die ihrerseits wiederum dazu beitragen kann, den Mord zu erklären. Vermutungen, nichts als Vermutungen, drücken Sie sich etwas klarer aus. Ich kann nichts dafür, Herr Inspektor. Der Nil hat keine Quelle im eigentlichen Sinne. Die Gründe für Leben und Tod sind sehr komplex und oft bizarr, selbst dann, wenn die Konsequenzen tragisch sind. Wir sind schwer verständliche Wesen, selbst Sie, Herr Fahnder. Und wo wir beim Thema sind, ich würde gerne über die möglichen Geheimdienstaktivitäten des Herrn Dr. Heinrich Vollender reden, Sie dürften mehr darüber wissen als ich. Und wenn nicht Sie, dann Ihre Vorgesetzten. Falls er wirklich ein ehemaliger ostdeutscher Agent war, dann ist alles denkbar. Zum Beispiel, dass Else, unter dem Deckmantel der Assistentin, eigentlich damit beauftragt war, ihn zu überwachen, ihn zu demaskieren. Und wenn er der Führungsoffizier, der Verbindungsmann oder weiß sonst was des großen dickwanstigen Bombenlegers war, den ich einmal im New Life gesehen habe, als er sich die Koteletten auffrischen ließ, und dieser, wie ich gehört habe, seine Tochter liquidieren ließ oder auch nicht, weil sie damit gedroht haben soll, im Ausland über seine Orgien mit dem Präsidenten und General auszupacken, ja dann …

Ja dann ist mir das im Grunde alles herzlich egal. Denn der Hauptgrund dafür, dass ich Vollender für einen Mörder halte, ist meine Überzeugung, dass ich selbst einer bin. Das können Sie aufschreiben. Als er mich am frühen Morgen des 10. Januar mit meinen Fotoarbeiten allein zurückließ, war mir vollkommen klar, was er tun würde. Mir kam sogar der Gedanke, dass er nur deshalb ein wenig Zeit mit mir im Magazin vertrödelt hatte, weil er sich stillschweigend davon überzeugen wollte, dass ich wusste, was vor sich ging, und keine Einwände geltend machen würde. Und ich habe nicht versucht, ihn zurückzuhalten. Nicht weil ich Elses Tod unbedingt herbeigewünscht hätte, sondern weil ich fasziniert war von dieser Möglichkeit. Es kommt vor, dass man sich in eine extrem gefährliche Lage hineinbegibt; man weiß: noch ein Schritt mehr, und der Tod ist gewiss. Aber wie unter Hypnose befiehlt das Hirn, eben genau diesen Schritt zu tun – um zu sehen, was dann geschieht, das Unfassbare, das man doch allmählich zu fassen beginnt. Und eines steht unstreitig fest: Selbst wenn er sie nicht umgebracht hat und die Sandlawine ein Unfall war, so habe ich ihn doch in der Überzeugung ziehen lassen, dass er sie umbringen werde. Nun müssen Sie zugeben, dass es schon eigenartig genug wäre, wenn die Dinge sich genau so zugetragen hätten, wie ich sie vorausgesehen hatte – mit der kleinen Einschränkung freilich, dass nicht Vollender, sondern der Zufall den Erdrutsch ausgelöst haben könnte. Und wenn das der Fall sein sollte, muss ich dann nicht glauben, dass meine Gedanken Berge versetzen können? Aber noch einmal: Ob Vollender nun schuldig ist oder nicht, und aus welch verqueren Gründen, was soll ich mir daraus machen? Was ändert das für mich? Es wäre auf eine schon bizarre Weise schön, wenn das Schicksal für eine barocke Form der Tötung einen Unschuldigen, den alles zum Mörder macht, einen Mörder, den erwiesenermaßen keinerlei Schuld an der Tat trifft, und schließlich noch die einfachsten Gesetze der Physik aufgeboten hätte. Wenn Sie, Herr Leutnant, das Wort »barock« nicht verstehen, schreiben Sie einfach »kompliziert«. Das geht auch.

Aber wohlgemerkt: Ich habe absichtlich vereinfacht. Denn unter den möglichen Mördern könnte ich auch den *raïs* nennen. Es stimmt, dass ich, als ich, eine, höchstens zwei Minuten nachdem ich sein Geschrei gehört hatte, am Ort des Geschehens eintraf, nur Vollender gesehen habe, der schon Richtung Bagrawiya rannte. Aber für jemanden, der das Terrain gut kennt, dürfte es nicht allzu schwer gewesen sein, sich hinter einem Dünenrücken oder auch hinter der südlichen, von der Lawine verschont gebliebenen Mauer zu verstecken. Und der *raïs* hatte am Vorabend beschlossen, die Grabungsstelle zu verlassen – als ob er reinen Tisch habe machen wollen. Nun leuchtet es aber ein, wenn wir nur einen Moment lang unterstellen, dass er die Absicht hatte, Else zu töten, er dann seine Leute nicht wie üblich unterhalb der großen Sandwelle weiterarbeiten lassen konnte. Und warum hätte er Else umbringen wollen? Tja, woher soll ich das wissen? Womöglich aus den gleichen Gründen, Gründe, von denen wir nichts wissen, die ihn im Vorjahr dazu getrieben haben, Vollenders Tochter umzubringen. Weil vielleicht die eine wie die andere eine Gefahr für den großen Dickwanst waren? Die Tochter wegen möglicher Indiskretionen, Else wegen eventueller Nachforschungen? Aber es ist vollkommen überflüssig, sich mit solch komplizierten Hypothesen auseinanderzusetzen. Er hat mit dem Tod von Vollenders Tochter – ob Unfall oder Mord – nichts zu tun. Die Gründe, die er am Vorabend für die Aufkündigung seiner weiteren

Mitarbeit genannt hatte – mangelnde Sicherheit am Arbeitsplatz, durch das Fasten bedingte Schwäche –, waren überzeugend. Aber Vollender regt sich auf – das kann ich bezeugen – und beleidigt ihn wahrscheinlich. Sie wissen besser als ich, wertester Emir und Bulle, dass im Sudan mit der Ehre nicht zu spaßen ist. Für eine Kränkung kann nur mit dem Leben bezahlt werden, besonders dann, wenn sie von einem räudigen Christenhund kommt, was Vollender, mochte er auch, wie ich annehme, ein alter Atheist sein, in den Augen des *raïs* nun einmal war. Er beschließt also, ihn umzubringen; da nun aber Else als Erste am frühen Morgen des zweiten Tages des Ramadan unterhalb des Sandhügels auftaucht, müssen eben sie und das Fresko des Jüngsten Gerichts, Vollenders Lebensziel, für ihn bezahlen. Zudem ist der *raïs* ein alter Fuchs: Er weiß – er hat es mir gesagt –, dass der *Mudir* seine Assistentin hasst, und ihm ist nicht entgangen, dass auch ich es weiß. Er kann sich also denken, dass ich Vollender als mutmaßlichen Mörder angeben werde, was ich auch tue, und dass er auf diese Weise, wenn er schon der tödlichen Falle, die er ihm gestellt hat, entkommen ist, zumindest der Justiz in die Fänge geht.

Ich glaube nicht an diese Hypothese, aber sie erscheint, wie ich eingestehen muss, sehr plausibel. Ich glaube nicht daran, nicht weil ich sie nicht vorgesehen habe, sondern weil sie mir erst im Nachhinein eingefallen ist: Da sehen Sie, wie es um den menschlichen Stolz bestellt ist. Natürlich lässt sich diese Hypothese sehr gut – das wäre sogar einer ihrer großen Vorteile – mit einigen der bereits genannten kombinieren. Daraus ergäbe sich dann eine absolut wahnwitzige Konstruktion, aber oft ist es gerade der Wahnsinn, der wirklichkeitsmächtig ist. Ich weiß nicht, Herr Richter, ob Sie das auch wissen. Zum Beispiel: Ich glaube, dass Vollender Else umbringen wird. Dazu ist er auch, aus welchen Gründen auch immer, fest entschlossen. Aber die Viertelstunde Verspätung, die er absichtlich in Kauf nimmt, weil sie zu seinem Plan gehört, sorgt dafür, dass der *raïs*, der sich an ihm rächen will, mit Else vorliebnehmen muss, wenn ich so sagen darf, womit er, ohne es zu wissen, stellvertretend für ihn handelt. Jetzt haben wir nicht mehr nur einen, auch nicht zwei, sondern drei Mörder, von denen ein Einziger wirklich handelt, und zwei designierte Opfer, von denen eines tatsächlich umkommt, und zwar nicht das, das der Mörder im Auge hatte, sondern jenes, welches das davongekommene Opfer gerade umbringen wollte. Können Sie mir folgen? Sie sehen selbst, dass dies die Wahrheit sein könnte, aber sie ist viel zu kompliziert. Also lassen Sie es sich gesagt sein: Sie fahren besser, wenn Sie mich als den einzig Schuldigen betrachten. Ich bin dazu vollkommen bereit und glaube sogar, dass ich es so wünsche.

Gestern Abend ist das Flugzeug aus Frankfurt gelandet. Das ist inzwischen die letzte Verbindung zu der Welt, aus der ich komme: Die wöchentliche Linie Paris – Khartum ist vor zwei Monaten eingestellt worden. Benommen kommen sie im großen Backofen an, ich kenne das, kleine, windige oder schmierige Geschäftemacher. Ringelfalten im zerknautschten Alpaka. Falsche Safarijacken, Baumwolle, Kaki. Neue Gesichter im Speisesaal. Der unvermeidliche Kerl in Shorts. Schwitzen aus allen Poren, diese Spießer. Minus zwanzig Grad in Berlin, heißt es. Minus acht in Paris: eine verspätete Kältewelle. Dieses Interesse für den Wetterbericht, ein Charakterzug der Europäer ... O Herr, schicke ihnen doch mal eine richtige Naturkatastrophe. Mein Tischgenosse heute Abend trug apfelgrüne Latschen, was ich sehr witzig fand. Er kam aus Saint-Nazaire, um einen ganzen Posten gebrauchter Traktoren zu verscherbeln. Sieh mal einer an, der bretonische Marais ist zugefroren. Ich habe dort früher nach Aalen gefischt. Das Bassin im Luxembourg muss aussehen wie der Baikalsee. Das Flugzeug hebt noch vor Morgengrauen ab. Ob wohl auch Vollender unter den Passagieren ist? Mit dunkler Sonnenbrille vor den zweifarbigen Augen und tief ins Gesicht gezogenem Hut? Hat er sich einen Bart wachsen lassen?

Ich bin also der Einzige, in aller Deutlichkeit von mir identifizierte Schuldige an Elses Tod. So weit, so gut. Manchmal habe ich den Eindruck, zu übertreiben und mich aus reinem Hochmut anzuklagen, und zwar nur, um mir in dieser Geschichte eine Hauptrolle zuzuschustern. Oder ich bin wirklich dabei, auszurasten. Aber ich glaube, dass man alle Versuchung, mich zu entlasten, als Akt der Feigheit beiseitelassen kann. Es gibt da keinerlei Ruhm zu ernten, nicht einmal einen morbiden Ruhm, und ich habe den Eindruck, geradezu erschreckend hellsichtig zu sein. Aber diese Hellsicht hilft mir im Verständnis meines Verhaltens nicht weiter. Mein Verbrechen ist perfekt: Ich habe nicht daran teilgenommen und so gut wie kein Motiv. Unter Außerachtlassung alles anderen war es nur die Stimme, die ich an ihr liebte, und selbst von der Stimme kann ich absehen, denn sie war nicht mehr als ein Signal am Wege meiner unmöglichen Regression. Sobald ich begriff, dass ich nie jenen Ort erreichen würde, wo, weit in der Vergangenheit (oder tief in mir selbst, in diesem Klotz aus Vergangenheit, zu dem ich geworden war), die körperlichen Erinnerungen aufgebahrt lagen, fing ich an, sie zu hassen. Sie war zu einem unfreiwilligen Medium dieser letzten Desillusion geworden, sie hatte, ohne es zu wollen, ein letztes Mal meine absurden Spinnereien auflodern lassen und mir dann begreiflich gemacht, dass das Spiel aus war: *the game was up*. Ich hätte ihr für die Heilung dankbar sein können, stattdessen wandte ich alles, was mir an Gefühlen noch geblieben war, gegen sie. Und da ich nicht sie, sondern gewissermaßen nur durch sie hindurch geliebt zu haben glaubte, reichte es mir schon, mich der Feindseligkeit eines anderen anzuschließen, der sie aus Gründen hasste, die nicht die meinen waren und über die ich nur Vermutungen anstellen kann. Ein letztes Wort noch: Wenn ich von »absurden Spinnereien« spreche, dann greife ich nur dem nicht ausbleibenden Urteil der »normalen«, zukunftgesättigten Welt voraus. Ich persönlich finde sie nicht besonders lächerlich, oder anders gesagt: Ich habe nichts gegen die Unvernunft, die aus ihnen spricht. Und alles, was ich letztlich mit absoluter Gewissheit von Alfa sagen kann, ist, wie ich Harold vor nunmehr einem Jahr schon auf der Terrasse des Blue Nile erzählte, dass sie mich in den Wahnsinn getrieben hat: Aber ich bedauere diejenigen, die für diese Form des Wahnsinns nur Verachtung übrighaben. Beklagenswert ist eigentlich nur, dass mich all dies zum Mittäter an einem Mord gemacht hat. Weiter habe ich nichts auszusagen.

Wie man sich denken kann, gehe ich nicht mehr in die Museumsbibliothek. Ich vertrödle meine Zeit im Blue Nile und schaue zu, wie die Bäume über den lackierten Rücken des Wassers gleiten. Wenn auf Moskitoflügeln der Abend herannaht, zwänge ich mich schwerfällig aus meinem weißen Plastiksessel, in dem ich, den Hut tief über den Augen, die tänzelnden Lichtreflexe des Wassers im Gesicht, den ganzen Nachmittag verdöst habe. Die Sonne senkt sich rot auf den großen bebenden Leib Afrikas. Einen kurzen Moment lang zeichnet sich davor die konische Silhouette jener *qubba* ab, unter der im Juni 1885, kaum fünf Monate nach dem Sturm auf Khartum, Mohammed Ahmed, genannt der Mahdi, beigesetzt worden ist. Der Triumph war ihm nicht gut bekommen. Aus dem gestrengen und fanatischen Krieger war bestürzend schnell ein fetter Despot geworden, der, stets in Seide gehüllt, seine Tage damit verbrachte, sich in seinem Harem die Füße küssen zu lassen. Solche Behandlung weckte seine Lüsternheit, und so besprang er von Zeit zu Zeit eine seiner zahlreichen Frauen. Sein sexueller Appetit rang all jenen Emiren Bewunderung ab, die in ihm kurze Zeit zuvor noch Askese und fleischgewordenes Wort verehrt hatten. Durch Straßen, in die sich langsam Dunkelheit legt, kehre ich unter dem Baldachin eines violett gestrichelten grünen Himmels allein ins Hotel zurück. Manchmal mache ich einen Umweg über den Vorplatz der großen Moschee. Ich bade mich dort gern in einer trägen und doch graziösen Menge. Weiße Galabiyas, Turbane, bunter Musselin der Frauen, schlanke Körper, strahlendes Lächeln. Eine Sprache, die ich nicht verstehe. Niemand scheint in Eile, kein Mensch, der auf mich achtet. Staub erstrahlt im Scheinwerferlicht klappriger Autobusse. Ich flaniere zwischen den Händlern von Gold, *foul*, brühwarmem Tee. Wie mit Else in El-Khandaq, verspüre ich wieder etwas von diesem ungläubigen Staunen. Die Menschheit scheint zur Ruhe gekommen.

Über die El-Kasr gehe ich ins Solitaires zurück. In der Hotelhalle blättere ich in alten Zeitungen und setze so einen verschwindend kleinen Teil des großen Weltpuzzles wieder zusammen. Ich nehme eine Dusche, schlürfe an Ramadans glühend heißer Suppe. Manchmal gehe ich hinaus auf die Terrasse über der Sharia Zubayr, um, wenn man überhaupt so sagen darf, frische Luft zu schnappen. Ich wundere mich – aber eigentlich nur wenig –, dass diese Orte, an denen ich ein Fremder bin, unmerklich zu den meinen geworden sind, während sich der Luxembourg und um das Bassin herum ganz Paris immer weiter entfernen – wie auch die Loire meiner Kindheit seit Langem schon verblasst. Ich ziehe mich auf mein Zimmer zurück. Ich schreibe.

Ich bin wieder bei Gordon, der nachts vor dem Fenster des Palasts sitzt. Der Phantom-Hikimdar genehmigt sich einen Schluck Brandy, steckt sich eine Zigarette an. Wieder und wieder überprüft er seine Rechnungen, er zählt zusammen, wie viel von dem Spielgeld, das er hat drucken lassen, noch in der Kasse verbleibt, er bereitet die Liquidation seines Unternehmens vor, er will, wie ein ehrlicher Handwerker, den es in die Pleite getrieben hat, dass alles seine Ordnung hat. Er reist durch die Zeit, sieht noch einmal, Stewart war dabei, seinen triumphalen Einzug in Khartum, als er die Schuldenregister und die Sklavenpeitschen verbrennen ließ, sieht noch einmal das Operettenszenario am Kairoer Bahnhof, den Sonderzug nach Assiut, von wo aus er per Schiff bis Korosko weiterfahren sollte. Der junge Sultan des Darfur, den er aus den Spielhöllen der ägyptischen Hauptstadt gezerrt hatte, um ihn, gegen dessen Willen, im Gepäck mitzunehmen, war in einem funkelnden Kostüm aus Goldbrokat und in Begleitung seiner fünfundzwanzig Frauen auf dem Bahnsteig erschienen. Er sah aus wie einer der Albaner aus *Così fan tutte.* Für seinen Harem musste ein zusätzlicher Waggon angehängt werden. Während sie den Nil hinauffuhren, ertränkte Abd el-Skakur seinen Kummer in Gin. Wieder ausgenüchtert, hatte er sich in Dongola aus dem Staub gemacht. Die Verlockungen Kairos zog er ganz entschieden den Fährnissen des Sudans vor. Und weiter hinauf gegen den Lauf der Zeit: Er sieht sich wieder in Charing Cross, ein Jahr zuvor, bei seiner Abreise. Lord Granville, genannt »Pussy«, seines Zeichens Staatssekretär im Foreign Office, hatte ihm seine Tickets gekauft. Da er wie üblich keinen Pfennig bei sich hatte, hatte ihm Lord Wolseley ganze Bündel von Geldscheinen und seine goldene Uhr in die Taschen gestopft: Letztere ist immer noch in seinem Besitz, aber er glaubt nicht mehr daran, sie ihm eines Tages zurückgeben zu können. Der Herzog von Cambridge hatte als Chef des Generalstabs eigens seine Jagdpartie in Richmond Park unterbrochen, um ihm feierlich Lebewohl zu sagen. Einhundertachtundsiebzig Vögel hatte er an jenem Nachmittag erlegt. Seine Kleidung steckte noch voller Federn.

Solcher Flitterkram ist ihm jetzt nur noch von bitterem Amüsement. Er zählt die im Laufe des Tages eingefangenen Kühe. Nur noch zu solch ruhmlosen Siegen taugt seine Truppe, aber für eine ausgehungerte Stadt sind Kühe von einiger Bedeutung. *Splendid! 41 cows in two days!* Er gießt sich noch einen Tropfen Brandy ein, zündet eine weitere türkische Zigarette an. Er stellt fest, dass er für den Krieg nichts übrig hat. Am Ausgang des Hospitals, in dem Doktor Nikolo, der Urgroßvater unseres Gastwirts im Solitaires, die von

Wundbrand Befallenen amputiert und den an der Ruhr Erkrankten zu trinken gibt, hat er gesehen, wie vier angekettete Gefangene unter der Aufsicht von zwei Soldaten mit Bajonettgewehr im Anschlag auf der Bahre eine Leiche bis zum Gemeinschaftsgrab transportierten, und er glaubte darin eine Allegorie des Krieges zu erblicken. Wenn er seine zusammenhanglosen Gedanken auf die Telegrammformulare geworfen hat und gegen drei Uhr morgens vor Müdigkeit umkippt, setzt, kaum ist er eingeschlafen, ein wildes Kriegsgetrommel unter seiner Schädeldecke ein, und wenn er auch zunächst noch glaubt, dies sei ein Traum, so wird ihm doch, je mehr er erwacht, klar, mit einer unsäglichen Mattigkeit klar, dass es wirkliche Trommeln sind, dass er wirklich in Khartum ist: O mein Gott, »*men say what they like about glorious war, but to me it is a horrid nuisance*, ›die Leute können zum Ruhm des Krieges reden, wie sie wollen, für mich ist er nichts als eine entsetzliche Plage‹«. Das schreibt er. Und er schreibt auch: »Beschaut man den menschlichen Ruhm von Nahem, wird man feststellen, dass er zu neun Zehnteln, wenn nicht ›zu neunundneunzig Hundertsteln, aus nichts als heißer Luft besteht‹, *ninety-nine hundredths twaddle.*«

Warum ist er dann Soldat geworden? Das beginnt er zu ahnen: Es aber vollständig zu erfassen, es im klaren Licht zu sehen, wie er jeden Tag im Sucher des Teleskops seine kleinen Schaufelraddampfer auf dem Nil herumballern und seine Leute im Schatten der Brüstungen ein Nickerchen machen sieht, das würde er nicht ertragen. Er begreift, dass ihm das Leben in Feldlagern immer nur ein Mittel war, vor etwas anderem zu fliehen, von dem er lieber nichts wissen will und das er »die englische Lebensart« nennt, aber das ist es nicht wirklich, es liegt tiefer in ihm verborgen, er weiß es, und es ist weitaus gefährlicher, eine Kraft in ihm, die sich dem Leben verweigert oder eher noch: etwas Satanisches in ihm, dem er sich zu verweigern sucht. Plötzlich muss er wieder an diesen sonderbaren Reverend Dodgson zurückdenken, mit dem er damals, als er in Gravesend noch den Oberbefehl über die Festungsanlagen innehatte, über die Themse paddelte. Wovor floh der mit seinen mathematischen und literarischen Spinnereien? Wäre er nicht besser seinem Beispiel gefolgt und hätte sich dem großen Betrug der Dichtung verschrieben, anstatt dieses Söldnerleben zu führen, für das er nie wirklich Interesse hatte? Ist es nicht die Trauer darüber, die hohen Weihen des Künstlertums verpasst zu haben, die ihm jetzt den Schlaf raubt und Papier vollkritzeln lässt? Hat man je einen ranghohen Militär gesehen, der seine Tage mit dem Auge am Teleskop und seine Nächte mit einem exzentrischen Tagebuch verbringt? Er schreibt: »jeden Tag überfliegen Tausende von Kranichen mit ihrem komischen Geschrei die Stadt. *Die Kraniche des Ibykus*: Es gibt nur wenige Menschen, die Schillers Gedichte gelesen haben, dabei finden sich ganz großartige Sachen darunter. *Das verschleierte Bild zu Sais, Der Ring des Polykrates*: Wer kann die ganze Wahrheit ertragen?« (er unterstreicht), »wer kann den Erfolg ertragen?« (wieder unterstreicht er). Er denkt, nein, das bin ich, an die Kraniche zu Beginn der *Gesänge des Maldoror*, die machtvollen Fluges durch die Stille ziehen.

3

ICH BETRACHTE EINE Fotografie. Unsinn. Die Fotos habe ich mit dem ganzen Rest schon vor ich weiß nicht mehr wie viel Jahren verbrannt. Langsam begann alles zu brennen, ich erinnere mich noch gut, die Flammen griffen nicht gleich aufs Gesicht über. Man hätte fast noch Zeit, sich eines anderen zu besinnen, aber man hat nichts mehr im Sinn, man schaut zu, wie alles langsam in Rauch aufgeht, bis es einem fast die Finger verbrennt, und das ist alles, nichts bleibt, nichts als verkohlte Schnipsel, die man wegwerfen kann. So krümmt sich die Zeit bei nur wenig Licht zusammen. Ich schaue mir nichts an, nur noch diese gleißenden Feuer, die mit dem Nil dahingleiten: Impression Sonnenuntergang. Meine Augen sind nach innen gerichtet, wie die Fledermäuse in Old Dongola hängen sie oben in der dunklen, blutigen Höhle, in der sich auch unablässig meine Gedanken zusammenbrauen, und ich empfinde und höre und spreche auch unter der Schädeldecke. Und dort entspringt, wer weiß, der Nil. Die finsteren Mächte, die dort drinnen herrschen, lassen gemeinsam mit dem flüssigen Geglitzer des Stroms ein Bild aus alten Zeiten entstehen. Alfa und ich waren gemeinsam zum Logenfest gegangen. In der schwankenden Gondel, ganz oben auf dem Riesenrad, hatte ich mit einer Einweg-Kamera ein Bild von ihr gemacht: An ihren Fingern steckten lauter entzückend lächerliche Ringe, ihre ob der Höhe entsetzten oder das Entsetzen nur mimenden Augen verbarg sie hinter ihren Händen, ihr Gesicht, das mir nichts und niemand zurückgeben kann, erstrahlte im Blitzlicht noch heller vor dem schwarzen Hintergrund des Waldes von Saint-Germain, und ganz hinten dann die Lichter, o umwölkte Schwester, von Paris und all die alten Geschichten, die das sind, was bleibet, die toten Heere der Literatur. Mit Dune bin ich auch wieder auf eine Kirmes gegangen, im Winter, in den Tuilerien. Es zog sie zu den hirnverbranntesten Apparaturen, durchmixenden Kotzodromen, vielarmigen Stampfpressen, alles Attraktionen, vor denen ich wie vor allen vulgären Auftritten des neuesten Götzen – der Gewalt nämlich – zurückschreckte. Nein, was mir gefiel, war etwas anderes: einen Moment lang wie eine Glocke in der Luft zu baumeln und die Stadt zu betrachten. Ein friedlicher alter Sack, der sich von einer gut geschmierten Maschine schaukeln lässt und nichts als bunte Lichter vor Augen hat. Ein Fata-Morgana-Techniker. Vor allem aber wollte ich noch einmal dieses Foto machen, das sich jetzt in meinem Hirn (allerdings nur sehr verschwommen, als käme es von den äußersten Grenzen des Sonnensystems) aus Myriaden von Phosphenen und dunklen Nilwellen wieder zusammensetzt. An der Rue de Rivoli hatte ich einem sympathischen kleinen Schieber, einem Senegalesen, mehrere Ringe abgekauft, die ich Dune über die Finger streifte. Und dann sind wir immer wieder Riesenrad gefahren, und wenn es sich einmal nicht weiterdrehte und uns einen Moment lang hoch über der vollkommenen Geometrie der königlichen, der kaiserlichen, der republikanischen Stadt stehen ließ, mit den bis hinauf zum Arc de Triomphe schillernden Champs-Élysées auf der einen Seite und dem leuchtenden, bis hin zu den Türmen von Notre-Dame sich ziehenden Band der Seine auf der anderen, dann bat ich Dune, ihren gelangweilten Blick hinter ihren beiden Händen zu verbergen, und fotografierte sie: Aber unter dem wiederholten Blitzlichtgewitter stellte sich nichts ein. Die Dutzenden von Aufnahmen, die ich an jenem Abend machte (und die ich irgendwo zwischen den Seiten der *Enzyklopädie* aufbewahrt habe), zeigen mir das abwesende, geblendete Gesicht einer jungen Frau hoch in den Lüften, dessen Schönheit bei mir nicht einmal einen Anflug von Sehnsucht auslöst, denn nach ihr hatte ich nicht gesucht. Für Dune war diese Anstrengung nervenaufreibend, denn die Nacht war kühl, und sie war sehr kälteempfindlich. Später sind wir in einer Brasserie an der Oper Austern essen gegangen; sie war schlecht gelaunt, was mir einigermaßen wurscht war.

Hier, am Zusammenfluss der beiden Nilströme, nicht weit entfernt vom Museum, gleich vor der Eisenbrücke, von der Harold sich heruntergestürzt hat, gibt es einen Freizeitpark. »Family Garden« nennt sich das Ganze: Und dieser Name besagt schon zur Genüge, dass Dune oder Alfa an den kindlichen und armseligen Vergnügungen, die dieser Luna Park der Dritten Welt zu bieten hat, gewiss keinerlei Geschmack gefunden hätten. Ich, der ich mich noch daran erinnern kann, einmal andere Vorlieben gehabt zu haben, kann gegen die friedliche Mickrigkeit dieses Ortes nicht viel sagen. Die Wände sind auf recht einfältige Weise mit schielenden Mickys und Donalds bemalt, die noch hässlicher sind als die Originale. Das sind meine Fresken des Jüngsten Gerichts. Sie verdammen mich nicht, ich habe sogar eher den Eindruck, dass sie mich in ihren Klub der verunglückten

Clowns einladen, und das ist nett von ihnen. Sie sind meine lausigen, brüderlichen Idole. Also los, ich bin Pluto, der Hund, allerdings weniger witzig, so viel steht fest: Über jemanden wie mich werden die Kinder kaum lachen können … Oder eher Pluton? Kleines Wortspiel für alte Streberleichen … Dann also Snoopy? Gut, aber aufgepasst, mein Lieber, du hast dich immerhin an einem Mord beteiligt. So leicht kommst du mir nicht davon.

Zwischen verbrannten, abgewetzten Rasenstücken dreht sich hier und da ein Karussell. Daneben eine ausgeleierte Geisterbahn: Die Skelette versuchen zwar nicht, Islam verpflichtet, die Mädchen an den Brüsten zu packen, aber die Kleinen kommen mit dem gleichen freudigen Erschrecken wieder heraus wie überall auf der Welt. Du hast nie Kinder gehabt, sage ich mir (wie ich es mir schon vor anderthalb Jahren im Luxembourg gesagt habe, als ich die jungen Mütter ihre Kinderwagen rund um das zugefrorene Bassin schieben sah). Du bist ein Sohn, bist immer nur Sohn gewesen, aber niemals Vater. Hast du so sehr an dir gezweifelt, dass du nie jemandem vertrauen konntest, nie den Wunsch hattest, dass dich etwas anderes überlebt als ein paar Bücher, diese brüchigen Labyrinthe, die einzig dazu gebaut sind, um das Ungetüm der Angst einzusperren? Und musste das sein, ein Opfermord mitten im Irrgarten dieser Zeilen? Eine Jungfrau, vergewaltigt, in Stücke zertreten von dem durchgedrehten Stier, der in dir, in deinem dreckigen Höhlenloch herumtrampelt? Das hätte Alfa sein können, wenn sie nicht vor dir geflohen wäre. *For each man kills the thing he loves?* Alles Gedanken, die mich langweilen, weil sie mir vertraut und fremd zugleich sind. Ich kenne sie auswendig, sie spuken schon seit

Langem in mir herum, und ich kann doch nicht recht an sie glauben. Wie ein Angeklagter bei den Moskauer Prozessen weigere ich mich, das Urteil über mich zu sprechen. Und was ist mit Else? Hast du nicht den Mord an ihr zugelassen, weil du unbedingt eine Tote brauchtest? Hast du dich etwa nicht auf dieses Verbrechen eingelassen, das die genaue Inszenierung dessen war, was du selbst nicht vollbringen konntest? Lass mich in Ruhe, o Herr, gib mir den naiven, den friedfertigen Schrecken der Kinder, die aus der Geisterbahn ins Licht taumeln …

Dort, wo die beiden Nilströme zusammenfließen, nicht weit von der Stelle, wo in den frühen Morgenstunden des 26. Januar 1885 die Mahdisten über die vom letzten Hochwasser aufgeweichte Stadtmauer setzten, steht ein Riesenrad. Na ja, Riese ist leicht übertrieben. Wir sind nicht im *Dritten Mann* und auch nicht in *Unter dem Vulkan*. Aber sonst gibt es hier nur die Minarette der großen Moschee, um aus solcher Höhe das ganze Flachland zu überblicken, in das sich, bis hin zum malvenfarbenen Dunst über dem Horizont, das immense Y des Flusses einschreibt. Immer wenn ich durch den Family Garden schlendere (und das passiert mehrmals in der Woche), leiste ich mir für ein paar Dinare einen Ausflug in die Atmosphäre. Ich setze mich in die ächzende Gondel, ich steige auf, ich bin der König meiner Luftschlösser. Sollte Vollender Else getötet haben, weil sie seine Liebe nicht erwiderte? Schau an, daran hatte ich noch gar nicht gedacht. Aber nein, das glaube ich nicht. Sollte ich den Mord an ihr zugelassen haben, um mich auf magische Weise an Alfa zu rächen? Nein, das ist zu sehr an den Haaren herbeigezogen. Außerdem: Sehe ich etwa aus wie einer, der Alfa hassen könnte? Oft drehen sich die Mädchen in den anderen Gondeln nach mir um und brechen in ein harmlos ungeniertes Gelächter aus. Das Riesenrad ist der freieste Ort in Khartum. Das liegt vielleicht an der Höhe, der fast schon frischen Brise, die man beim Aufstieg zu spüren bekommt. Ich mache eine grüßende Handbewegung. Etwas so Komisches haben sie noch nie gesehen. Vielleicht war ich ja in meiner ganzen Ich-Bezogenheit mehr noch als in Alfa selbst einzig in den Augenblick verliebt, der der Höhepunkt meines Lebens war, die Stunde meines Triumphes. Das hieße also, dass letztlich ich es war, in den ich mich, durch sie hindurch, so heillos vernarrt hätte? Donald, Micky und Goofy, die unten vor sich hin schielen, geben mir zu verstehen, dass ich jetzt völlig abdrehe. Übertreib es nicht. Du bist so schon übel genug zugerichtet, da braucht man nicht mehr nachzulegen. Ich sehe das Riesenrad am Quai de la Fosse wieder vor mir, auf einem Jahrmarkt meiner Kindheit. Ganz hinten über der Loire stand rot die Sonne, in der Dämmerung entzündeten sich die Lichter von Nantes, die Welt erschien mir außerordentlich schön und beängstigend. Der Eindruck war gar nicht so falsch. Wenn ich an Quellen, an Ursprünge glaubte, dann würde ich sagen, dass an diesem Tag, in diesem Augenblick angesichts der Unmöglichkeit, die großartige Tristesse, die sich mir gerade offenbart hatte, in Worte zu fassen, die Entscheidung fiel, mein Leben den Wörtern zu widmen. Aber das würde nicht stimmen. Das wäre zu einfach.

Mir geht ein altes Lied nicht aus dem Kopf, »mein erster Kuss auf einem Karussellpferdchen«, »der Regen von Sanvic, er glänzt auf den Dächern«, wie hieß das noch? Tampico? Nein. Und wer sang das? Catherine Sauvage? Komm, Papa, denk an was anderes. Auf einer der Fischerbarken am Zusammenfluss holt ein Kerl einen widerlichen Katzenfisch ein. Stammen wir nicht von diesen bärtigen Ungeheuern ab? Schwer zu glauben. Man kommt von nirgendwoher, wie man sich bettet, so lebt man, und das ist alles. Ich glaube nicht, dass ich an Alfa das strahlende Bild liebte, das sie mir von mir selbst gab: So etwas ist Psychologie für Gerichtssäle. Das Gegenteil scheint mir alles in allem plausibler: Es ist gut möglich, dass ich mich seit jeher insgeheim nach der Niederlage gesehnt hatte. Und ins Exil, das ihre Erscheinungsform auf der Weltkarte ist. Es stimmt auch, die Verlierer waren mir stets lieber als die Gewinner, das ist eine bittere Pille, genauso schwer zu schlucken wie der Lebertran, den mir meine Mutter in jungen Jahren einträufelte. Mir ist so, als schwappte noch eine dunkle Welle aus jenen unglaublich fernen Zeiten herüber, als mein Leben neben den Ruinen von Saint-Nazaire begann, überschattet von der regnerischen Melancholie der Loiremündung, vom Gefühl einer diskreten und würdevollen Trauer, mit der meine Eltern im Nachkriegsfrankreich der Lust an Konsum und Vergessen begegneten: Und all dies verschwimmt in meiner Erinnerung mit dem Bild vom Sonnenuntergang über einer Landschaft, in der eine Tragödie gewütet hatte, die ich selbst zwar nicht miterlebt hatte, von der ich aber ahnte, dass sie mein Leben bestimmen sollte, weil sie in einer Zeit spielte, die meine Eltern die Vergangenheit nannten, eine Vergangenheit, von der ich nur so viel verstand, dass es, welche Kräfte ich auch immer entwickeln würde, nie in meiner Macht stünde, etwas an ihr zu ändern.

Die Geschichten haben keinen Anfang, kein Innen und

kein Außen, man kann sie umstülpen wie die Kraken, die die Fischer auf den Felsen weich klopfen, sie anders erzählen. Ich habe geschrieben, dass Alfa mich verlassen hat, und das stimmt bis aufs i-Tüpfelchen. Aber es kann sein, dass ich alles dafür getan habe, besiegt zu werden. *Who can bear success?*, fragte sich dieser verrückte Gordon und sah über Khartum dem Flug der Kraniche durch die Sonne zu. »Wer kann den Erfolg ertragen?« Genau das ist es, was mich an diesem Belagerten am meisten berührt: Diese Vorahnung, dass er sich selbst, aus irgendeinem dunklen und tief verborgenen Grund heraus, in die Lage gebracht hat, gefangen und enthauptet zu werden. Als er Stewart Richtung Norden und damit in den fatalen Hinterhalt schickte, hatte er ihm höchst kurioserweise den Chiffriercode mitgegeben, angeblich, um gleich nach Kairo kabeln zu können, sobald er einen Telegrafenposten erreicht hätte. Aber man kann sich nur schwer dem Gedanken entziehen, dass er damit eigentlich seine Einsamkeit, seine Niederlage unumstößlich festschreiben wollte. Auf dieses paradoxe Ziel scheinen alle seine Taten hinzudeuten: der abschlägige Bescheid an Slatin, die Trennung von Power und Stewart, die Herausgabe des Chiffriercodes. In dieser Hinsicht erweist sich sein wankelmütiger Geist als erstaunlich entschlossen. Während der langen Monate, die er ohne einen Vertrauten unter der Belagerung ausharren muss, wird er keine der größtenteils verschlüsselten Nachrichten dechiffrieren und lesen können, die Wolseley oder Kitchener durch die feindlichen Linien bringen: Selbst diesen Beistands hat er sich beraubt. Mit Sarkasmus malt er sich gerne aus, wie erleichtert man in England darüber sein wird, ihn endlich los zu sein. *Hurra*, lässt er Kitchener in seinem

Tagebuch rufen: Da ist er nun dem Mahdi in die Falle getappt, uns wird er nicht mehr auf den Wecker gehen. Aber verbirgt sich hinter diesem bissigen Witz nicht das unbestimmte Wissen darum, dass er selbst seine Zelte mitten im Lager seines Feindes aufgeschlagen hat? Er selbst, *himself* … Was ist das? Wenn er das wüsste … Wenn er das nur wäre, ein gesichertes Etwas, ein Selbst … Da ist nur die Belagerung, dieser Ring, der sich um ihn geschlossen hat und dessen Zentrum er ist, dieser tausendfache, ungezügelte Willen, der auf seinen Untergang drängt – der ihn eigentlich erst ausmacht, ihn wirklich definiert. Und erst sein abgeschlagener Kopf ist wirklich sein Kopf, ganz eindeutig seine Birne.

In dem Maße, in dem die Gondel höher steigt, weitet sich unten, rund um den Zusammenfluss, das armselige Flickwerk von Khartum: das regelmäßige Lattenmuster der englischen Stadt, die wirre Löwenmähne von Omdurman, die Stahlbrücken, die Hüttendörfer auf den Inseln, die langsam im vom Äquator heranrollenden Hochwasser versinken. Der Palast des Diktators, das Museum, die Minarette der Großen Moschee, das scheußliche, von den Chinesen erbaute Haus des Volkes, die glitzernde Geschosshülse, unter der die abwesenden Reste des Mahdi auf ewig in einen leeren Himmel auffahren, die Landebahnen des Flughafens, auf denen fast nur noch Cargos voller Leichen aus dem Krieg im Süden aufsetzen. Das alles flimmert, wellt sich unter der Hitze. Sanft, wie von der Erdumdrehung davongetragen, gleiten die Docks und Wracks der Nile River Steamship Company unter mir hinweg, und mir fällt auf, dass ich mein Lustschlösschen vielleicht nur deswegen dort unten eingerichtet habe, weil mich die Trümmerlandschaft vage an die zerstörten Häfen meiner Kindheit erinnerte. Ja, ganz bestimmt, ein Rückfluss, der von da hinten, vom Horizont her aufsteigt. Ich glaube, hinter der Geschichte mit dem verlorenen Code steckt noch etwas anderes: das, seinerseits ebenfalls chiffrierte, Geständnis, dass es da ein Geheimnis gibt, von dem Gordon wünscht, dass es auf immer, selbst für ihn, unlesbar bleibe. Ein enormer, ein düsterer, mit unbekannten Hieroglyphen übersäter Felsblock, der im Zentrum seines Lebens steht und ohne den alles in seinem Leben unerklärlich bleiben muss – seine Söldnerlaufbahn, sein tiefer Abscheu vor England und seinen Konventionen, sein geheimer Alkoholismus, seine Tabaksucht, sein Masochismus, mit dem er sich, fast schon wie ein Tier auf dem Weg zur Schlachtbank, in die Säbel und Lanzen der Mahdisten stürzt –, der aber andererseits auch nichts erklärt, denn die Inschriften bleiben ja unverständlich, und er weigert sich, deren Sinn zu entschlüsseln. Ich vermute, dass es sich um seine verdrängte Pädophilie handelt, die seinen Überzeugungen eines christlichen Viktorianers absolut zuwider ist. Aber ich kann mich täuschen. Dennoch bin ich sicher, dass in seinem Innern ein uneingestandener Text geschrieben steht und dass das Chiffrierbuch, das er den Bach hinunter-, den Nil hinuntergehen ließ, eine Metapher für dieses Geheimnis ist, über das sich nach seinem Willen das Schweigen des Todes ausbreiten soll: *For who can bear plain truth?*, »wer kann die ganze Wahrheit ertragen?«.

Das Rad dreht sich immer noch, die lachenden Mädchen sind jetzt ganz oben, unter mir reichen die beiden mächtigen Nilströme durch Wüsten und Savannen hindurch bis ins Herz Afrikas, bis zu den Bergen, wo die Spiegel der Großen

Seen die Blitze des Äquators tausendfach zurückwerfen, bis zu den amharischen Hochebenen, bis zu den aufsteigenden Nebelsäulen der Virunga, die Schenkel des Nils, glatt, schillernd, mit Silber und Edelsteinen besetzt, spreizen sich in unendlicher Breite vor mir aus, von den Dschungeln Zaires bis zum Horn von Afrika, und ich in meiner Gondel, auf die das spitze Gelächter der Mädchen herunterprasselt, befinde mich genau über dem Geschlecht des Nils. Ich sehe die schwimmenden Wälder, vor denen Rom haltmachte, den unterbrochenen Strich des Kanals von Jonglei, dort, inmitten des pestilenzartigen Gestanks, wo ich Harold Winterfield begegnet bin, ich sehe die Wasserfälle von Jinja, in denen Speke die Quellen entdeckt zu haben glaubte und mit ihnen gleich die Landschaft bei Erschaffung der Welt, ich sehe die riesigen Eukalyptusbäume und die monolithischen Kirchen Äthiopiens, tote Seitenarme, Stromschnellen, Schlangen, die sich von verbogenen Bäumen hinuntergleiten lassen, Perlmuttschlösser, die übers Mondgebirge ziehen. Und wenn ich mich nach Norden umdrehe, dann sehe ich, wie sich der geschmeidige Leib der Mutter aller Flüsse durch die Wüsten windet, ich sehe Meroe, wo diese Geschichte endete, wenn denn die Geschichten je ein Ende haben, ich sehe die Wüste, die auf Arabisch »Bauch des Steins« heißt, die blauen Luzernenfelder und die ägyptischen Nekropolen, ich sehe das Kopfhaar des Deltas vor dem Himmel des Mittelmeers auffliegen. Und in noch weiterer Ferne erahne ich die Länder des Nordens, Mündungen, an denen Leben beginnen und enden, die Bewegung der Gezeiten im Nebel. Und so ist es gut, sage ich mir. Und dann, gleich darauf: Hat dich überhaupt wer gefragt? Für wen hältst du dich eigentlich?

Genau das weiß ich eben nicht, nicht einmal das. Man kann alle Geschichten auch anders erzählen, und es ist zum Beispiel möglich, dass ich Alfa keine andere Wahl gelassen habe, als zu sterben oder mich zu verlassen. Es kann sein, dass ich diese Niederlage wie auch das Exil weit weg von allem auf irgendeine Weise gewollt habe. Auch in mir steht gewiss, tief verborgen, ein unleserlicher Text geschrieben, ein düsteres Fresko, mit dem Hammer bearbeitet und entstellt wie meine Erinnerungen. In dem Passus aus *Lord Jim*, den ich gerade las, als Alfa eines fernen Tages im Mai unter den Bäumen des Luxembourg über mich hereingebrochen ist, spricht Marlow vom Patusan, diesem kleinen Sultanat auf Borneo, das bestens dazu geeignet sein soll, sich dort mit der Erinnerung an ein Verbrechen oder eine Sünde zu vergraben. Von welch sagenhaftem Verbrechen, von welch legendärer Sünde spricht meine schwarze Stele? Wofür sühne ich mit meiner Geschichte? Welcher Art war diese imaginäre Ächtung, die mir die Trennung von Alfa und die Gefangenschaft in den Sandwüsten des Sudans als bereitwillig hingenommene Konsequenz erscheinen ließen? Für welch mythisches Vergehen wäre der Mord an Else die liturgische Darstellung gewesen? Das sind alles verworrene Fragen, und wenn sie einen Grund haben, dann muss er sehr hoch im Norden und weit zurück in der Zeit liegen, gleich bei der Mündung, wo in einer Epoche, der ich mich nicht verweigern konnte, und in einem Land, das nicht das ist, welches ich gern geliebt hätte, mein Leben im Zeichen des Herbstes beginnt. Ich habe den Eindruck, dass dort, im grauen Gewässer, in finsteren Zeiten, eine lange Welle der Ironie und der Melancholie entstanden ist, die mich bis hierhin getragen hat und immer noch trägt. Aber falle ich jetzt nicht auch der Illusion des Ursprungs zum Opfer? Nun komm schon, nichts fängt jemals an, weder der Nil noch unsere kleinen Histörchen.

Alle Geschichten lassen sich auch anders erzählen. Alfas Geschichte habe ich auf meine Weise erzählt. Wobei das nicht einmal so sehr meine Weise war, sondern die, die ich unter Anstrengungen zur meinen machte. Denn mit Verlaub: Es ist zwar hübsch, den Stoiker zu spielen, aber das Ganze ist auch mit Schmerzen verbunden. Manchmal, wenn ich mich ganz allein oben auf dem Rad befinde, schreie ich laut in den Wind hinein, ich schreie wie ein Dämon, und die Mädchen, die lieben Familien schauen mich mitleidig erschreckt an. Hierzulande sperrt man die Verrückten nicht aus. Vieles ist möglich, unter anderem auch, dass ich all die Jahre seit ihrem Verschwinden damit verbracht habe, besonders intelligente und poetische Gründe dafür zu finden, sie nicht zu hassen. Das, bitte schön, darf man mir nicht nehmen. Manchmal sind viel Blut und Tränen für ein kleines bürgerliches Glück nötig, das ist zwar eine andere Geschichte – und doch dieselbe. Ich schreie laut über dem Blauen Nil, dem Weißen Nil, dem Schwarzen und dem Roten und dem Grünen, über allen Nilen, die aus dem Paradies oder dem Reich der Finsternis strömen und die Hölle umzingeln. Das dauert nie sehr lange, man schaut mich freundlich mit dem Kopf nickend an, man nimmt es mir nicht übel. Das ist die Sonne, sage ich, nicht weiter schlimm. Die Weißen haben einen Schädel aus Pappmaschee. Ich ziehe mich zurück in das, was ich angestrengt für mein Selbst halte.

Die Geschichte der Belagerung von Khartum habe ich von der englischen Seite her, oder genauer: aus Gordons

Blickwinkel erzählt, der selbst nicht so recht wusste, auf welcher Seite er stand. Elf Jahre nach seinem Tod eroberte Sir Herbert Kitchener, ein Mann, der von des Gedankens Blässe frei war, die Stadt zurück, ließ den Leichnam des Mahdi exhumieren und enthaupten, den Kopf in einem Kanister verschicken und die Reste im Heizkessel eines Schaufelraddampfers verbrennen. Vor dem Palast im Brightonstil sangen Soldaten in Habtachtstellung Gordons Lieblingslied *Abide with me*, und ein paar Tränen verloren sich in Kitcheners berühmtem Schnauzbart. »Am Ende hatte sich alles zum Besten gewendet«, notiert Lytton Strachey sarkastisch. »Zwanzigtausend Araber waren auf gloriose Weise massakriert, das britische Empire hatte sich beachtlich vergrößert, und Sir Evelyn Baring ward zum Peer erhoben.« Aber auch der lange Marsch des Mahdi von der Insel Daran über die Berge des Kordofan bis nach Khartum lässt sich wie ein Epos erzählen – und als Vorspiel zum Untergang der großen Kolonialreiche ein halbes Jahrhundert später. Es kann passieren, dass die Geschichte ins Stocken gerät, dass sie sich wiederholt, aber sie kann auch prophetisch vorausgreifen. Dieser etwas waghalsige Gedanke lässt in mir den Glauben aufkommen, dass ich, wer weiß, Alfa eines Tages wiederbegegnen werde: Aber das wird in einem anderen Leben sein, und ich werde nicht wissen, dass sie es ist, ja, nicht einmal, dass ich es bin.

»Hoch von meinem Galgenbaum / hab ich mir Frankreich angeschaun.« Noch ein Lied aus meiner Kindheit, entsprungen, wo, wer weiß, unter meinem kurzen grauen Haar: *Les Compagnons de Mandrin*, woher kommt's? Die beiden Mädchen sind jetzt unter mir und auch ganz Afrika, gewölbt wie ein Schild aus Büffelleder, auf dem, von Ewigkeit zu

Ewigkeit, die übergroße Lotusblüte des Nils aufscheint, verschwindet, wieder aufscheint … Eine leichte Brise. Ich wünschte, ich bliebe oben. In den Lüften schwebend, wie die Dschinn, wie die Engel.

Du quasselst, du quasselst …

POSTSKRIPTUM

Die Freiheit des Romanautors ist grenzenlos, dennoch scheint mir, dass sie ihn nicht von einer gewissen Pflicht zu Sorgfalt und Recherche entbindet, besonders dann, wenn er auf historische Gegebenheiten zurückgreift. Der Schmuggel mit Fehlern und Ungefährem fällt nicht in den Aufgabenbereich der Literatur. Daher liegt mir an der folgenden Klarstellung. Wenn die Geschichte der Belagerung von Khartum in diesem Buch skrupulös genau wiedergegeben wird, so ist meine Auslegung der Gestalt von Gordon, so plausibel sie auch scheinen mag, rein persönlicher Natur. Was die Heraufbeschwörung der Kulturen des alten Sudans angeht, habe ich mich in drei Punkten von meinem Willen zur Genauigkeit, der mir in allen anderen Fällen Regel war, entfernt. Der erste betrifft den Ort Meroe: Aus Gründen, die mit der Ökonomie des Romans zusammenhängen, habe ich Ruinen aus dem Mittelalter erfunden, die es dort nicht gibt. Weiter nördlich, und besonders in Old Dongola, hat man Gebäude des hier beschriebenen Typs ausgegraben. Außerdem: Einen Joël I., »König der Könige« von Dotawo, hat es zwar gegeben, seine Existenz scheint aber für das Ende des 15. und nicht des 16. Jahrhunderts, nach dem Untergang des »nordstaatlichen« Königreichs von Makuria, und nicht dem des »südstaatlichen« von Aloa, gesichert zu sein. Was sein Herrschaftsgebiet angeht, so wird im Allgemeinen angenommen, dass es in der Gegend des Dschebels Adda lag, mithin sehr weit flussabwärts von Meroe. Der im vierten Kapitel des dritten Teils erwähnte »schwarze« Spätstil schließlich ist natürlich meine eigene Erfindung.

Da es sich um ein so wenig bekanntes Land wie den Sudan handelt, hätte sich gewiss niemand an diesen Freiheiten im Umgang mit der Geschichte gestört, niemand außer einigen befreundeten Archäologen, denen ich dafür zu danken habe, dass sie mir die Pforten zu ihrer strengen Disziplin geöffnet haben. Bei dieser Gelegenheit bleibt festzuhalten, dass ich mich wohl ihres Wissens bedient habe, sonst aber kein einziger persönlicher Zug verwendet wurde. Meines Wissens ist niemand von ihnen ein Mörder.

Selbst wenn wenig Chancen bestehen, dass dieses Buch jemals in Khartum zum Verkauf angeboten wird, sind mir doch gewisse, keineswegs unberechtigte Empfindlichkeiten vertraut genug, sodass ich dieses noch hinzufügen will: Wenn ich auch keinerlei Sympathie für das gegenwärtige Regime im Sudan empfinde, so hege ich doch eine sehr starke Neigung für Seinsweise und Lebensart zahlreicher Einwohner dieses Landes. Ich hoffe, und ich glaube, dass dies aus den vorliegenden Seiten spürbar hervorgeht.

Schließlich ist es mir eine angenehme Pflicht, mich bei Mrs. Judy Campbell zu bedanken, die mir bei der Dokumentation über Gordons Geschichte hilfreich war.

EDITORISCHE NOTIZ

In der vorliegenden Ausgabe finden sich geografische Beschreibungen des Sudans, die durch die politischen Entwicklungen seit Erscheinen der Originalausgabe 1998 obsolet geworden sind. 2011 erlangte der Südsudan nach einem Referendum seine Unabhängigkeit. Seitdem existieren auf dem vom Autor beschriebenen Gebiet zwei sudanesische Staaten.